名家精注精评本

李璟 李煜集

蒋方 编选

凤凰出版社

图书在版编目（CIP）数据

李璟李煜集 / 蒋方编选. -- 南京 : 凤凰出版社, 2014.10（2024.10重印）
（名家精注精评本）
ISBN 978-7-80729-997-4

Ⅰ. ①李… Ⅱ. ①蒋… Ⅲ. ①李璟（916～961）－文学欣赏②李煜（937～978）－文学欣赏 Ⅳ. ①I206.2

中国版本图书馆CIP数据核字(2014)第160672号

书　　名	李璟李煜集
编　　选	蒋　方
责任编辑	卞　岐
封面设计	徐　慧
责任监制	程明娇
出版发行	凤凰出版社(原江苏古籍出版社) 发行部电话025-83223462
出版社地址	江苏省南京市中央路165号,邮编:210009
照　　排	南京凯建文化发展有限公司
印　　刷	唐山楠萍印务有限公司 河北省唐山市芦台经济开发区场部
开　　本	787毫米×1092毫米　1/32
印　　张	8.25
字　　数	171千字
版　　次	2014年10月第1版
印　　次	2024年10月第4次印刷
标准书号	ISBN 978-7-80729-997-4
定　　价	89.00元

(本书凡印装错误可向承印厂调换,电话:022-69381996)

目　录

李璟集

诗　选

词　选

文　选

李煜集

诗　选

词　选

文　选

前　言

南唐国家不大，历时不长，其三位君主中，李璟和李煜都以文才出众而颇受人们关注。

李璟，原名景通，字伯和，公元916年生人。他出生的这一年，父亲徐知诰还没有改姓为李，时任吴国昇州刺史，治所在江宁县（今江苏南京），正在忙于修筑城池宫殿。完工之后，这座城的建筑是“制度壮丽”，遂升为金陵府。在唐末战火之后，金陵重新成为赫然繁华的都市。当吴国废而南唐立，他即位为帝，将都城定在了这里，而以扬州为东都。南唐立国虽然是在公元937年，而其事业的奠基却可以说是由金陵筑城开始。至公元975年宋太祖赵匡胤灭其国，南唐的三代君主，在此度过了三十八年的岁月。在烈祖、元宗的庙号之外，史家通常以先主、中主、后主来分别称呼他们。

李璟的幼年是在父亲与徐氏兄弟及吴主杨氏的权力斗争中度过的。他十岁就担任吴国的郎官，迁诸卫将军，典领军事（《江南野史》卷二）。一个孩子，自然无力参与政治，这种任职，不过是借其名而将权力归属于他父亲的一方以便控制。这一时期，徐知诰与徐温之子知训、知询之间权争激烈，杀戮的残忍，谋谲的诡变，充斥着整个政坛，也影响着每一个身临其境者的生活感受。一直到937年吴主杨溥让位，君权归于徐知诰，朝廷中的纷争才告结束，始有平静。也许正是这样的经历，使得李璟在还是孩子的时候就在内心深处有一种对于政治斗争的畏惧与排斥。他在十五岁时曾在庐山瀑布之前筑读书台，“为他日闲适之计”（《玉壶清话》卷一〇）。尚未成年的他，就已经有了退隐之想。李璟幼年已展露出了文学的才华，十岁有咏新竹诗，其中一联“栖凤枝梢犹软弱，化龙形状已依稀”，描写形象而寓意生动，深得时人的赞赏。

公元938年，徐知诰即皇帝位的第二年，改国号为唐，史称南唐。徐知诰在被徐温收养之前本姓李，此时就为自己的登基寻找历史依据而自称是唐宪宗之子吴王李恪的玄孙，复姓为李，改名为昪。李璟也在此时改“景通”为“璟”。身为长子，他在李昪封齐王时即被立为王太子。南唐建立，先是封为吴王，又徙齐王，立为皇太子。

李璟在被立为齐王太子时，就辞让不肯居位。在被立为南唐皇太子时，他更是恳切地坚决辞让，向李昪上表申诉：“古之立太子，所以崇正嗣，息觊觎。如臣兄弟，禀承圣教，实为敦睦，愿寝此礼。”（马令《南唐书》卷一）于是李昪大为高兴，下诏称赞他守廉退之风，师忠贞之节，说是“有子如此，予复何忧”（陆游《南唐书》卷二）。于是任命李璟为诸道兵马大元帅、判六军诸卫、守太尉、录尚书事、昇扬二州牧，而令臣民奉笺齐王如太子礼。

李昪死在943年，李璟二月即位，三月即改年号为保大。古代君主即位，逾年而后改元，表示承父之后的儿子不忍遽改父道的孝心。但是，当秘书郎韩熙载请求按照礼制逾年改元时，李璟却“不从”。这并不表明李璟对于父道的“不从”，而是他急于以名分的形式来巩固地位与权力。

《资治通鉴》卷二八三记载，李璟即位之初，将本在外任的宋齐丘召回金陵任太保兼中书令，周宗召为侍中，均掌机密。“以齐丘、宗先朝勋旧，故顺人望召为相，政事皆自决之。”即外示宠任而内有防范，又使周宗与宋齐丘相互牵制，以便掌控。但是，李璟为齐王时，就很信任冯延巳，任命他在齐王府中掌书记，处理往来的文书。陈觉本是宋齐丘的党徒，李璟又赏识其才而加以委命，担任兵部尚书这样的要职。这时，冯延巳等齐王府中旧僚就与陈觉等勾连到一起，“更相汲引，侵蠹政事，唐人谓觉等为‘五鬼’”。这样，尽管这年年底，李璟因周宗之诉，先是出宋齐丘为镇海节度使，继而又批准他归隐九华山的请求，来扼止他的权势，但朝廷内的党争并没有因为宋齐丘的离开而平静。时隔不久，李璟又接受陈觉的劝说而派弟弟景达请宋齐丘回朝任职，使其同党气势炽烈。而游梦锡也是齐王府旧官，忠心事上，每对李璟直言规正，本欲重用，即位后却因宋齐丘之党的谗言而被贬为池州判官。从这些人事安排来看，虽然李璟对宋齐丘有所防范，却并无魄力正肃纪纲，加之既放任冯延巳等人打击异己、争夺权力的行为，又不能信用正直忠悬之臣，这就开启了朝政紊乱的局面。李璟性格软弱，不能分明决断，威服大臣，老臣李建勋当时就忧虑地说：“主上宽仁大度，优于先帝，但性习未定，苟旁无正人，但恐不能守先帝之业耳。”(《资治通鉴》)

保大二年(944)，闽越内乱，南唐枢密副使查文徽请求用兵出击，而国人多以为不可。李璟任命查文徽为江西安抚使，循行边境，觇其可否。而查文徽急于有功，奏言攻之必克，李璟为利诱所驱使，就命令边镐率军从查文徽伐闽。进军不利，二人退守唐境。

次年(945),查文徽再度请求增兵伐闽,而这时边镐攻占了镡州(今福建南平),“查文徽之党魏岑、冯延巳、延鲁以师出有功,皆踊跃赞成之”。于是攻占建州(今福建建瓯),闽越平定。然而为进行战争而“征求供亿,府库为之耗竭,洪、饶、抚、信之民尤苦之”(《资治通鉴》)。此时王延政等闽中豪强归降南唐,成为附庸,虽然不是真正的降服,倒也可以相安无事。保大三年(946),枢密使陈觉企图建立功勋,向李璟夸口能够劝说福州李弘义入朝觐见,却被李弘义婉言拒绝,悻悻而归。为了挽回面子,陈觉就擅自发兵,命冯延鲁去攻打福州,并向李璟请求增援。李璟虽然恼怒陈觉的专权擅命,但架不住宋齐丘、冯延巳等人的劝说,还是发兵前去支援。魏岑时任漳泉安抚使,见陈觉发兵进攻福州,唯恐自己无功,也擅自发兵呼应陈觉。被围的李弘义转向吴越请得三万援军,里外夹击南唐军队,而冯延鲁、魏岑等人争功冒进,进退互不相应,于是南唐在福州城下打了败仗,兵力军资损失惨重。

当福州大败的消息传来,李璟大怒,先是命令在军中即斩陈觉、冯延鲁;继而又令以铁锁将二人缚至京城,处以死刑;至后又赦免二人死罪,改判陈觉流放蕲州,冯延鲁流放舒州。前后三次命令的变更,是与这时任太傅的宋齐丘和身为丞相的冯延巳的救援有关。韩熙载因此上书谏劝,以为:“擅兴者不罪,则疆埸生事;丧师者获存,则行阵解体。请行显戮,以重军威。”(马令《南唐书》卷二)并批评李璟不应当因宋齐丘与冯延鲁二人之言而轻改已经发布的命令。李璟不听韩熙载之谏,却听任宋齐丘因此报复而将韩熙载贬为和州司马。不久,陈觉与冯延鲁又都起用如初,依然受到李璟的信任。

李璟即位之时，承李昪苦心经营而积累的国力，若处置得当，南唐也许会是另一番面貌。但是，他既乏决断之力，又无纳谏之明，所信用的冯延巳、陈觉等人，争权营私，不以国家利益为重，容悦事上，打击异己，至使面临大事之时，每每措置失当。

保大十三年(955)十一月，后周始征淮南。随着后周军队的步步胜利，南唐守将是成群结队地奔降，淮南的城池是接二连三地失守，李璟的态度始而轻慢议和，继而献金求和，终而媚言乞和，步步后退，直至中兴元年(958)三月以尽割淮南之地、称臣纳贡的条件与后周缔结停战和约。于是，南唐去帝号，称国主，凡天子仪制，全部降损，废自己的年号，用后周的年号，甚至为表示恭敬，避后周信祖之讳，李璟更名为李景，并告于太庙。李璟沮丧之至。他杀了陈觉，幽死宋齐丘，也只是泄愤而已，于南唐国蹙势衰的局面并无补救之力。次年(959)七月，李璟为保存半壁江山的南唐，避开北方的威胁，与大臣们商议由金陵迁都洪州，开始了都城的建设，更名南都南昌府(今江西南昌)。"南昌"之名，寄寓着南唐复兴国势的希望。但是，南唐"自淮上用兵及割江北，臣事于周，岁时贡献，府藏空竭"(《资治通鉴》)，再加上修建新都，国家已无财力可言。南昌南昌，南都昌盛，国家复兴——不过是徒然愿望，空言而已。

建隆元年(960)正月，在淮南之役中战功卓著的赵匡胤以禅让的方式取代后周，建立宋朝。二月，李璟立吴王李煜为太子，留在金陵监守国政，自己则率领大臣和护卫沿长江上行，迁都南昌。到达南昌后的李璟，既悲愤国家的衰亡，又伤感南昌宫殿的狭隘，每每东望金陵而泪下沾襟。961 年六月庚申，幽闷郁结的李璟死于南昌长春殿，终年四十六岁。李璟临终，亲手书写了遗令，要留葬在南昌西山。但他的儿子，王位的继承人后主李煜，却将他的灵柩迎回金陵安葬。

李璟做皇帝，无疑是失败的。如果不以国家政事而言，只以善诗能文而计，李璟无疑是一位才华风流的文人。

李璟为人儒雅温润，神采俊秀。《钓矶立谈》卷一记载："元宗神采精粹，词旨清畅，临朝之际，曲尽姿制。湖南尝遣廖法正将聘，既还，语人曰：'汝未识东朝官家，其为人粹若琢玉，南岳真君恐未如也。'"将他比作南岳大庙中的真君塑像，可见其温煦庄重之态。李璟接待文士，既亲切随意，又不无尊重。陆游《南唐书》卷一一记载：李璟"闲御小殿，以燕服见学士，必先遣中使谢曰：'小疾不能著帻，欲冠帽可乎？'"因为穿戴的不拘礼仪而以君主之尊向文士致歉，言语又婉转温顺，可见李璟的待人行事有一股浓浓的书卷气。

李璟爱读书，善诗词，能作文，书法也有名当时。他常常以朴素的儒服与文士游赏饮宴，所作歌诗，当时传诵。他曾与冯延巳闲谈，言及词艺，赞赏其句而笑问："'吹皱一池春水'，干卿何事？"冯延巳回应说："未如陛下'小楼吹彻玉笙寒'。"（马令《南唐书》卷二一）李璟的文章也写得好。淮南之战中那些往来乞和的文书，就引起过周世宗柴荣的嗟叹。

李璟的词作深得后人称赏。如王安石与黄庭坚谈起各人最欣赏的词句时，黄庭坚举出李煜的"问君能有几多愁，恰似一江春水向东流"，而王安石则以为不如"细雨梦回鸡塞远，小楼吹彻玉笙寒"（《雪浪斋日记》），这正是李璟的词句。李璟词作存留虽不多，却也自有特色。一是情感深刻而细腻，二是表达婉曲而典雅，三是语言朴素而优美。

李璟的性格本来就多情敏感，而自幼家庭奉事佛教的影响与传统士人对老庄哲理的研习融合到一起，使他对人生的理解多了一些悲悯，少了一些乐观。再加上自幼参与政治斗争而形成的既情愿又不情愿的心态，李璟在抒写情性之际，往往糅和着一些哲理的参悟，使其感情本是因物而起，却又超出物外而包含了对人生的感慨。他所存留的四首词，都可以视为写闺怨，又都可以视为写心愁。不仅是因为古人本有"香草美人"的寄喻传统，也因为词中情感的内涵。如写秋思而引出"还与容光共憔悴"的悲伤，写春恨而有"风里落花谁是主"的叹息，写遥望而有"三楚暮，接天流"的茫然，都不止于女子之思夫。尤其是"落花"一词，在四首词中出现了两次，虽然今天不能见到李璟的全部词作，但这种偶然的高频率使我们可以推测，这是李璟常用的一个意象。而李璟写落花，不是写其芳菲不再，不是写其落红无数，不是写其顺水漂泊，而是写风吹落花空中飞，极轻灵，极美妙，是最后的舞蹈，而且身不由己，于是令人感叹一切的一切，主宰何在？"落花"是许多诗家词人都爱用的意象，但像李璟这样的写法还是少见的。龙榆生先生曾说："元宗会周师大举，折北不支，至于蹙国降号，其忍辱含垢，委曲求全，正足以养成其千回百折之词心。知中主实有无限感伤，非仅流连光景之作。"(《南唐二主词叙论》)的确，李璟之词并非仅仅是流连光景之作，他以简练的笔触，通过选取的日常生活景象，抒写了自己的人生感慨。语言无奇，却感人甚深。

公元961年六月，李璟在南昌过世，七月灵柩运回金陵。太子从嘉一边办理丧事，一边即位治政，改名为煜。从此，无论愿意还是不愿意，李煜的个人命运就与南唐的国家命运紧紧地联系到了一起。这一年，李煜二十五岁。

李煜在公元937年出生时，李璟已经有了五个儿子。在他之后，又有了四个弟弟。李煜的生日七月七日，正是传统的乞巧节。妇女们会在这一天以瓜果供奉天神织女，在月下结彩穿针，以祈灵巧。也许是冥冥之中真的有定数。在这一天出生的李煜，生得团脸丰颊，皮肤白润，颇见秀气。南唐先主李昪虽是武功起家，而仁厚恭俭，讲究礼仪，不无儒士之风。中主李璟音容娴雅，好读书，能诗文，有才艺之名。父子二人又都是虔诚的佛教信徒，拜佛礼僧，诵经念呗，心存善缘。在两代君主的影响之下，南唐宫廷中书卷气浓郁，收藏的字画典籍颇为丰盛，孩子们研读经籍，学习文艺，条件非常优越。李煜自幼生活在这样的环境里，人又聪颖好学，既然不是长子，就没有承继国祚家业的责任，他便将全部的精力都用在了诗文书画的学习陶冶之中。年岁稍长，便才艺出众，既善诗文，又精书法，通音律，能绘画，虽是生在帝王之家，却是远离政事，游戏生活，一派江南才子的潇洒风韵。不过，到父亲李璟成为一国之君以后，李煜这种优游裕养的安逸生活就开始泛起涟漪，又渐渐地波澜动荡，不再平静。

李璟继承王位是在公元943年，这一年李煜七岁。李璟继位之时，便在父亲李昪的灵前发誓，约以兄弟传国，而任命长子弘冀为江都尹、东都留守，驻在扬州。在李璟即位之初的十多年里，南唐政局稳定，李煜封安定郡公，生活一如既往的安闲余裕。直到南唐与北周战争发生，给李煜的生活带来了变化。当周世宗征战淮南，南唐军队节节败退，淮南之地大片沦落，举国上下一片惊恐之时，已经调防润州的弘冀不惜违抗朝廷的命令，主持了与吴越军队的对抗厮杀，而大获全胜。弘冀的胜利对于衰败中的南唐无疑是一针强心剂，于是李璟接受了皇太弟景遂的辞呈，而以弘冀为皇位的继承人，称太子。这是公元 958 年三月的事情，时李煜二十二岁。

李弘冀在成为太子之后，忧惧地位不稳，在次年设计毒死了叔叔景遂，而自己也在当年九月因病过世。弘冀死时，排在李煜之前的兄长们都已不在人世了，这样，王位继承人的重任就依次落到了本来排行老六的李煜身上。父亲李璟改封他为吴王，拜尚书令，知政事。

这时的南唐，与北周以长江划界，淮南的土地已经全部丧失。国家在风雨飘摇之中，李璟仍在勉力维持，李煜进入朝政，开始成为父亲的帮手。不过，周世宗在获得淮南的胜利之后，既与南唐签订和约，并无再度南下之意，正全力以赴地对付契丹。周世宗死在北征的途中，赵匡胤趁乱实行禅替，建立宋朝，也要有时间来整顿朝政，巩固势力。因此，在 959 到 960 的两个年头中，北方政权对南唐的威胁不大，李煜以吴王、尚书令之职位协助父亲处理政事，决定权在李璟的手中，形势又平稳，也不曾经历风浪。但到 961 年，宋朝再度表现出对南方土地的兴趣，李璟忧惧之下，决定迁往南昌，而留李煜在金陵，于是正式任命他为太子。李煜这时才开始独立处理国家的一部分政务。到了这一年的七月，他接过死去父亲手中的权力，成为君主，南唐的国家职责就全部落在了他的肩上。

李煜从来没有想过有一天自己会成为国君，无论在思想上还是心理上，对此，他都没有充分的准备。但是，命运将他送到君主的龙椅上坐下，并将国家的权力、家族的责任一并交付于他。虽然不是自己的心愿，但是，这同样令他有一种沉重感。李煜一即位，便向宋太祖表示臣服之意，先送去父亲李璟的遗表，再呈上自己的《即位表》。

经历了南唐在祖父时的兴盛，经历了父亲李璟在位时的衰落，而在国家危蹙之时执柄，李煜很明白自己不可能有所作为，他也从未想过要有所作为。不过，尽管如此，他还是给自己规定了一条明确的底线，那就是不想成为不孝子孙，而要守住这份家业。那么，如何守业呢？他所面对的首先就是宋朝的威逼。因此，他向宋朝表示“惟坚臣节，上奉天朝”，即不惜代价，只要宋朝在自己的有生之年能保留南唐的土地。这一点，在他后来的《乞缓师表》中就说得更清楚了：“傥令臣进退之迹，不至丑恶；宗社之失，不自臣身，是臣生死之愿毕矣。”这一即位之初的想法，在其后的形势中不断受到摧折，而始终未变。了解了李煜的想法，就能理解他在即位以后处理与宋朝关系的做法与分寸。

从961年即位，至975年金陵城破，李煜在位共计十五年。在这十五年中，他向宋朝进奉的财物珠宝，不计其数。当宋灭南汉后，李煜主动将南唐的官职制度全部改名降等，并将宫殿台阁上代表君主地位的鸱吻的装饰全部除掉，表示降身屈从，希望能换得宋朝的怜惜，手下留情。在这十五年中，李煜对于宋朝，身为国君，屈用臣礼，除了恭敬，还是恭敬。在他，只要能保留南唐的土地，平息战事，不惜降低自己的政治身分，舍弃君主的尊严。

但是，有一件事，无论宋朝是利诱也好，威胁也好，李煜是坚持不肯从命的。公元971年十一月，李煜派弟弟从善作为使者携带重礼入宋示好。宋太祖赵匡胤接见之后，却任命从善为宋朝之官，安置于汴京宅第。次年，命从善写信给李煜，转告赵匡胤的旨意，要他入宋朝谢。李煜得信后深知，自己如果入宋，那就是将南唐拱手相送，宋人兵不血刃，便可收得江南。这是万万不可接受的。于是他回绝了借从善之口而作的传达，而增加了这一年向宋朝进奉的贡金。此后，即使是赵匡胤的邀请，李煜也不从，而且还说出了宁死不去的狠话。那么，在宋朝面前一贯表现柔弱的李煜，之所以在此事上的态度如此强硬，表明他是宁可战败作俘虏，也不肯自动解除武装去作奴仆。此事表现了李煜的性格还是有着倔强的一面的。而在这样的决定之中，支持他的就是即位之初便下定的决心：不能背负不孝的罪名。这也应该是他当宋朝大军压境而最终采取守城抵抗政策的原因。因此，史书说他“虽外示畏服，修藩臣之礼，而内实缮甲募兵，阴为战守计”（《续资治通鉴长编》卷一三）。

公元975年，宋军南下。十一月二十七日，在金陵城中被围近一年的李煜向宋朝将军曹彬投降，后被押送到汴京，南唐国家灭亡。978年七月七日，李煜被宋太宗毒死于汴京的囚禁之所，这一天正是他四十二岁的生日。

李煜做君主，是他人生的最大失败。而这一失败，却成就了他作为杰出的词人而在中国文学史上占有一席之地。

公元976年正月，俘虏李煜及其臣属被押送到汴京。赵匡胤恼怒他不从诏命，虽然示以优待，有官职，有俸饷，有居所，而封为违命侯，使他背负耻辱。到太宗时，才改封陇西公。曾为帝王子孙，曾为一国君主，李煜在汴京的生活是艰苦困窘的，是羞辱难堪的。宋太宗曾指着宫中藏书问李煜："听说你在江南爱读书，这里藏书多是你的旧物。现在你还读书不?"李煜除顿首称谢，无言以对（《十国春秋》卷一七）。在囚禁幽居之中，爱书的李煜，如今是以读书度日。同为读书，与往日却是两重天地。金陵城破之前，他指着宫中图籍交代妃嫔黄氏："此皆吾所宝惜，城若不守，尔可焚之，无为他人所得。"《宋小史》记载："太祖命吕龟祥籍煜图书赴阙，得六万卷，皆焚余也。"当在宋朝宫殿中重新面对自己当年焚余的藏书时，当面对宋太宗貌似关心的嘲弄时，李煜心情之羞恨难当，可以想知。而且，这种羞辱难堪是来自方方面面的。王铚《默记》说："小周后随后主归朝，例随命妇入宫。每一入，辄数日而出，必大泣骂。后主多宛转避之。"李煜在汴京，今昔生活的悬殊，时刻难堪的羞辱，都使他对故国的思念日益强烈，日益深刻。他曾写信给金陵的旧宫人说："此中日夕，只以眼泪洗面。"怀念故国，感叹今昔，这种情感铭心刻骨，折磨着他的心灵，也成为他囚禁生活的精神寄托。在囚禁中，李煜用笔来抒写这些无人可以倾诉的痛苦，留下了许多动人的词章。

李煜喜爱诗词，早年就有文章之名。当还在南唐宫中时，他以赋诗作词为日常生活的内容之一，随时有作，兴致颇浓，都限于宫廷生活，不过是吟花草，弄风月，多写女人，多写酒宴，内容空虚无聊，文笔确实精美。宋太宗就不以为然地评价他：不过一翰林学士而已。认为他的诗词全无帝王气象（《五代诗话》卷一）。又感叹道，李煜若能以作诗工夫治国事，岂为吾虏也（《苕溪渔隐丛话》前集卷五九）。南唐灭亡了，李煜成了俘虏，做了囚徒，而他的词作风貌在入宋以后也发生了极大的变化。清人赵翼就曾感叹："国家不幸诗家幸，赋到沧桑句便工。"因此，国破家亡的惨痛经历，被俘囚禁的悲苦处境，使李煜饱尝了人生的痛苦，体会了世事的变幻与人情的冷暖。人生角色的变化，使李煜的眼界比过去要开阔。本来就很敏感的心灵，这时则有了许多的生活比较，有了许多的情感积淀；本来就很多情的性格，这时就更加是触目皆成景，事事都含情。他将自己对人生最痛切的感受都融入了词作的抒写。王国维说："尼采谓一切文学，余爱以血书者。后主之词，真所谓以血书者。"（《人间词话》）这主要应就李煜的后期词作而言。

李煜的创作，有诗，有词，有文，有赋，而以词的成就最高，他也以词人而著称于后世。词在中唐以后渐渐兴盛，一直是歌宴佐兴的音乐作品，本是一种娱乐文学。在文人眼里，词与承担着"言志"功能的诗有着根本的区别。诗是正统，词是别类，只能算是小艺。李煜前期的那些风花雪月之作，正是词调的本色。因此，当他用词来抒写表现幽禁生活的情感活动时，李煜就为本是娱乐文学的词调打开了新的天地。他用丰富的人生情感来充实原本限于浅斟低唱的词，用深厚的文化修养将精炼淳朴的语言引入原本直白的词，使本是俗调的词走上了雅化之路。在这一点上，王国维对他有很高的评价："词至李后主而眼界始大，感慨始深，遂变伶工之词而为士大夫之词。"（《人间词话》）

而无论前期还是后期，李煜的生活圈子都是比较狭小的，生活内容都是比较单调的，因而他的词作在情感内容上也比较单一。不过，因为是一种纯粹情感的抒写，又不作理性的节制，而任随感情的倾泄奔流，李煜的词是其性情的本色表现，有一种可贵的真实。前期写酒宴女色，可以写得艳丽而肉味十足，后期写亡国之思，则沉痛哀婉而催人泪下，都是不假修饰地表现其感受。他的语言，既有士大夫的凝练清丽，又不失词之出于民间的口语特色，加上他精通音律，词韵相谐，读来流畅而亲切，心为之动。尤其是李煜既有佛教的家学渊源，又特别喜好《周易》、《庄子》等著作，沉浸咀嚼，相融相化，构成了他体味哲理的思想兴趣。因此，他的后期词作，往往将个人的身世之感扩展为一种宇宙人生的悲剧性体验，而使其抒写获得了广泛的情感认同。他的词中名句，如"人生愁恨何能免"，"无奈朝来寒雨晚来风"，"自是人生长恨水长东"，"往事只堪哀，对景难排"，"梦里不知身是客"，"问君能有几多愁，恰似一江春水向东流"，等等，之所以久传不衰，为人所喜爱，正在或言情深广，或言情形象，都具有很强的感染力量。

李煜是写词的高手，他的诗的成就虽然不及词，但因为受到了词的写作方法的影响，也别有一种特色。传统的诗，以抒写情志为宗，强调温柔敦厚的风格，故以语言的含蓄为重。词由民间俗曲而来，意思简单而浅近，进入文人手中，意浅就要重视表达的曲折。李煜诗的情感内蕴不求深刻，语言朴质，不多修饰，而在抒情结构上往往近于词的写法。他的文章存世不多，又多是朝廷文书，外交往来，注重骈对用典，讲究辞藻，反映的是当时风尚。不过，他的《乞缓师表》一文骈散相杂，不拘俪偶，而有真情的流露，想是形势危窘时的率性之作，在政治文书中比较少见，颇值得一读。

本书为李璟和李煜的文学作品选集。

李璟爱好文学，当时就有文名，宫廷之中又常有游宴酬对的活动，按说李璟的创作数量会很可观。但是，李璟的文字流传下来的却很少。不知是他生前未进行系统的编纂而流散不存，还是虽有编集却毁于战火而今天不能见？遍查宋人所作目录之书，均无李璟文集的记载。现在搜罗的诗词文章，主要录自《全唐文》(上海古籍出版社 1993 年影印版)与《全唐诗》(上海古籍出版社 1986 年影印版)。其文章多有非完整面貌者，然而一是存留可贵，二是虽不完整、尚可见其风貌，故选入。对于一些残损严重、难观大体者，则未收入。文章部分用《册府元龟》卷二三二(中华书局 1960 年影印版)所录作校订，辅以《南唐书》、《旧五代史》及《十国春秋》所载。词则据中华书局 1999 年 2 月出版的《全唐五代词》为校。其中有出入的文字，据上下文意而择善从之，限于本书体例，未作校注。

李煜，一生创作颇丰，也可惜今天不能得见其全貌。《崇文总目》、《郡斋读书志》、《直斋书录解题》等宋代目录书中所著录的“李煜集十卷”，大概亡佚于元代以后。明代始有其词作的辑佚之书出现。这里的选录，诗以厉鹗《宋诗纪事》卷八六所载为本，增以《全唐诗》卷八所载；词用《全唐五代词》本，并以《南唐二主词校订》(人民文学出版社 1957 年版)为参校，在文字上择优而从。文章录自《全唐文》卷一二八、《唐文拾遗》卷一一，尽量参校史书中的节录。文中一般不出校注，只是散文部分《书述》一篇，文字脱误太厉害，参校陈思《书苑菁华》而有所说明。诗、词、文各自成类，参照夏承焘《南唐二主年谱》，并加以考订，大体依时间先后安排，希望能反映出李煜一生的情感轨迹。

蒋 方

李璟集

诗　选

保大五年元日大雪，同太弟景遂、江王景逷、齐王景达、进士李建勋、中书徐铉、勤政殿学士张义方登楼赋[①]

珠帘高卷莫轻遮，　往往相逢隔岁华。
春气昨宵飘律管，[②]　东风今日放梅花。[③]
素姿好把芳姿掩，　落势还同舞势斜。
坐有宾朋尊有酒，[④]　可怜清味属侬家。[⑤]

【注释】

①保大：李璟年号。保大五年，为公元947年。元日：一年之始日。今称元旦。景遂：李昪第三子，李璟同母弟。李璟即位之初，表示要在身后传位于景遂而及景达，因立景遂为太弟，而不立太子。景逷(tì)：字宣远，李昪幼子，李璟异母弟。江王是他在后主李煜时的封号，此时应为信王。景达：字子通，李昪第四子，李

璟同母弟，时封齐王。诸李传见《十国春秋》卷一九。李建勋：陇西人，唐末进士及第，入南唐，仕至司空。时任太弟太傅。以诗称，有集三卷。徐铉：字鼎臣，广陵（今江苏扬州）人，仕南唐为中书舍人，翰林学士，入宋，仕至散骑常侍。著名学者，善诗文，有《骑省集》传世。传见马令《南唐书》卷二三。张义方：时任左常侍、勤政殿学士，传见陆游《南唐书》卷一〇。 ②律管：古人用竹或金属制成的管状仪器，用以定音与候气。 ③东风：春风。④尊：酒杯。 ⑤可怜：可爱。侬：我。

【品评】

新年的第一天，正是庆祝元日佳节之际，人欣喜，天助兴，飘雪纷纷，四望皎然。曾经是纷繁喧闹的世界，此刻被飞雪装点得银色一片，洁白无涯。天地纯净，展现出“一元复始”的新貌，报告着冉冉而近的春信。风流文雅的南唐中主李璟，面对满天舞动的雪花，游兴骤浓，诗兴大发。他放下酒盏，带着一干陪同，走出宫殿，登上楼观，居高临赏，尽览春雪之姿，倡咏春雪之赞，写下这首七律。

诗的首联描写迎雪赏景而欣然喜悦的心情。江南之地，冬季天寒，却未必一定飞雪，所以南人见雪总有一份格外的兴奋。冬雪已难遇，何况是春雪。此刻人与雪之相逢，正是一年的岁华过后，迎新庆春之时，这就更增加了赏雪人的珍惜怜爱之意。因此要叫仆从快把那珠帘高高卷起，莫遮挡了楼外飘飞的雪花。珍珠穿连编缀的楼帘是何等贵重的物品啊！它显示着主人的富贵，标志着主人的地位，而此刻却为着雪花而不管不顾地被卷起，徒然闲挂，正见出主人此刻爱雪爱得如此急切，除了雪花，眼中不见其他。

次联在诗意上是一逆挽，在首联描写欣喜的心情之后再点出此雪乃是春雪，使首联有突起之势，而强化了表达的感情。律管是古代观察气候、测定音律的器物，安放于静室之中，由朝廷里掌天文历法的官员监管，空气冷暖干湿的变化都会引起律管的轻微颤动，据以来计算推定季候节气。这里用律管写春的消息，是说已经接到了掌管天文的官员的报告，但只在察知，尚未见到，因此用了“昨宵”。与此相对的“今日”，不仅强调了日夜的明暗变化，更衬出了人在清晨起床之后初见飞雪的兴奋，将夜来的消息一下子化为了现实的图景。而将雪花比为梅花，不仅同为白色，同为花形，而且，雪以纯净称，梅以高洁名，二者本质相通，确实是一形神俱妙的比喻。此处更加上一“放”字，写出满空飘雪、飞飞不息的动态，从而引出下联对雪花姿态的描写。唐人岑参有描写雪花的名句：“忽如一夜春风来，千树万树梨花开。”着重于雪满枝头的整体景观。而李璟的梅花之喻，强调的是雪花自身，气象不及岑参，而形神相谐的内蕴却值得称道。

第三联是诗中警句之所在。“素姿”与“芳姿”相并，是以雪比花，可雪有花之形状而无花之艳色，花之芬香，这是否令人遗憾呢？诗句言“好把芳姿掩”，一“掩”字提示出，雪花虽然无艳色，无芬香，却有着任何花朵都不能具有的晶莹空明。艳色芬香会招蜂惹蝶，难免俗气；素雪无尘，不染俗杂，则高尚洁净，卓然超越。雪虽无色无香，凭此高洁便可胜出花香多多。上句写雪，是微观，是静态。下句总览空中飞雪而称之为“舞”，写出雪花满空飘飞纷扬齐落的整体动势，已是妙笔；又以“舞”字来启人想象纷纷扬扬之中那雪花或回旋，或升腾，或直下，或横出，或斜起，或逸越，各具姿态，自成韵律，让人目不暇接，油然而生赞赏之情。这就像舞技高超者在群舞之时，混然队伍之中，节奏一律，却不失自己的本色，纵情恣肆，尽展美妙。这一联动静相映，点面结合，将飞雪的姿态形象生动地描画出来，又拓开想象的空间，将飞雪与舞蹈联结到一起，使雪花飘落时的无声韵律仿佛有了音乐的伴奏而变得更加轻盈美好。

第四联的收束，赏雪的主人出现在诗中，总领此前所有对飞雪的刻画与描写，表达了飞雪从天落而赏者非我莫属之意。但是，“坐有宾朋尊有酒，可怜清味属侬家”，写雍容富贵的闲暇，写高朋满座的繁华，写诗酒相酬的愉快，写帝王拥占的得意，不仅情调与前三联对雪之品格的赞颂不相谐和，而且即使以帝王身分而言，也写得气局狭小，品格不高。这一结句，过于质实而乏言外之韵，使前面的佳言妙句一下子变得很无谓，意韵尽消。所谓诗为心声，这种结句的败笔正可见出身为帝王的李璟感情细致，文才杰出，却胸无大志而性格卑弱自私。

不过，李璟的这次赏雪赋诗却是南唐史上颇为人所传讲的佳话。据《江表志》卷二记载，这天李璟起初只是与几个弟弟一起登楼赏雪，兴起赋诗后，就派人将诗送与素有诗名的李建勋去评赏。而这时李建勋也正在家中浮亭与徐铉、张义方等赏雪，李璟听说，索性将他们召入宫中共赏。于是人多更热闹，酒酣意趣高，诗兴更浓烈，君臣之间，互相唱和，夜阑方归。当时还召来了宫中著名的画家即时图画，“太弟以下侍臣、法部丝竹，周文矩主之；楼阁宫殿，朱澄主之；雪竹寒林，董元主之；池沼禽鱼，徐崇嗣主之。图成，无非绝笔”。第二天，李璟意犹未尽，将咏雪之诗汇编成册，给徐铉写了一张纸条：“宿来健否？酒醒诗毕，可有余力？何妨一为之序以纪岁月？呵呵！”（《骑省集》卷一八《御制春雪诗序》引“御批”）笑声落在纸上，君臣之间随意亲近的关系也犹然可见。据徐铉序文所记，参与这次赏雪赋诗的在李璟之外还有大臣十九人，作诗二十一篇，的确是一时盛事。李璟多情而好文，但传世的完整诗作仅此一首，全赖史籍对此次游赏活动的记载而保留下来。

需要说明的是，此诗据《全唐诗》卷八而录，标题中“江王”错为“汪王”，“景达”错为“景逵”，均已改正。首标“保大五年”的时间，同于《江表志》、《江南余载》、《十国春秋》诸史书的记载，但是，徐铉序文却说时当“有唐中兴之一纪，皇上御历之七年”，则当在保大七年才对。夏承焘《南唐二主年谱》引徐铉此文，更考李景遂封太弟在保大五年，“不应其年元日即有此称”，而称此诗应作于保大七年(949)。《江表志》等书皆宋以后之作，自然不及徐铉是当时人的记载可靠。推想这诗题可能是后人所加，加之传抄之讹，因而会有书写与时间的错误。

词　选

浣溪沙

手卷真珠上玉钩，[1]依前春恨锁重楼。风里落花谁是主？思悠悠。　　青鸟不传云外信，[2]丁香空结雨中愁。[3]回首绿波三楚暮，[4]接天流。

【注释】

①真珠：指珠玉穿缀的帘幕。玉钩：玉制的帘钩。　②青鸟：传说中的神鸟，西王母的使者。《山海经·大荒西经》："西有王母之山……有三青鸟，赤首黑目。"郭璞注："皆西王母所使也。"《汉武故事》记七月七日有青鸟飞至汉宫，须臾，西王母乘紫车降临，二青鸟夹侍，与汉武帝欢会。后遂用为爱情的传信者。李商隐《无题》："蓬山此去无多路，青鸟殷勤为探看。"　③丁香结：丁香的花蕾。唐人用来比喻愁思郁结不释。李商隐《代赠》："芭蕉不展丁香结，同向春风各自愁。"　④三楚：地名。战国时期，楚国疆域广阔，有西楚、东楚、南楚之分，因称三楚。后用以泛指今湖北、湖南一带。

【品评】

《尊前集》、《花庵词选》等均以李璟的二首《浣溪沙》是李煜所作。但是，马令《南唐书》卷二五记王感化善歌，李璟"尝作《浣溪沙》二阕，手写赐感化"，并在传中录写了这二首词。然后说："后主即位，感化以其词札上之，后主感动，赏赐感化甚优。"马令是北宋人，书是承其祖父而作，其祖父世居金陵，多知南唐旧事，所言应该可信。而且，南宋陈振孙《直斋书录解题》对这二首词是李璟作也有说明（见后）。故这二首《浣溪沙》为李璟所作，当无可怀疑。而《类编草堂诗余》题为欧阳修作，显然是流传中的误会，不过标题作"春恨"，倒是可取。

"春恨"，即春天的怨恨。在抒情者，面对春光韶华而感伤青春流逝，是因为自然界里，春去冬来，四季循环，今春花谢了，明春花又开，但是人却没有这样的幸运，岁华一去，就不再复返。故而人感受着春光的美好，就难免会引起生命的哀伤。就这种感伤而言，本无所谓男女。不过，一是古代的书写者主要是男性，柔情一类的抒写，往往借女性之口道出；二是古有香草美人的传统，在男性对女性的描写中，又往往寄寓着个人遭遇的感慨。因此，诗词中的"春恨"、"闺怨"之类，虽然是代写女性之情，其实多有作者的感情在其中。这首抒写"春恨"的词，尽管是传统的题材，其情感内蕴却与李璟本人的身世感叹相通。

"手卷真珠上玉钩"，首先出现的是人物的手，与"真珠""玉钩"相映，构成一幅绝妙的画面，有如缓缓拉近的特写镜头，不写人，人物之秀美已可想见。这里同时也引出了一个问题：珠帘显示富贵，悬挂用以遮光，为什么要将它卷起来呢？次句作出了解释。原来是楼中之人满怀春恨，心情不爽，由是而嫌帘幕锁闭，于是亲手卷帘，以放眼户外的清新，借此消愁。珠帘已挂到了玉钩之上，人的感觉是否有一些释然呢？"依前"二字给出了否定的回答。那么，为什么是“依前春恨锁重楼”呢？原来帘外的景色比帘内所见更加撩人愁绪。春花被风吹落，美好凋零，这是一重伤感；而落花凭风，空中纷飞，任凭东西，全无自主，这是又一重伤感；可是，摧花的风就能自在吗？它从何处来？谁又在主使它？吹尽落花后又将向何处去呢？“谁是主”一问引出了重重感伤，有无穷的探问在其中，却不得解答。上片写为消除春愁而卷帘，而帘初卷起，便见帘外“风里落花”，于是手停在玉钩上，人陷于沉思中，愁尚未消，悠悠之思又凭空而来。

上片开头用逆挽法，先写“上玉钩”，再说“春恨”，再说“依前”，再说“风里落花”，再说“思悠悠”，分五层辗转叙述。下片承“思”而来，分三层直接而下。“青鸟”句写过去，远行的人至今无音信。“丁香”句写现在，居家者思念郁积在心，一如雨中丁香的花蕾，包裹不展。“雨”渲染气氛，“空”写思念之深长而无着落，雨中丁香结，水滴仿佛是泪珠。“回首”句写展望：愁苦如此，生活却要继续，人总得要有所希望吧？然而绿波荡荡，暮天沉沉，放眼看去，水天一际，不见归人。“回首”二字将现实的感受与未来的期望挽结在一起。“回首绿波三楚暮，接天流”，写出眼前天接水，水连天，茫茫一片，虽然不见归人，却又不是全无希望。楼上人的悠悠之思也就汇合在这绿波里，向天边长流而去。

这首词抒写了一种深刻而婉媚的幽怨。“青鸟”、“丁香”都是与爱情有关的典故，而词中人问“风里落花谁是主”？又分明有一种感慨命运播弄的无奈叹息在其中。李璟即位之后，国力渐弱，国势日颓，虑及将来而为此怨思之作，其情感是可以相通的。因此，解读这首词的感情就不必过于坐实。词中人对远行者的思念，又何尝不可以理解成对远去的美好的怀念呢？

浣溪沙

菡萏香销翠叶残，[1]西风愁起绿波间。还与容光共憔悴，不堪看。　　细雨梦回鸡塞远，[2]小楼吹彻玉笙寒。多少泪珠何限恨，倚阑干。[3]

【品评】

①菡萏(hàn dàn)：荷花。　②鸡塞：古要塞鸡鹿塞的简称。《汉书》卷九四下："发边郡士马以千数，送单于出朔方鸡鹿塞。"地在今内蒙古境内磴口西北哈萨克峡谷口。这里泛指边塞。　③阑干：栏杆。

【品评】

这首词，《类编草堂诗余》卷一误为李煜作，题名《秋思》，与上首题名《春恨》一样，应是后人据词意所加。

词的上片就景物落笔。荷花凋谢，荷叶枯残，西风吹来，水波兴起，正是肃杀的秋季。而作者写荷花的凋落用"香销"，荷叶的枯破是"翠残"，都在唤起观者对荷花昔日风华的美好回忆，将亭亭玉立的芬芳与眼前的萎败联系起来，将团团翠绿的舒展与眼前的枯索联系起来，只有水波仍是那样的清，那样的绿，对比之下，似乎连西风都不忍心拂过这残荷败叶而生出愁来，何况于人！

“还与容光共憔悴”，“共”字下得残酷，由物而及人，由荷花今昔而说到自己，不仅是联想，而且是同在，人之观荷，一如荷在观人，相对两凄凉。“不堪看”，语调尤为沉重。因为“香销”“翠残”，而人不能承受目睹这美好破败后的惨景，故有不忍看。然而，正是看到才生此伤心，看后才知“不堪”，不忍又能奈何？

下片承“看”字而起，转就人事抒写。细雨织愁。正沉浸在远别爱人忽而相聚的甜美中，醒来才知是虚幻。梦境已远去，唯有眼前这如雾如縠的细雨，纷纷扬扬，无边无际，正如忧思感伤之弥漫而起。正在迷茫伤心之际，不知何人吹起了玉笙，乐曲悠悠，如怨如诉，透过细雨，环彻小楼，直入人心，唤起多少思绪，却只道得一个“寒”字。多少伤心，多少遗恨，都被这乐曲催化在无限的泪水之中。“倚阑干”，是说独自凭栏，将这孤寂凄凉的愁苦，默默地自我消受。可是栏外正是那“香销”“翠残”“不堪看”，独自能凭栏吗？

词中写到“细雨梦回鸡塞远”，用征夫驻边之事，固然有怀人之意。不过，全词所抒写的情感是基于“还与容光共憔悴”的感伤，既“不堪看”，又“倚阑干”，是在岁华不再的感叹中又包含着人生不自在的悲哀。景凄凄，事凄凄，情凄凄，读来一片凄凄。

这首词历来颇受称赏，关于其中警句，则有不同的看法。马令《南唐书·冯延巳传》记：“元宗乐府云‘小楼吹彻玉笙寒’，延巳有‘风乍起，吹皱一池春水’之句，皆为警策。元宗戏延巳曰：‘吹皱一池春水，干卿何事？’延巳对曰：‘未若陛下小楼吹彻玉笙寒。’元宗悦。”是此句当时已深受赞赏。王安石也很欣赏“细雨梦回鸡塞远，小楼吹彻玉笙寒”，推举以为胜过李煜的“一江春水向东流”

(《苕溪渔隐丛话》引)。但王国维说:"南唐中主词'菡萏香销翠叶残,西风愁起绿波间',大有众芳芜秽、美人迟暮之感。乃古今独赏其'细雨梦回鸡塞远,小楼吹彻玉笙寒',故知解人正不易得。"(《人间词话》卷上)王安石的欣赏是从写愁思而凄婉欲绝言,王国维的评说是从表现命运遭际、身世感伤而言沉重,角度不同,理解不同,不妨并存,各见其妙。

应天长

一钩初月临妆镜。蝉鬓凤钗慵不整。[①]重帘静,层楼迥,[②]惆怅落花风不定。　　柳堤芳草径,梦断辘轳金井。[③]昨夜更阑酒醒,[④]春愁过却病。[⑤]

【注释】

①蝉鬓:鬓是耳边之发。蝉鬓,形容女子的鬓发如蝉身黑亮,梳成蝉翼形状而紧贴在耳边。凤钗:用来簪发的钗头,雕刻成凤形,形容精美。慵:懒。　②迥(jiǒng):深远。　③辘轳:井上汲水的工具。金井:以井上栏杆雕画精美而称。　④更阑:夜深。⑤过却:超过,胜过。

【品评】

这首《应天长》与下一首《望远行》,传本中也有认为是李煜之作的。但是陈振录《直斋书录解题》卷二一录"南唐二主词一卷,中主李璟、后主李煜撰”后，有说明道：“卷首四阕，应天长、望远行各一，浣溪沙二，中主所作。重光尝书之。墨迹在盱江晁氏，题云‘先皇御制歌词’。余尝见之，于麦光纸上作拨灯书，有晁景迂题字。今不知何在矣。”重光即李煜。这两首词，李煜曾亲手书写，并题为“先皇御制”，陈振孙又曾亲眼见到墨迹，所言应该可信。故与上两首《浣溪沙》一并归为李璟之作。

词摹写闺中少妇在春天的情思，写得韵味悠长，柔婉动人。

上片以“一钩初月”领起，让人想象一弯淡淡的月牙儿斜缀在西天，天色湛湛青青，正是一个春晴美好的早晨。无论季节，还是天光，“一钩初月”都昭示着新始之意，于是引出“临妆镜”而做梳洗的人。然而这人却是“蝉鬓凤钗慵不整”——发黑如漆，鬓薄如蝉，暗示了人的青春美貌，“凤钗”点出了生活的优裕，然而人的心绪却是一个“慵”字。镜中映月，清新如小芽；镜中映人，美貌又青春，那么，是何事惹出人物的这番郁闷而慵怠的心情以至于都无心装扮自己呢？作者不言，只是掉转笔去写小楼的环境静谧得冷清，幽深得寂寞。这就越发显出这种烦闷的沉重，不仅在心，而且弥漫于整个居所之中，包裹缭绕，令人透不过气来。于是要将那重帘卷起，放春光入层楼，一吐忧郁。不料帘起室明，帘外所见，却是落花被风吹着在空中纷飞，飘摇回旋，上下翻转，东西横荡。风不息，花落不止，飘飞无定。卷帘未能舒忧，这情景更勾起楼中人的许多伤感：花落春去也，美好在凋零；而落花更被风吹去，不知落向何方？落在何地？这风是从何处来？为何如此不爱惜？“惆怅”二字便将慵懒的情绪明朗化了，却仍不交代原因。上片由里及外，分两层书写，作两层跌宕，细致地表现人物的心情，又留下一份悬念，一份牵挂，让读者向下片去寻找。

下片承风吹落花而将画面拉开，视界变得开阔，似有一种心情的舒展。那长堤垂柳，绿草小径，二人曾牵手漫步；那明净的井台，雕花的栏杆，二人曾并坐谈心；这些充满温馨的画面，而今却是“梦断”——只有在梦中重见，醒来一切消失。写到这里，作者才揭出楼中人郁闷的原因：原来是在感伤离别。而这离别的感伤郁结之深，于是相思成梦。心情即使有片刻的舒展，也只是在梦中相聚之时。这里，春柳与折柳送别的风俗相连，芳草径与汉末古诗“青青河畔草，绵绵思远道”的诗句相连，“辘轳”正是比喻相思之情的辗转缠绕。这两句写得意象绵密，悠思深长，含情脉脉，却一律“梦断”，二字下得斩截，断得绝决，使梦境的欢娱与现实的孤寂相比照而显得更加难以承受。末句则点明心思：为销愁，昨夜也曾饮酒，然而夜深酒醒，四周沉寂清冷，春愁却是更深，甚至于胜过了病痛的难受。而词也就在这感慨处戛然而止，将无穷的韵意留给读者去细细品味。

词的上片立足于“看”，让读者随着人物的视线所及去体察心情。下片则著笔于“想”，让读者随同人物的心情起伏而沉思。开片写清晨，而愁思却是起于昨夜。正是因为夜来有伤别怀远之思，所以清晨才对镜无心梳理。上下两片相互对照，首尾也成呼应之势，不但结构严密，而且深化了人物的情感。“惆怅落花风不定”，意象美，意蕴深，将一位深闺女子面对春景而叹息青春、渴望珍惜却感慨无奈的心思微妙地传达出来，又不露刻画痕迹，作者的语言才能确实高妙。

望远行

玉砌花光锦绣明,[①]朱扉长日镇长扃。[②]夜寒不去梦难成,炉香烟冷自亭亭。　　辽阳月,[③]秣陵砧,[④]不传消息但传情。黄金台下忽然惊,[⑤]征人归日二毛生。[⑥]

【注释】

①砌:台阶。　②朱扉:红色的门扇。镇:总是,老是。扃(jiōng):锁闭。　③辽阳:地名,今辽宁辽阳。此处泛指东北边塞之地。　④秣陵:江苏南京的古名。砧(zhēn):洗衣时用以捶打的垫石。　⑤黄金台:战国时燕昭王在易水之南筑高台,置黄金千镒于台上,广招天下才士。后因借指君主尊贤。而用于被招之士,则有追求功名之意。　⑥二毛:人老而头发斑白,因用以代指老人。《左传·僖公二十二年》:"君子不重伤,不禽二毛。"

【品评】

词中既曰"征人",又以"秣陵"与"辽阳"相对,表明所抒发的是怀念远人之情。

首句"花光"二字用得好。花开得盛,色彩绚丽,在日照下,与玉石台阶相映,则光影灿烂,景象明朗而爽亮。"玉砌花光锦绣明",可见阶下屋前是花团锦簇,明艳夺目,一片热闹,可是有谁欣赏呢?前句越见热闹,越是鲜明,就越是映衬出"朱扉长日镇长扃”的清冷、寂寥与暗淡。“玉砌”、“朱扉”都是居所之物，这就点出门扉之不开，是因为室内之人沉浸内心，全不在意周围事物，故将“玉砌”、“朱扉”的繁华抛置一旁，将一园锦绣花色尽拦在了门外。白日如此，夜来则不能成眠。唯其不能成眠，才觉得“夜寒”，而“夜寒”又加重了不眠。“梦难成”三字下得沉痛。倘若有梦，至少还有一点虚无中的安慰。但是，入眠方有梦，不眠如何能成梦？于是寒夜之中的不眠之人，守着那袅袅婷婷的炉烟，睁着无法闭合的双眼，等候着天明。这是一份何等愁苦的心情啊！有人说，“炉香烟冷自亭亭”是说“炉香的烟已经冷了，香烟还在独自袅袅上升着，这当然是一种幻觉”。但是，烟何曾有温度呢？这里的“烟冷”其实是承“夜寒”而来。虽然室内燃起了安眠的炉香，人却依然无法入眠，就看着那亭亭袅袅的烟柱在夜色里飘动，自顾自地向四处散发着芬芳，完全不理会人的愁苦，让不眠人更多出一份怨恨。这里的“冷”，这里的“自”，都是为了加强人的孤寂感而给烟涂上的感情色彩，而不是烟真有什么“冷”、“自”的表现。

词的下片承“夜寒”而展开。月是所见，砧是所闻。夜寒天高月明亮，照着辽阳，也照着金陵。但是，今夜金陵人不眠，不知辽阳可是同样有着望月的人？只有那捶洗衣物的砧声一下接一下地传来，声声都敲打在人的心上。李白有诗：“长安一片月，万户捣衣声。秋风吹不尽，总是玉关情。何日平胡虏，良人罢远征。”(《子夜秋歌》)入秋后，妇女们要为远方的亲人送去寒衣，而在缝制之前，先要捶洗丝絮，于是捣衣也就成了女性表达思念的特别活动。词中人物虽然不在捣衣的行列之中，但在不眠的寒夜里，听着窗外传来的捣衣声，无疑更加重了离别的愁思。“不传消息但传情”，是说远行者无消息，捣衣声却声声含情，声声传情。既说“传情”，不眠人的心是飞向了远方：你可在望月？你可曾听见这捣衣声？你可曾想到啊，功名虽成而年华已失，待得归来，满鬓白发，那时的相聚相对，会让我们生出多少歔欷？末二句因不眠而遥想对方心情，说是日月流逝，芬芳不再，对方也会惊心有悔——其实全是自己一片盼归的痴心。

末二句作设想，以自己的感受去猜测对方心情，不仅是情真意切，更有一种祈望在其中，读来令人感动。

文　选

上汉帝书[①]

先因河府李守贞求援,[②]又闻大国沿淮屯军,[③]当国亦于境上防备。[④]昨闻大朝收军,当国寻已撤备。[⑤]其商旅请依旧日通行。

【注释】

①汉:唐末五代动乱中,河东节度使沙陀人刘知远趁契丹灭后晋,于947年在太原称帝。契丹北撤后,建都于汴(今河南开封),国号为汉。史称后汉。950年为后周所灭。时在位者为刘知远之子隐帝刘承祐。　②河府:唐朝所建河中府的省称,府治在今山西永济县西南蒲州镇。李守贞:河阳(今河南孟州)人,追随石敬塘起兵而握掌军权,曾降契丹,后降刘知远,封太保,镇河中。刘知远死后,李守贞心不自安,遂谋自立为帝。枢密使柴荣以西面军前招慰安抚使之衔率军奉命征讨,城破,李守贞全家投火而死。传见《旧五代史》卷一〇九。　③大国:指后汉。　④当国:自称。　⑤寻:时隔不久。

【品评】

乾祐元年(948)三月,河中府李守贞反叛,并联合了驻在长安的赵思绾,驻在凤翔的王景崇,一时兵势强盛,由西而东,形成对后汉京都汴城的威胁。七月，郭威率军征讨，接受扈从珂的建议，分三道进军，围李守贞于河中；又采纳冯道的计谋，大施财物，瓦解李守贞的队伍；并将河中围得铁桶一般，却并不进攻。如此一来，以勇猛善战而称的李守贞既不能驰骋于战场发挥其所长，又无法与西面的赵思绾、王景崇联合来对抗郭威的大军，而城中粮食殆尽，饿死者日众，又兵心涣散，全无接战之力，孤守河中，如坐网中，情势十分危急。于是，李守贞派出使者，携带裹在蜡丸中的密信潜往南唐、后蜀、契丹求援，希望凭借外力来牵制郭威，里外相应，以解河中之围。

此时的南唐中主李璟正颇有北上之志。南唐在946年取得了攻克建州的胜利，向南拓展了领土，947年又接纳了投奔而来的后晋将领皇甫晖、王建以及诸多小股的淮北义军，国势一时而有盛大的气象，朝廷上也有了北伐中原实现统一的议论。事虽未成，“唐人皆以为恨，唐主亦悔之”(《资治通鉴》卷二八六)，是心有向往的。因此，当李守贞的使者到来之际，李璟决心发兵前去救援。《资治通鉴》记载，这年的十一月，“唐主命北面行营招讨使李金全将兵救河中，以清淮节度使刘彦贞副之，文徽为监军使，(魏)岑为沿淮巡检使，军于沂州之境”。沂州，地属后汉，治所在今山东临沂。南唐军于沂州之境，即是兵逼汉境了。然而，汉兵在沂北防守甚严，而唐兵厌战，莫有斗志，加上河中路途遥远，势不能及，唐将掂量利害之后，决定后撤，退保海州。海州，地属南唐，治所在今江苏连云港西南海州镇。这一次雄心颇大的救援就这样未战而草草收场。于是，李璟遂写信给后汉隐帝，“请复通商旅，且请赦守贞”(《资治通鉴》卷二八八)。如果说，请求开放因战争而关闭的边境，互通有无，这是李璟关心国计民生而作出的考虑；那么，在大张声势而来又草草收兵而去之后，李璟凭什么要请求后汉赦免正被围困得如瓮中之鳖的李守贞呢？这两个请求，究竟哪一个是主要的呢？倘若是开放边境，那就不应该提出李守贞的赦免，这不明摆着是找没趣吗？信送了过去，后汉朝廷根本不予理睬，就是理所当然的事了。

但是，录在这里的信，应当不是《资治通鉴》所记的写于948年年末的信。既然信中有“昨闻大朝收兵”之言，则信应写于郭威已经平定了河中之后。河中的平定是949年七月的事情，八月郭威率军还朝。因此，这应当是李璟为李守贞事而写给后汉君主的第二封信，时间是949年八月以后。

正是因为李守贞已经大败而亡，后汉朝廷已经取得了平叛的胜利，故南唐在前一年十一月应李守贞之请而出兵沂州就是一桩过错。李璟的轻举，干预后汉国事，又借机渔利，可以说是犯了外交之中的大忌，严重地影响了两国的关系。如果后汉不肯在战争平息之后开放边境，是有充分依据的。如果后汉因此要进一步去讨伐南唐，也是不无理由的。虽然不开放边境，商旅不能通行，会影响国家的经济生活，但是，两国交恶而构成对南唐国家的安全恐怕是李璟最为担心的事情。后汉军事力量强大，南唐军队的北出既已成为冒犯，那么，后汉会不会乘着平叛的强势而南下呢？因此，李璟的这一封信虽然只谈通商之事，实际上却是借此向后汉表示友好。

李璟因为背理在先，所以这封信措辞委婉，语气卑弱。他先将此前的出兵说成是虽有李守贞之请，却主要是因为听说了后汉的“沿淮屯军”，所以自己不得不派出军队驻扎边境，以为防备。这样避重就轻的讲法，就为自己的挑衅卸去了责任，先作请求宽谅的表示。然后说后汉既已在河中获胜收兵，自己也跟着在海州撤回了守军，因此，无论后汉态度如何，在南唐一面，边境已经开放。这是姿态主动地向后汉皇帝表示友好的善意。最后再提出恢复二国之间商旅的通行，说是“依旧日”，可见商旅的往来不仅有利于南唐，同样也有利于后汉。这是在用利害说服后汉。三层意思逐次道来，情理兼具，颇有劝说之力。而文中凡指后汉，不是称“大国”，就是称“大朝”，自居弱小，又不无迎合乞怜之态。仅就文字而言，后汉应当欢迎李璟的态度。

此事结果如何，南唐与后汉之间是否就此边境开放，商旅可以通行，史无记载，我们不得而知。不过，比较两封信所提出的请求，分析此信的写法，可以看出，这时的李璟，头脑要冷静清醒了许多。

灾异诏[1]

《春秋》日食、地震、星孛、木冰，[2]感召靡爽。[3]比灾异频仍，[4]岂人君不德以致之耶？抑亦天心仁爱而谴告之耶？朕甚惕焉。[5]曩者兵连闽越，[6]武夫悍将，不喻朕意，务为穷黩，[7]以至父征子饷，[8]上违天意，下夺农时。咎将谁执？在予一人。[9]

【注释】

①此文标题为后人所加。《古文渊鉴》卷四一作“灾异诏”。《全唐文》卷一二八作“恤民诏”，这是错将史家的叙述“其大赦境内，穷民无告者咸赐粟帛”二句误作了诏文。 ②《春秋》：先秦时期鲁国的编年体史书，简要记载自公元前722年至公元前481年的242年间所发生的史事，相传经过孔子的修订，为儒学经典之一。书中有日食、地震等灾异记载，以之为上天对人间政治悖理的警告。星孛（bèi）：彗星。古人以彗星出现是不吉利的征兆。《春秋·文公十三年》：“有星孛入于北斗。”木冰：雨雪沾附于树枝而凝结成冰。《左传·成公十六年》：“春，王正月，雨木冰。”注曰：“记寒过节，冰封著树。”也称木介。 ③靡爽：没有错误。④比：近期。频仍：连续不断。 ⑤惕（tì）：心惧。 ⑥曩者：此前。闽越：唐末动乱中，威武节度使王审知据今福建之地而封为闽王。其子王延钧于933年称帝，建都长乐（今福州），国号为闽。945年为南唐所灭。 ⑦穷黩：穷兵黩武。穷，尽。黩，滥用。⑧饷：输送粮草。 ⑨在予一人：《尚书·汤诰》记商王汤灭夏而布告天下：“其尔万方有罪，在予一人；予一人有罪，无以尔万方。”后用为帝王自罪之辞。

【品评】

古代儒家的政治哲学建立在“天人合一”的基础之上。在主张君权神授，普通人不得觊觎，借以维护政治权力的威严的同时，又提出君主的行为是受到上天的监视与督察的。如果君主德行不当，国家政治淆乱，天就会因民怨而怒，或者以干旱、水涝等灾害为警告，或者以地震、日食等异常为告诫。而这些警告都是上天对君主的爱护。如果君主屡屡受到警告而不思改过，上天就会放弃爱护而转向支持其他的有德行者，那么，失去上天佑护的君主就会被废黜或者被推翻。这就是之所以会发生改朝换代的原因。这种学说本与原始宗教有关，如传说商汤有过，七年无雨，曾以身祷于桑林而得雨；后被利用而成为君主政治的支持。当汉代尊崇儒学，这种学说更得到了系统的政治阐释。在儒学经典《春秋》中，自然灾异的记载经过经学家的解说都与当时的政治行为有了密切的联系。东汉班固在《汉书》中设“五行志”，专门记载灾异现象，糅合阴阳五行学来作政治分析。此后官方所修正史也大都承袭《汉书》体例，辟专章记载灾异现象来解释朝代命运的变化。因此，对于古代帝王，自然灾异不是单纯的自然现象，而是与政治得失、王朝命运相关的大事，必须要有充分的重视，要像商朝君主汤一样改过自新，以求得上天的原谅。而请求原谅的方法就是下罪己诏，将皇帝的过失公布于天下，表示改正的决心。这就是为什么李璟要将天时的变化归罪于自己，要将“人君不德”与“天心仁爱”相列，并将自己的改过之心以诏书的形式公布于天下。这也是他下诏自罪而要首先标举《春秋》的缘故。

据马令《南唐书》记载，这篇诏书作于保大八年(950)正月，李璟借此向上天表示忏悔：战争之祸，错在一人，祈望天时气象恢复正常，以安宁百姓，保佑国家。

南唐立国之后，风调雨顺，江淮连年丰收，兵食有余，大臣们争劝李昪北伐收复中原，重建大唐疆域。李昪说：“吾少长军旅，见兵之为民害深矣，不忍复言。使彼民安，则吾民亦安矣，又何求焉！”(《资治通鉴》卷二八二)故其在位，与周边诸国相安无事，各自保全。公元943年李璟即位，时南边的闽越发生内乱，南唐冯延鲁、查文徽、陈觉等大臣觉得有机可乘，劝说李璟出兵，国家有扩张之利，个人也可建功名，取富贵。保大二年(944)，李璟命枢密副使查文徽率军讨伐闽越，次年(945)，建州王延政、泉州留从效、福州李仁达等都归附于南唐，大获胜利。但是，这一年的用兵，南唐耗费甚巨，马令《南唐书》卷二记载：“建州之役，府库中耗，民不堪命。”南唐既无实力统辖闽越，因此对于王延政等闽中豪帅采取羁縻政策，封官晋爵，承认他们的势力，让他们在闽地各自统军治政。闽中这些割据势力既相互之间不断发生冲突，而南唐的冯延鲁、陈觉等人又急于建功，在稍有胜利之后，就上书李璟要求进一步收复闽越之地。李璟不想打仗，又不想拂陈觉等人的心愿，就任命陈觉为福建路宣谕使，魏岑为漳、泉安抚使，监管闽中诸帅。保大四年(946)，陈觉利用职权，擅自发动建、汀、抚、信四州兵力以及边境戍卒向福州进攻，魏岑不愿失去建功的机会，也擅自发兵呼应陈觉。李璟得知，虽然恼怒，却还是派冯延鲁率领增兵前往支援。这一次攻打闽越，李仁达向吴越请得三万援兵，实力大大加强，而南唐诸将又争功冒进，相互牵扯，不作配合，于是诸军溃败，草草收拾，撤军守境。史载此战，兵士战死万余，亡失金帛戈甲之类不可胜数，国用遂为一空。

而接下来的几年，南唐天时不顺，年年都有异常现象。如：保大五年(947)“七月丁丑，夜有彗出东方，近浊其尾”(陆游《南唐书》卷二)；十一月，“壬子，雨木冰。辛酉，雨木冰。癸酉，雨木冰”(马令《南唐书》卷二)；六年(948)“六月庚寅，朔，日食”；七年

(949)“夏四月壬申,太白昼见”;“六月癸酉,日食”;“十二月冬,日晕三重”(同上),等等。史官将这些异常一一记载下来,作为对朝廷政治的批评。对比父亲在位守境睦邻的做法,李璟对此天象,不仅忧虑,也有惭愧,就在保大八年正月,一面下此诏书自责,一面发布命令:大赦境内罪犯,赏赐粟帛给穷民无告者。希望通过舒缓民怨,拯救穷苦,向上天赎免轻举用兵而犯下的罪过。

李璟在诏书中一面忏悔,一面表示出兵闽越是“武夫悍将,不喻朕意,务为穷黩”,并非他的本意。这的确是事实。问题是,战祸的造成虽然是陈觉、魏岑等的擅自行为,但是这些权臣敢于擅自乱为的原因却是皇帝李璟的软弱无能。闽越大败之后,李璟大怒,先是下令斩陈觉、冯延鲁等于前线,继而又下令以铁链将二人锁回金陵问罪。冯延鲁的哥哥冯延巳是丞相,陈觉又是太傅宋齐丘的亲信,二人锁回金陵,本要问斩,李璟禁不住冯延巳与宋齐丘的劝说,不顾韩熙载的批评,将二人改判为流放,并在不久之后重新起用。因此,如果上天真能因这份诏书而宽恕李璟征战闽越的罪过,李璟治政的昏聩,如何能够防止不再出现同样的问题呢?陆游议论说:“诸将失律,贪功轻举,大事弗成,国势遂弱。非始谋之失,所以行之者非也。”(《南唐书》卷二)“所以行之者非”,正是对李璟决事无定、用人不明的批评。

答留守周宗乞罢镇诏①

嵩岳降灵,诞生良弼,②佐我先朝,施及朕躬。③尚赖保釐，[4]底于成绩，[5]乃遽尔请罢，[6]岂朕不能优礼勋旧而致然也？昔萧何守巴蜀，高祖无西顾之患；[7]寇恂守河内，光武无分民之嫌。[8]今任公以何、恂之事，宜强饭扶力，以副朕意。[9]於嘻！[10]国之安危，惟兹淮甸。[11]慎始成终，非公而谁？所请宜不允。[12]

【注释】

①周宗：字君太，秣陵人。初任李昪侍吏，吴唐禅替之际，有赞助之功，累迁枢密使、右丞相，出为东都留守。后以司徒致仕，退居金陵。保大十四年(956)卒，时年七十余。传见马令《南唐书》卷一一、陆游《南唐书》卷五。　②良弼：贤明的辅佐。语出《尚书·说命上》："梦帝赉予良弼。"　③施(yì)：延续。　④保釐(lí)：治理安定。语出《尚书·毕命》："命毕公保釐东郊。"　⑤底(zhì)：致，成就。　⑥遽尔：突然。　⑦萧何事：秦灭后，刘邦以巴蜀为根据地，与项羽进行了长达五年的楚汉战争。他在东出汉中之时，任命萧何为丞相，留守巴蜀，镇抚后方。萧何尽心尽力，不仅保证了前方的军需供应，还将自己的亲属子弟送到前线参战，使刘邦消除猜疑而全力逐鹿。当刘邦登上帝位，建立汉朝，论功行赏之际，力排众武将之异议，首封萧何为酂侯，继排位次，仍以萧何为第一，充分肯定他"转漕关中，给食不乏"的"万世之功"。事见《汉书》卷三九。　⑧寇恂(xún)事：西汉末年的争乱中，刘秀已定河内(郡治在今河南武陟)，准备以此为根据地而出兵北上。这时，已入长安的更始帝派朱鲔率重兵据守洛阳，紧逼河内，在后方构成了严重的威胁。刘秀深为忧虑：分兵驻守河内会影响北

征，而河内失守就会进退无据。这时邓禹推荐寇恂守河内，说："昔高祖任萧何于关中，无复西顾之忧，所以得专精山东，终成大业。今河内带河为固，户口殷实，北通上党，南迫洛阳。寇恂文武备足，有牧人御众之才，非此子莫可使也。"寇恂果然不负期望，抚镇后方，转输军资，大破朱鲔之兵，使刘秀无后顾之忧，而赞叹"吾知寇子翼可任也"。寇恂，字子翼。事见《后汉书》卷一六。⑨副：符合。 ⑩於嘻：叹息声。 ⑪淮甸：指淮南之地。甸，《周礼》记载西周制度以王城为中心，分天下为九畿，以便行政治理。天子所在的王畿方圆千里，其外方圆五百里为侯畿，又其外方圆五百里为甸畿。故甸为边地而有拱卫京城的作用。 ⑫宜：应该。

【品评】

据马令《南唐书》卷三，李璟这份诏书写于保大十三年(955)十月。周宗自保大八年(950)二月出任东都留守，此时已过五载，又年逾七十，有辞官退休之请，是合情合理之事。但李璟不肯批准，还颇有点不高兴，说是我正要依靠你来成就国家的事业，而你却要请辞，这就好像在批评我这做皇帝的不能尊重厚待先朝老臣，而使你在朝不欢，故生退休之念。李璟此言，不无道理。因为周宗与南唐王室的关系非同一般。

早在李昪仕吴之时，周宗就随侍左右，成为亲信。当李昪大权在握，有取吴之意而难于动手，一日对镜梳理已白的胡须，于是叹息："功业成而吾老矣！"侍候在傍的周宗闻其言而知其心，于是启动了禅代之议。因此，李昪建立南唐，周宗有功而居官枢密使，奉化军节度使，是颇受重用的。李昪死，李璟哭于棺前，不肯即位，要让予弟弟来表现自己的慈爱。周宗就将皇帝的衮衣披在李璟身上，并为他戴上皇帝的冠冕，劝说道："大行付陛下神器之重，岂得固守小节?"因此，李璟登基，他同样有功，官任侍中，丞相，江西节度使，东都留守，均为要职。而且，李璟又为儿子李煜娶了周宗的女儿娥皇为妻，更以休戚相关的联姻来加强二家的政治关系。可以说，周宗于南唐李氏王室确实有功，而南唐李氏王室对周宗也非常信任，待遇优厚。也正是由于这种密切的关系，保大八年，李璟委派周宗出任东都留守。

东都，是原来吴国的京城，今江苏扬州。李昪长期在金陵驻守，南唐建国以后，既不愿离开金陵，又不便弃置扬州，就以两城并为京都，扬州称东都，金陵称西都，而以金陵为主政之所。扬州地处长江之北，虽然不再是朝政的中心，却是南北水运的要冲，是军事战略的要地。南唐与后晋、后汉、后周都基本上是以淮河为界而分据南北。如果说淮河是边境线，那么，扬州所守的长江就是南唐王朝的最后防线。北方军队南下，过淮河之后要通过淮南之地才能抵达长江。淮河以南是平原、丘陵与河汉交织的地带，地形既开阔，又复杂，南方据此而防守抵抗，北方则要力战争夺以为进取。就南方而言，扬州是淮南战场的指挥枢纽，是向前线输送军需粮草的要道，又是扼守长江的一处关键，失扬州，就是失淮南，而长江以南就可能无保。而从北方来看，夺得淮南，就直逼扬州，夺得扬州，长江就会失守。因此，对于以淮南为缓冲之地的南唐王朝，扬州就是金陵的屏障，其地位之重要，非亲信重臣莫可任用。因此，李璟任命周宗为东都留守，可以说是托付深重。

保大七年(949)七月,后汉平定了李守贞的叛乱,郭威权势盛大。而在李守贞事上,南唐处置不当,李璟后来虽有和好通商之请,却也不能不有所防备。据《资治通鉴》卷二八九记载,保大八年(950)元月,李璟得到清淮节度使刘彦贞的报告,说汉兵将大举南伐,因而赶紧作出部署,将其长子、东都留守燕王弘冀调任润、宣二州大都督,镇润州(今江苏镇江),调宁国节度使周宗为东都留守。对于这一调动,胡三省的注说:"以汉兵大举,弘冀年少,恐不能调用扞御;周宗为唐祖佐命,宿望也,故徙镇扬州。"因此,周宗就任东都留守又可以说是受命于危急之时。刘彦贞的报告后来证明是虚妄谎报,后汉郭威正忙于朝廷内乱以及与北方契丹的纠纷,无暇南顾,于是,周宗就在扬州安然镇守,直到保大十三年(955)十月。

这时,后汉已为后周所取代。周世宗柴荣在诸政平稳之后,"慨然有削平天下之志",已经制定战略,先取南唐,并在八月先出兵秦、凤,使蜀主屈服求和,清除了西境的后顾之忧。十一月,后周有诏书声讨南唐,历数其罪,派出军队来围攻寿州。当后周将大举南下的消息传来,南唐境内,人心惶惶。周宗在此时请辞东都留守,年过七十,体力衰弱,固然都是原因,但更重要的,恐怕还是知道这一次的周兵南下是动真格了,周宗对自己,对南唐王朝,都没有信心。

周宗在此时辞职,李璟当然不高兴。他在这份拒辞的诏书中,既责备周宗为难自己,又引了萧何与寇恂二事,鼓励周宗说自己正对他寄予重望。李璟读书广博,文才出色,责备表达得很委婉,鼓励也很热情,但是,他所用的两个典故,与当下情境,却是牛头不对马嘴，是一大错置。萧何支持刘邦，寇恂支持刘秀，就君臣地位而言，同李璟与周宗有得一比。可是，当萧何守汉中之时，正是刘邦带领大军在前方作战，当寇恂守河内之时，刘秀也正在前线乘胜拼杀；现在却是李璟坐镇后方，而周宗面对强敌，位置与形势完全是颠倒的。那么，此刻的周宗能不掂量轻重而去跃马厮杀吗？退一步说，如果周宗愿意拼死，他有没有可以与后周拼死一搏的力量呢？李璟将儿子从扬州撤到润州，周宗会作何想呢？何况，即使李璟信任周宗，而且，他的信任，胜过刘邦信任萧何，胜过刘秀信任寇恂，但是，周宗能完全信任李璟而在两方力量悬殊之大的形势下愿意去尝试拼搏的可能性吗？李璟在诏书中用此二事，真见得他作君主的不清醒。

史臣批评李璟朝政的一大问题便是“喜人佞己，由是谄谀之臣多进用，政事日乱”（《资治通鉴》卷二九二）。周宗是侍从二朝君主的老臣，对南唐实力了然于心，对南唐政治的弊病也认识清楚。本来就势力悬殊，而当他在前方拼死，却一定会有后方的掣肘，这样的死有什么意义呢？因此，李璟不用此二事作鼓励倒也罢了，用此二事，却是对周宗的一个提醒。萧何当年将子弟送上战场，如同人质，寇恂也曾称病不理政事，甚至要求离开河内而去从军打仗；都是出于畏惧谗言引起君主猜忌的缘故。所以，周宗的请辞虽然遭到李璟的拒绝，却是连上三表，坚辞不已。最后李璟同意了他的辞呈，任命冯延鲁去作了接任。

周宗回到金陵，次年二月过世。这时，周世宗已南下进至寿州（今安徽凤台）城下，南唐在淮南的守军已有数次战败，形势危殆。宋齐丘与周宗是多年共事的政治对手，前来吊丧，抚着周宗的棺材哭着说:“君太能黠,来亦得时,去亦得时!”谓周宗聪明,死得及时,可以免去亡国之辱。李璟听了,“大不悦”。此事可以用来为这篇诏书作一注脚。

奉大周皇帝书①

愿陈兄事,永奉邻欢。设或俯鉴远图,②下交小国,悉班卒乘,③俾乂苍黔,④庆鸡犬之相闻,⑤奉琼瑶以为好,⑥必当岁陈山泽之利,⑦少助军旅之须。⑧虔俟报章,⑨以答高命。道涂朝坦,礼币夕行。⑩

【注释】

①周:唐末五代的动乱中,邺都留守郭威于951年取代后汉而称帝,建都汴(今河南开封),国号为周。时皇帝为世宗柴荣。②设或:假设,如果。 ③悉:全部。班:回还。卒乘:兵马。④俾乂:治理。《尚书·尧典》:“下民其咨,有能俾乂。”苍黔:大众,百姓。张九龄《和圣制温泉歌》:“吾君利物心,玄泽润苍黔。”苍,黔,均为青黑色。秦时平民以黑巾裹头而称“苍生”,“黔首”。⑤鸡犬相闻:形容太平无事,百姓安居。陶渊明《桃花源记》:“土地平旷,屋舍俨然,有良田、美池、桑竹之属,阡陌交通,鸡犬相闻。” ⑥奉琼瑶以为好:表示报答结谊之心。语出《诗经·卫风·木瓜》:“投我以木桃,报之以琼瑶。匪报也,永以为好也。”琼瑶,玉石的美称。 ⑦陈:贡。山泽之利:指赋税。 ⑧少助:稍

助。须：需要。 ⑨俟：等候。 ⑩礼币：贡金。

【品评】

周世宗柴荣在显德三年(956)正月下诏征讨南唐，亲自率领大军从大梁(今河南开封)启程，仅仅十四天就抵达寿州城下，驻营于淝水之北。而南唐驻守淮南之地的军队，或是骄横无谋，一击即溃，如守在正阳的刘彦贞；或是望风丧胆，弃城而逃，如守在滁州的王绍颜；几乎全无应战之力。周师进入淮南，勇猛迅急，势如破竹。据《资治通鉴》卷二九二记载，正阳一战，“斩彦贞，生擒咸师朗等，斩首万余级，伏尸三十里，收军资器械三十余万”；涡口一战，夺战舰五十余艘；盛唐一战，败唐兵三千余人，获战舰四十余艘；南唐兵力损失惨重。这时，周世宗又委派武平节度使兼中书令王逵为南面行营都统，领兵向西南，攻打南唐的鄂州，占据长江上游之地，开辟西面战场，呼应淮南，威逼金陵。李璟坐镇金陵，接连收到淮南战败失城的报告，又有鄂州告急，自知抗衡力有不济，国家岌岌可危，于是派人携书前往滁州，向周世宗求和。

《旧五代史》卷一一六记载，二月“甲戌，江南国主李景遣泗州牙将王知朗赍书一函至滁州，本州以闻。书称唐皇帝奉书于大周皇帝，其略云”。《全唐文》卷一二八抄录此文而加上了标题。因此，今存的李璟这封求和国书并非全文，只是略要。其要点有三：一是愿以兄长事周，自居弟位。二是请求退兵，各自安民守境。三是愿每年输送赋税，作为贡金。故《资治通鉴》卷二九二的记载就非常简略：“唐皇帝奉书大周皇帝，请息兵修好，愿以兄事帝，岁输货财以助军费。”

读此文字，真让人感慨这李璟实在是一个糊涂皇帝，不明事理。周世宗亲自统领军队进入南唐之境，难道就只是为了从南唐的国税中分得一杯羹？周军攻打淮南，一路猛进，节节取胜，你一称兄道弟，表示友爱，就可以求得对方的休战退兵？不同国家之间，守境安民，通商贸易，对于一国皇帝，既无边患，全力治内，固然是理想的政治状态。但是，这种状态的取得与维护，依凭的是国家的实力，决非请求可以做到。何况在节节败退的情况下，李璟凭什么来与周世宗讲国际交往的道理呢？再说，军事上已经失败的一方，向胜利者提出休战的请求，也要有个请求的姿态，让胜利者在心理上有所满足，可以接受，而李璟仍然以皇帝对皇帝的平等地位来作请求，正在乘胜前进、继续攻城掠地的周世宗能满意吗？这就无怪乎周世宗非但不接受，而且是根本不予理睬了。《旧五代史》的记载是“书奏不答”；而胡三省在《资治通鉴》“帝不答”三字下解释说：“以唐主犹敢抗礼，欲为兄弟之国也。”

李璟虽然送上了求和休战之书，但是，既没有提出实实在在的条款来满足周世宗南下征战的目的，也没有能表现出战败者的足够恭敬来满足周世宗的威严，于是，驻跸寿州城下的周世宗，一面继续围城，一面调兵遣将部署攻打扬州——南唐的东都、江北的屏障。在后周征讨南唐的战争中，处于劣势的南唐是一再求和，国书一封又一封地送达，态度是越来越恭敬，条件是越来越卑屈，直至将长江以北的土地全部割让，约定与后周划江而治，这才换得周世宗的收兵还朝。而读李璟这求和第一书，不难想知，南唐之败，首先就败在这软弱无能又虚荣自大的皇帝身上。

上周世宗第一表[①]

臣闻舍短从长，乃推通理；以小事大，[②]著在格言。实征自古之来，即有为臣之礼。既逢昭代，[③]幸履良途。

伏惟皇帝陛下，体上圣之姿，膺下武之运。协一千而命世，[④]继八百以卜年。[⑤]化被区中，恩加海外。虎步则时钦英主，[⑥]龙飞则图应真人。[⑦]臣僻在一方，谬承余业。比徇军民之欲，乃居后辟之崇。[⑧]虽仰慕华风，而莫通上国。

伏自初劳将帅，远涉封疆。叙寸诚则去使甚艰，于间路则单函两献。[⑨]载惟素愿，方俟睿慈。[⑩]遽审大驾天临，六师雷动。猥以遐陬之俗，[⑪]亲为跋履之行。[⑫]循省伏深，兢畏无所，岂因薄质，有累蒸人？[⑬]

伏惟皇帝陛下，义在宁民，心惟庇物。臣倘或不思信顺，[⑭]何以上协宽仁？今则仰望高明，俯存亿兆，虔将下国，[⑮]永附天朝。已命边城，各令固守，见于诸路，[⑯]皆俾戢军。[⑰]仰期宸旨才颁，[⑱]当发专人布告。伏冀诏虎贲而归国，[⑲]巡雉堞以回兵。[⑳]万乘千官，免驱驰于原隰；[㉑]地征土贡，常奔走于岁时。质在神明，[㉒]誓于天地。庶使阖境荷咸宁之德，[㉓]大君有光被之功。[㉔]凡在照临，孰不归慕？

谨令翰林学士户部侍郎臣钟谟、工部侍郎文理院学士臣李德明奉表以闻。[㉕]

【注释】

①周世宗：公元954年，周太祖郭威死，养子柴荣继位，是为周世宗，也称柴世宗。 ②以小事大：语出《孟子·梁惠王下》：齐宣王问孟子，邻国相交，有没有可以遵循的原则？孟子回答说：“有。唯仁者为能以大事小，是故汤事葛，文王事昆夷。唯智者为能以小事大，故太王事獯鬻，勾践事吴。以大事小者，乐天者也；以小事大者，畏天者也。乐天者保天下，畏天者保其国。” ③昭代：政治清明的时代。 ④命世：有治世之才干者。《汉书》卷三六：“圣人不出，其间必有命世者焉。” ⑤卜年：古代帝王即位之初，以占卜的方式预测朝代的命运。《左传·宣公三年》记楚王问周鼎之大小轻重而有不逊之心，王孙满回答周鼎不可问，因为鼎代表君主的权力，而上天之赋予君主权力则是依据其德行。当年周成王“定鼎于郏鄏，卜世三十，卜年七百，天所命也。周德虽衰，天命未改”。实际上周朝延续了八百余年，后人遂以“卜年八百”为言。 ⑥虎步：形容行进时姿态昂扬，气势威武。钦：敬服。⑦龙飞：称帝王有德而在位。《周易·乾卦》：“飞龙在天，利见大人。”注：“圣人有龙德，飞腾而居天位。”图应真人：相传王莽称帝后，忌钱文有金刀，暗寓刘姓，遂改称“货泉”。但人以为“货泉”二字可以拆开读为“白水真人”，正是刘秀之应，因叹“其王者受命，信有符乎？不然，何以能乘时龙而御天哉”！见《后汉书》卷一。白水，水名，流经刘秀的家乡舂陵（今湖北枣阳）。 ⑧后辟（bì）：君王的通称。 ⑨间（jiàn）路：小路。单函：一幅纸写就的信函。⑩载：于是。惟：思。俟：等候。睿慈：圣明仁爱。 ⑪猥：卑微自称之语。遐陬（zōu）：遥远偏僻之地。 ⑫跋履：形容跋涉艰难。

语出《左传·成公十三年》:晋国使者吕相向秦人讲述两国交往的历史,回忆晋文公当年“躬擐甲胄,跋履山川,逾越险阻,征东之诸侯”。注:“草行为跋。” ⑬薄质:自称才能浅薄。蒸人:大众。“蒸”通“烝”。烝,众多。 ⑭信顺:执守信约而顺应形势。⑮虔将:虔诚率领。 ⑯见(xiàn):现。诸路:各军。 ⑰俾:使。戢:收藏。 ⑱宸(chén)旨:圣旨。北极星之所在称“宸”,引申为帝王的代称。 ⑲冀:希望。虎贲(bēn):勇士的通称。《战国策·楚策一》:“秦地半天下,兵敌四国,被山带河,四塞以为固,虎贲之士百余万。” ⑳雉堞(dié):泛指城墙。古制,城墙长三丈广一丈为雉。堞,女墙,即城墙上端凸凹叠起的部分。 ㉑原隰(xī):平原湿地。 ㉒质在神明:以神灵为证明。 ㉓阖境:全境,全国。荷:受。咸宁之德:语出《周易·乾卦》:“首出庶物,万国咸宁。”咸,都。 ㉔光被之功:语出《尚书·尧典》:“允恭克让,光被四表,格于上下。”光被,光照。 ㉕钟谟:字仲益,其先会稽(今浙江绍兴)人,侨居金陵。博学能文,官至知尚书省事,深得李璟的信用。他曾多次出使于周。后因干预李璟立嗣之事而贬官,流放,赐死于宣州。传见《十国春秋》卷二六。李德明:性格褊急,长于言辨,深受中主李璟的爱重。在朝与钟谟友善,人称“钟李”。后因主张割地求和而为李璟所杀。传见《十国春秋》卷二六。

【品评】

李璟向周世宗求和的第一封国书没有回音,而扬州又危在旦夕,忧惧国家的破亡,于是再度向周世宗请求休战。文中所言“于间路则单函两献”,是指在李璟派王知朗奉书于周世宗的同时,还带去了他的弟弟、当时作为王位继承人的齐王景遂写给周军将帅请求退兵的信，但是两封信周世宗都没有理睬（见《十国春秋》卷一六）。于是才有这一次的再度献书。而这一次，李璟不再以皇帝的身分来作请求了，而是采取了臣属向皇帝表达请求的文书形式，古代称为“表”。因此，文中处处以“臣”自居，在在都是卑微事上之态。所派之人，也不像前次那样随意，找一个临近前线的州官去充当使者，而是选派了钟谟与李德明为专门使者，一个为翰林学士，官居户部侍郎，一个是文理院学士，官居工部侍郎，二人都是尚书六部中的首脑，又都是能言善辩之人。而且，钟谟与李德明这次前往寿州城下周世宗的临时驻跸之地去呈送表章，还同时携带了一份厚礼。据《册府元龟》卷二三二记载，献进之物有金器一千两，银器五千两，锦绮绫罗两千匹，及御衣、犀带、茶茗、药物等。又进犒军牛五百头，酒二千石。可谓殷情备至。这一次的奏表与前一次的致大周皇帝书，在时间上相隔不过八天。《旧五代史》卷一一六记第一书是在二月甲戌，此表是在二月壬午。对比前次的轻率，看来李璟此时才真正意识到了周军南下的严重性。而这种严重性无疑是来自周军日益获取的胜利。在国家危亡之际，身为君主的李璟在八天之内改变态度，始由轻率而严重对待，反映出他面对国事，既无深虑，也无远谋，随境而迁，仍然是一种轻率。这就不难理解为何李璟在周世宗的强大攻势之下，虽然还拥有一定的兵力，却完全不做部署，只是一味以财物赎买休战和平的做法了。因此，当后周与南唐交战之初，只就李璟的举措就可以判断，南唐亡国的命运已不可逆转。

这封奏表，先引经典与历史来说明“以小事大”之理，将屈辱称臣变成一冠冕堂皇之举。次颂周世宗德威并重，以“僻在一方”表示自己虽有仰慕之心，而无缘伸达。因此是自己的怠慢而引来了周军的入境，委婉而卑屈地将周世宗的入侵归结为问罪。然后才提出请求，说是自己已经知罪，已经命令淮南各路兵马，只准守城，不许接战，以表示休战求和的诚意。因此，倘若周军退回，不但可以减少军资的损耗，而且还能拥有南唐每年的岁贡，岂不美哉？并向神明发誓，决无反悔之意。

身为皇帝而向他国皇帝称臣，这是莫大的羞辱。故李璟要首先引出孟子之说来为自己的做法辩护，以示世事变幻，圣人也有变通的教训。但是，这纯粹是断章取义。孟子论国际关系而指出有仁者与智者两种作法，赞同的是仁者，因而面对欲取天下以建立统一事业的齐宣王分析二者有“保天下”与“保其国”的利害区别。李璟所取虽在“保其国”，却并非孟子的教训。不过，李璟不如此强争面子，又能如何呢？

问题是，虽然此时的李璟自取羞辱，委曲求全，但是，他仍然未能明白这场战争的实质之所在。在这封以臣奉君的表章中，他仍然在称颂周世宗的仁爱之德，希望能以卑屈的态度换取同情，以金钱财物的殷勤换取宽谅，完全忽略了周世宗的土地要求。面对李璟的昏庸，周世宗这一次对自己的南征索性做了明白的宣告。《资治通鉴》卷二九二记载，当钟谟与李德明到达寿州，周世宗盛陈甲兵而见之，不等钟、李二人开口，就训斥道：“汝欲说我令罢兵邪？我非六国愚主，岂汝口舌所能移邪？可归语汝主，亟来见朕，再拜谢过，则无事矣。不然，朕欲观金陵城，借府库以劳军，汝君臣得无悔乎！”是啊，周世宗志在夺取南唐土地，岂是称臣服软的卑屈态度可以满足的？如果周军乘势过江，打入金陵，所获又岂止于这数千金银财物？钟、李二人奉书而来，听得这番训辞，“战栗不敢言”。

李璟这次的求和休战仍然是碰了一鼻子的灰，周世宗非但不予理睬，还扣留了作为使者的钟谟和李德明。

上周世宗第二表

伏自上将远临，六师寻至，[①]始贡书于间道，旋奉表于行宫。[②]虔仰天光，实祈睿旨。伏闻朝阳委照，爝火收光；[③]春雷发音，蛰户知令。[④]惟变通之有在，[⑤]则去就以斯存。[⑥]所以徘徊下风，瞻望时雨，[⑦]载倾捧日，辄叙攀鳞。[⑧]

伏惟皇帝陛下，受命上玄，[⑨]门阶中立。[⑩]仗武功而戡乱略，敷文德以化远人。故得九鼎庆基，复昌于宝位；[⑪]十年嘉运，允正于璿衡。[⑫]实帝道之昭融，知真人之有立。[⑬]臣幸因顺动，敢慕文明。特遣翰林学士、尚书户部侍郎臣钟谟，尚书工部侍郎、文理院学士臣李德明，同奉表章，且申献贽，[⑭]请从臣事，仍备岁输。[⑮]冀阖境之咸宁，识人君之广覆。[⑯]不遥日下，[⑰]恭达御前。既推向化之诚，更露由衷之愿。

臣伏念天祐之后，[⑱]率土分摧，或跨据江山，或革迁朝代，皆为司牧，各拯黎元。[⑲]臣由是克嗣先基，[⑳]获安江表。诚以瞻乌未定，附凤何从？[㉑]今则青云之候明悬，白水之符斯应。[22]仰祈声教，俯被遐方。岂可远动和銮，[23]上劳薄伐，[24]有拒怀来之德，[25]非诚信顺之心？

臣自遣钟谟、李德明入奏天朝，具陈恳款，便于水陆，皆戢兵师。方冀宽仁，下安亿兆。旋进历阳之旌旆，[26]又屯隋苑之车徒。[27]缘臣既写倾依，[28]悉曾止约，[29]令罢警严之备，不为捍御之谋。

其或皇帝陛下未息雷霆，靡矜葵藿。[30]人当积惧，众必贪生。若接前锋，偶成小竞，在其非敌，固亦可知。但以无所为图，出于不获，必于军庶，重见伤残。岂唯渎大君亭育之慈，[31]抑乃增下臣咎衅之责。[32]进退维谷，[33]夙夜靡遑。[34]

臣复思东则会稽，南惟湘楚，尽承正朔，[35]俾主封疆。自皇帝陛下，允属天飞，方知海纳。[36]虽无外之化，徒仰祝于皇风；[37]而事大之仪，阙卑通于疆吏。[38]惟凭玄造，[39]猥念后期。方今八表未同，一戎兹始。[40]倘或首于下国，许作外臣，则柔远之风，[41]其谁不服？无战之胜，自古独高。[42]臣幸与黎人共依圣政，蚩蚩之俗，期息于江淮；[43]荡荡之风，广流于华裔。[44]永将菲薄，长奉钦明。白日誓心，皇天可质。虔输肺腑，上祈冕旒。[45]仰俟圣言，以听朝命。

今遣守司空臣孙晟、[46]守礼部尚书臣王崇质，[47]部署宣给军士物，[48]上进金一千两，银十万两，罗绮二千匹。

【注释】

①六师：也称六军。西周制度，天子有六军，诸侯则依次为三

军、二军、一军不等。这里是尊称周世宗的军队。寻：将。②旋：不久。行宫：天子的临时居所。③爝（jué）火收光：《庄子·逍遥游》："日月出矣而爝火不息，其于光也，不亦难乎。"谓有日月照耀而犹举火取光，是多余之事。爝火，炬火。爝，扎苇为炬。④蛰（zhé）户知令：当春天的雷声响起，藏伏在洞穴中过冬的昆虫就知道了时令。蛰户，昆虫伏藏的洞穴。⑤变通：应时通变。《周易·系辞上》："一阖一辟为之变，往来不穷谓之通。"⑥去就：语出《韩诗外传》卷一："就仁去不仁，则民之心悦矣。"以斯：据此。⑦时雨：应时而至之雨。《韩非子·主道》："是故明君之行赏也，暖乎如时雨，百姓利其泽。"⑧"载倾"二句：表达愿意追随左右而保全地位。唐高宗总章元年三月下诏封奖追随高祖李渊起兵的功臣，引两汉立朝大封功臣之事为据而称："咸以攀鳞上汉，捧日登山，气协风云，情同鱼水。"（《册府元龟》卷一三〇）攀鳞捧日，比喻追随皇帝而得沾荣光。⑨上玄：天。《周易·坤卦》："天玄而地黄。"玄，天青色。⑩中立：居中而立。《大戴礼记·保傅》："成王中立而听朝，则四圣维之。"说是周成王因为有周公、太公、召公、史佚四贤分立其前、后、左、右，所以能"虑无失计，举无过事"。这里借以称颂周世宗既得上天佑护，又得贤人辅助。⑪九鼎：古代象征国家权力的传世之宝。《史记·武帝纪》："禹收九牧之金，铸九鼎，象九州。"相传汤灭夏，迁九鼎于商邑，武王灭商，迁九鼎于洛邑。⑫璿（xuán）衡：即璿玑玉衡，指北斗星。《史记·天官书》："北斗七星，所谓旋玑玉衡，以齐七政。"七政，指春、夏、秋、冬、天文、地理、人道，是王者所以为政（见《尚书大传》）。这里借指执掌权力。⑬真人有立：参见本书《上周世宗第一表》注⑦“白水真人”。 ⑭贽(zhì):谒见尊长的礼物。⑮岁输:每年进贡的金钱物品。 ⑯广覆:普照天下。王粲《俞儿舞歌》之四:“神武用师士素厉,仁恩广覆,猛节横逝。” ⑰日下:京城。《世说新语·排调》记吴人陆云到京城洛阳,自称为“云间陆士龙”,而北人荀隐则回报以“日下荀鸣鹤”。 ⑱天祐:唐昭宗的年号,哀帝继用,公元904年至907年。 ⑲黎元:百姓,民众。⑳嗣:继承。先基:指父亲李昪所开创的基业。 ㉑瞻乌:比喻向往之心。《诗经·大雅·正月》:“瞻乌爰止,于谁之屋?” ㉒青云之候:帝王即位的征兆。《初学记》卷六载《尚书中候》说,周武王祭于洛水,沉玉璧后,退而观之,见“青云浮洛,赤龙临坛,衔玄甲之图,吐而去之”。 ㉓和銮:也作“和鸾”。銮或鸾,都是车上带铃的饰物,车行时摇动有声,故曰“和”。皇帝所乘坐的车装有銮铃,因也用来代称皇帝的车驾。《诗经·小雅·蓼萧》:“和鸾雝雝,万福攸同。” ㉔薄伐:征伐。《诗经·大雅·出车》:“赫赫南仲,薄伐西戎。”薄,语词,无意义。 ㉕怀来:招来,特指统治者对远方民族的招抚。陆贾《新语·道基》:“附远宁近,怀来万邦。”㉖旋:不久。历阳:地名,今安徽和县,是长江北岸扼守津渡的军事要地。旌旆:军中旗帜。旌以牦牛尾和彩色的鸟羽为装饰,旆则旗末有形如燕尾的垂旒。这里代指军队。 ㉗屯:聚集。隋苑:扬州城外著名的园囿,隋炀帝所建,因而得名。这里代指扬州。 ㉘倾依:倾心依附之意。 ㉙止约:禁止的法令。 ㉚靡:无。矜:体谅,体恤。葵藿:向日葵。借以喻指倾依之心。 ㉛亭育:抚养,化育。《老子》第五一章:“故道生之,德畜之,长之育之,亭之毒之。”毒,厚。 ㉜咎衅:灾祸。 ㉝进退维谷:进退两难。

《诗经·大雅·桑柔》:“人亦有言,进退维谷。”传:“谷,穷也。”指路不通。 ㉞夙夜靡遑:形容日夜不得安宁的心情。遑,通“惶”,恐惧。 ㉟正(zhēng)朔:一年的第一天。古时改朝换代,新君主即位之初,要重新制定日历,颁正朔于天下,以示承天运,定正统。正,一年之始。朔,一月之始。这里是说,吴越与楚已经归附于后周,因此放弃本国的正朔,而奉行后周的历法,李璟希望南唐也能如此。 ㊱天飞:比喻帝王登基即位。班固《答宾戏》:“故夫泥蟠而天飞者,应龙之神也。”海纳:比喻包容广大。袁宏《三国名臣序赞》:“形器不存,方寸海纳。” ㊲无外之化:抚育教化,不限于边际。 ㊳事大之仪:语出《孟子》,见《上周世宗第一表》注②。㊴玄造:天地养育。唐李邕《海州大云寺禅院碑》:“天也,地也,摄生之谓玄造;日也,月也,容光之谓神功。” ㊵八表:八方之外,极远之地。此指周朝疆域以外的原为统一的唐朝之地。戎:战争。㊶柔远:怀柔远方之民。 ㊷无战之胜:语出《荀子·王制》:“以不敌之威,辅服人之道,故不战而胜,不攻而得,甲兵不劳而天下服,是知王道者也。” ㊸蚩蚩:形容未知教化。《诗经·卫风·氓》:“氓之蚩蚩,抱布贸丝。”氓,田夫。 ㊹荡荡:形容德行广大。《尚书·洪范》:“无偏无党,王道荡荡。” ㊺冕旒:指周世宗。冕旒,古代皇帝所戴之冠,故用以代指皇帝。 ㊻孙晟:高密人,长于议论,工于诗。李昪招至麾下,预禅代之谋,南唐建立,任中书舍人,累迁至左仆射。保大十四年奉李璟之命使周求和被扣,后为周世宗所杀。传见《十国春秋》卷二七。 ㊼守:代行之职。王崇质:事迹不详。 ㊽宣给:宣布颁发。

【品评】

周世宗柴荣扣留了李璟派来求和的钟谟和李德明，继续围攻寿州，东西两线的周军也不断传来胜利的消息：一是驻守在扬州西的唐天长制置使耿谦降周，扬州失屏障；二是西出攻打鄂州的周军又破了长山寨，擒其唐将，直逼潭州和朗州（今湖南长沙和常德）；三是周将韩令坤占领扬州，俘唐东都留守冯延鲁，跟着又乘胜攻占了泰州（今属江苏）；四是金陵上游的蕲州（今湖北蕲春）、光州（今河南潢川）、舒州（今安徽潜山）、和州（今安徽和县）等也正为周军所围攻。周世宗南下淮甸不到三个月的时间，南唐在长江北岸的要镇或是丧失，或是处境危迫（参见《资治通鉴》卷二九二、《十国春秋》卷一六）。而已经依附于后周的吴越王钱弘俶，本是奉周的命令屯兵境上以牵制南唐，此时也趁危进军，攻打南唐的常州（今属江苏）和宣州（今属安徽）。这样一来，南唐不仅是江北告急，江南的都城金陵也受到了东西两面的夹击，形势十分紧急。本来李璟在得知泰州被占的消息之后，深感威胁，十分忧虑，就派出使者携带着裹于蜡丸中的密信向北方的契丹求援，不料使者与密信都在淮北被后周截获。他第二次派出的求援使者虽然最后到达了契丹，却在艰难之中失去了对南唐存国的信心，径自留在了契丹以图保全，也没有完成使命。一再被拒绝、被羞辱的李璟虽然也不甘心向后周屈服，而宁愿向外族的契丹去乞师求援，这时也不得不放弃外援的希望而再度派出使臣，携带重金，去向周世宗请求和平。《十国春秋》卷一六记载：“三月丙午，遣司空孙晟、礼部尚书王崇质如周，请比两浙、湖南奉正朔。”在时间上，这第二表与第一表的相距是二十四天。

在这封表中，李璟除了继续表达对周世宗的赞扬与自己的愿取变通之外，仍然希望能以情理劝说周世宗退兵。他回顾了唐末以来各方割据、乘势立国的历史，说明自己的国位得来其实是“克嗣先基，获安江表”——即是继承的父业。也就是说，即使我愿意割地予周，可是如何向开辟国土、建立南唐的父亲交代呢？这是企图以传统的孝道伦理之情来打动周世宗。因此他提出，只要能保持南唐的国土，愿意像吴越与湘楚一样地成为后周的属国，以后周的历法为国历，放弃南唐的独立。他在文中表明自己臣服于周的决心时说：“白日誓心，皇天可质，虔输肺腑，上祈冕旒。”赌咒发誓这是自己的肺腑之言而希望周世宗能够体恤。

据《旧五代史》的记载，钟谟与李德明来呈送第一封求和表时，曾提出“国主愿割寿、濠、泗、楚、光、海六州之地归于大朝”。但周世宗志在尽取江北之地，故不允其请。而这一次李璟已经提出愿为属国，在态度上已无可退之地。加上李德明在周世宗面前保证说：“愿陛下宽臣数日之诛，容臣自往江南，取本国表，尽献江北之地。”因此，周世宗第一次对李璟的书表作出了回应，时间是辛亥日，五天之后(《旧五代史》卷一一六)。

周世宗在回复李璟的信中，一说后周国力雄厚，军队强盛，“擅一百州之富庶，握三十一万之甲兵”；二说南征有理，为收拾唐末以来的破残分裂，是“上顺天心，下符人欲”；三说既然李璟三派使者，呈书上表，“其降身听命，引咎告穷，所谓君子见机，不俟终日”，应当肯定；四说征淮之役正大获胜利，“苟不能恢复内地，申画边疆，便议班旋，真同戏剧，则何以光祖宗之烈，厌士庶之心？”于是明确提出了“必若尽淮甸之土地，为大国之堤封”的条件，表示南唐只有尽献江北之地，与周以长江为界，方肯退兵。并说："至于削去尊称，愿输臣礼，非无故事，实有前规。萧詧奉周，不失附庸之道；孙权事魏，自同藩国之仪。古也虽然，今则不取。但存常号，何爽岁寒？傥坚事大之心，终不迫人于险。"周世宗作出的姿态很高，说是只要李璟诚心奉周，就可以继续保持皇帝的称号；而是否诚心，就看能否满足后周的土地要求了。因此说："俟都郡之悉来，即大军之立罢。"

李璟的书表，引经据典，骈对相称，又委婉含蓄，写得很有文采，周世宗的书信远不能及。但是，周世宗的信却是句句实在，击中要害，又凭借着强大的军事力量与战争的胜利，自有一种凛然逼夺的气势在其中。李璟想用子承父业来打动周世宗的心，周世宗回答说自己的南征也是光大祖宗的事业；李璟想以称臣附属来换取南唐国土的安全，周世宗却说，自己只要实实在在的土地，并不在意南唐皇帝的称号。二人既不在平等的对话地位，李璟的所谓动以情理，晓以利害，其实是白费口舌。读他们的表章与赐书，遥想历史，真让人生出许多的感慨。

谢遣王崇质等归国表

臣叨居旧邦，[①] 获嗣先业。圣人有作，曾无先见之明；[②] 王祭弗供，果致后时之责。[③] 六龙电迈，[④] 万骑云屯，[⑤] 举国震惊，君臣惴悚。遂驰下使，径诣行宫，乞停薄伐之师，请预外臣之籍。[⑥] 天听悬邈，圣问未回。[⑦] 通宵九惊，一食三叹。由是继飞密表，再遣行人，叙江河羡海之心，[8]指葵藿向阳之意。

皇帝陛下自天生德，命世应期。含容每法于方舆，[9]亭育不遗于下国。先令副介，[10]密导宸慈。纶旨优隆，[11]乾文炳焕。[12]仰认怀来之道，[13]喜则可知；深惟事大之言，服之无斁。[14]

【注释】

①叨(tāo)居：才干不能胜任的据有。这是自谦之词。叨，忝。 ②曾：竟然。先见之明：能够预先洞察事物的眼力。《后汉书》卷五四记载，曹操杀杨修后，见其父杨彪而问："公何瘦之甚?"杨彪回答说："愧无日䃅先见之明，犹怀老牛舐犊之爱。"金日䃅之子为汉武帝的弄儿，常在宫中，当金日䃅见儿子与宫人有淫乱之行时，遂自杀其子，以绝后患。武帝由此而很敬重他。事见《汉书》卷六八。 ③王祭弗供：诸侯没有进贡物品，致使天子的祭祀不能完成。《左传·僖公四年》记齐国联合诸侯讨伐楚国，楚使质问：两国风马牛不相及，何为而入楚境? 管仲代齐桓公回答说："尔贡包茅不入，王祭不共，无以缩酒，寡人是征。" ④六龙电迈：形容天子车驾迅疾而凌越的气势。六龙，西周制度，天子之车六马。马长八尺曰龙。 ⑤云屯：形容兵士盛多，集结如云。⑥预：参与。通"与"。 ⑦天听、圣问：均是对皇帝旨意的敬称。⑧江河羡海：比喻向往归顺。《诗经·小雅·沔水》："沔彼流水，朝宗于海。" ⑨法：效法。方舆：大地，古谓天圆地方。《周易·说卦》以坤为地，又为大舆，能承载万物。因有此称。舆，车。

⑩副介:副使。 ⑪纶旨:皇帝的意旨。《礼记·缁衣》:"王言如丝,其出如纶。"纶,粗丝,谓言出而大。优隆:优渥隆重。 ⑫乾文:皇帝的文字。炳焕:光明照耀。 ⑬怀来:怀柔以招徕。陆贾《新语·道基》:"附远宁近,怀来万邦。" ⑭无斁(yì):不厌恶,不厌倦。《尚书·微子之命》:"世世享德,万邦作式,俾我有周无斁。"

【品评】

周世宗显德三年(956)三月辛亥,周使安弘道携世宗写给李璟的书信送李德明、王崇质归南唐。应当说,李德明与王崇质的放还归国,是周世宗对与南唐媾和所表示的善意,而关键所在乃是周世宗信中所提出的条件。于是李璟写了这封表示感谢的表章作为回答。据《册府府龟》卷二三二记载,三月己未,李璟以王崇质等归国,复遣使奉表来上。即八天之后,周世宗收到李璟的回答。

在这封表章中,李璟殷勤地表示自己的畏服之心:当周师南下,是"举国震惊,君臣惴悚";当请和无回音,是"通宵九惊,一食三叹";因而当得到周世宗的回信,他是"仰认怀来之道,喜则可知;深惟事大之言,服之无斁",既欣然而喜,又恭敬奉上。但是,他却完全回避了周世宗书信的内容,只字不言周世宗信中所提"必若尽淮甸之土地,为大国之堤封"的要求,也不理睬周世宗信中所发出的威胁:"言尽于此,更不繁云,苟曰未然,请自兹绝!"可以说对周世宗的赐书视若罔闻,毫不顾及周世宗在收到这样的回答时的感受,甚至都不再说起他在前后三次派遣使者去乞请后周退师的话头。因此,李璟的这封回信虽然仍是以臣事君的形式,口吻也很卑屈，却并无任何实质性的内容，只是纯粹的外交周旋而已，佯卑实傲。

而且，当李德明报告后周军力强盛、劝说割让江北之地时，与他素有结怨的宋齐丘、陈觉、李徵古等借机生事，李璟大怒而杀李德明。可见他并没有把周世宗的信与要求作为严重的国家危机来看待。

那么，此时的李璟为什么不惧后周的军事打击而敢于对抗呢？是此时的南唐有了新的外援而足以与后周相拒？是此时的李璟有了新的军事部署而建立起与后周作战的信心？还是南唐君臣上下同仇敌忾而决心与后周一战到底呢？这时的李璟，面对后周的强大威胁，既无外援，也无新的谋略，只是与吴越在常州刚刚取得了一次战斗的胜利。据陆游《南唐书》卷二记载，南唐大败吴越兵于常州是在三月壬子日，即辛亥日的第二天，王崇质、李德明始去后周而归国，人尚在路途。这就使得此时的李璟感觉比较好，以为南唐与后周有了一较高下的可能。

南唐在常州之战中取胜，一是得力于柴克宏将兵有道，二是侥幸于吴越军内的权势纷争。柴克宏出身于武将世家，勇略过人，又无功利之心，能得兵士拥戴，却不为朝廷所识用。他临危请命，李璟并不信任他，只令他以偏师会合陆孟俊去救常州。而主管兵力部署的李徵古则掣肘推挽，不仅不支持柴克宏的出征，反而给他配备的是数千羸老的兵士和朽蠹的铠甲。当柴克宏正向常州进军之时，李徵古又下达召回的命令，临时换将。柴克宏当机立断，杀了李徵古的军使，偷袭吴越的军营，而吴越的统军之间存有矛盾，不能齐心应战，由是斩首万级，大获全胜。这时，李璟才认识到柴克宏的才干，于是任命他为奉化节度使，率军去救寿州。不料柴克宏死于北上的途中。

常州之战的胜利，如果李璟能从中吸取教训，惩处李徵古，整顿朝政，调发兵力，部署得当，南唐或有一救。因为此时的周世宗也因为寿州久围不下，兵力难免疲累，又连日大雨，营中积水数尺，正在议论北归之事。但是，李璟既不惩处李徵古，在命令诸道兵马元帅齐王景达将兵拒周的同时，又任命陈觉为监军使，再次形成掣肘之势。中书舍人韩熙载上书谏道："信莫信于亲王，重莫重于元帅，安用监军使为！"但是李璟不听。就在周军准备北撤之时，李景达在六合(今属江苏)仍然打了败仗，史称"于是唐之精卒尽矣"(《资治通鉴》卷二九三)。

当我们回过头来看李璟这封回复周世宗的信，藏意深而措辞妙，态度软中有硬，是一漂亮的外交手段。问题是，既然作出了相拒的姿态，那就要做好相抗的准备。然而李璟不仅没有充分的准备，甚至还继续了过去的错误。在这种情况下，身为国君，李璟这样的回信就只能说是轻率之举，视国家安危如儿戏。

进奉钱绢茶米等表

臣闻盟津初会，仗黄钺以临戎；[①]铜马既归，推赤心而服众。[②]一则显周君之雄武；一则表汉后之仁慈。用能定大业于一戎，绍洪基于四百。[③]兼资具美，允属圣君。

伏惟皇帝陛下，量包终古，圣合上玄，子育黎民，风行号令。以其执迷未复，则薄赐徂征；[4]以其向化知归，则俯垂信纳。[5]仰荷含容之施，[6]弥坚倾附之念。[7]

然以淮海遐陬，东南下国，亲劳翠盖，[8]久驻王师，以是忧惭，不遑启处。[9]今既六师返旆，[10]万乘还京。合申解甲之仪，[11]粗表充庭之实。[12]但以自经保境，今已累年，供给既繁，困虚颇甚，曾无厚币可达深诚。然又思内附已来，圣慈益厚，[13]虽在照临之下，有如骨肉之恩。纵悉力以贡输，[14]终厚颜于微鲜。[15]今有少物色，[16]以备宣给军士。

谨遣左仆射平章事臣冯延巳、给事中臣田霖部署上进。[17]

【注释】

①盟津：地名，今河南孟津。《史记·周本纪》记周武王伐商纣，东至盟津，得到上天的佑护，天下人的拥戴，"诸侯不期而会盟津者八百诸侯"。遂至商郊牧野，"武王左仗黄钺，右秉白旄"，与诸侯盟誓。黄钺，黄金装饰的大斧，帝王出行的仪仗用具。②铜马：西汉末年农民起义军之名。《后汉书·光武帝纪》记载，刘秀率军与铜马军战于蒲阳，大破之，而封投降的首领为列侯。当刘秀察知降者心有不安，遂命令各归本部，各领本兵，又自乘轻骑巡行营地，以示信任。于是降者相互议论说："萧王推赤心置人腹中，安得不投死乎！"由此而得到降众的拥戴而兵力大振，人称"铜马帝"。　③用：因而。绍：继承光大。四百：西汉与东汉两朝延续共四百余年。后周继后汉而立国，故这二句借周武王开国之功与两汉相承之年而恭维周世宗。　④徂征：远征。　⑤信纳：

信任接纳。 ⑥荷:承受。含容:包含容纳。 ⑦弥坚:更加坚定。 ⑧翠盖:翠羽装饰的车盖。指皇帝的车乘。 ⑨不遑启处:无暇安居,形容惶惑的心情。语出《诗经·小雅·四牡》:“王事靡盬,不遑启处。” ⑩旆(pèi):旗帜的通称。 ⑪合:应当。解甲:脱下战衣。 ⑫充庭:满庭。据《后汉书》卷五,汉代每举行大的朝会,要将皇帝的乘舆法物车辇陈列于朝廷之上,名为充庭。⑬益:更加。 ⑭纵:即使。 ⑮微鲜:轻微而少。 ⑯物色:各种物品。 ⑰冯延巳:字正中,广陵(今江苏扬州)人。仕李昇为秘书郎。李璟即位,爱其文才出众,颇受信用,官至丞相、太子太傅。死于960年,时五十八岁。他是南唐著名词人,有《阳春集》传世。传见《十国春秋》卷二六。田霖:事迹不详。

【品评】

显德四年(957)的十月壬申,周世宗柴荣第三次率军亲征淮南。十一月丁亥,到达濠州(今安徽凤阳)城西,世宗穿上铠甲,亲自指挥攻城。在周军猛烈的攻势之下,这年底,南唐的濠州、泗州(今江苏盱眙)、扬州、泰州或克或降,相继被后周占领,“唐之战船在淮上者,于是尽矣”(《资治通鉴》卷二九三)。转过年来,周又占领了楚州(今江苏淮安)和海州(今江苏连云港)。三月,周世宗到达泰州,遂前往迎銮镇,指挥水军,再破唐军。迎銮镇,即今江苏仪真,与金陵可谓隔江遥望。这时的南唐,淮南之地仅余庐、舒、蕲、黄四州,而周军又在长江北岸列出战舰,向金陵耀武扬威。李璟畏惧周世宗率军南渡,金陵无保,就派陈觉过江至迎銮镇求和,最终达成了献江北四州之地,与周画江为境,称属国,并岁贡财赋十万的退兵协议。于是,周世宗由迎銮镇返回扬州,四月,自扬州北还汴京。至此,周得到南唐江北之地,并以南唐的内附颁诏天下。持续四个年头的淮南之战以后周的全面胜利而告终。

据《十国春秋》卷一六记载,这封奏表写于李璟中兴元年,周世宗显德五年,公元 958 年三月。这时,双方已经达成停战协议,周世宗在宣布退兵后到达了扬州。

李璟此文写得极其屈辱卑微,全无尊严。他在奏表中媚言赞美周世宗的武功与仁德,将他比作灭商的周武王,降服铜马的汉光武,不知置自己于何地?南唐战败,割地丧权,还要说是"亲劳翠盖,久驻王师,以是忧惭,不遑启处",直将侵略者的胜利视作停战的恩典。他在表中向周世宗道歉,说是开战以来,"供给既繁,困虚颇甚",虽然没有丰厚的财物来表达忠诚之心,而周人对于南唐却有着如同骨肉一般的恩情,因此无论如何要有所表示。"今有少物色,以备宣给军士"——礼物太轻,不足以献给世宗,就姑且作为分发给兵士的犒赏吧。那么,冯延巳与田霖奉表前来慰问,携带了什么样的礼物呢?《册府元龟》卷二三二记载说:"五年三月丙午,景遣其臣伪宰相冯延巳、伪给事中田霖奉表进银一十万两,绢一十万匹,钱一十万贯,茶五十万斤,米三十万石。"这样的厚礼,犹觉不足,冯延巳又以李璟的名义,再献汉阳与汶川二县。这二县属于鄂州,而地在江北。这表示南唐既与后周划江为界,那就划个干净,将州治在江南而属地在江北的二县也拱手交了出去。这样的殷勤,周人何乐而不受呢?

读这样的文字,看如此怯懦昏庸的国君,如此卑劣无耻的大臣,令人感叹:南唐如何能不灭呢?

进买宴钱第一表

臣闻圣人制礼，重尊奖之心；[①]王者会朝，宗燕享之事。[②]是以此日，辄荐微诚。窃以臣幸能迷复，方认怀来，决心既向于皇风，注目每瞻于清跸。[③]

伏自陪臣入奉，帝诰荐临，[④]顿安下国之生灵，俱荷大君之化育。虽复寻令宰辅，专拜冕旒，少倾贡奉之仪，仰答含容之德。然臣静思内附，欣奉至尊，既推示其赤心，[⑤]又迥隆于乃眷，[⑥]岂将常礼，可表深衷？是以别命使臣，更伸诚恳。俾展犒师之礼，仍陈买宴之仪，躬诣行朝，聊资高会。庶尽倾于臣节，如得面于天颜。[⑦]

伏惟皇帝陛下，承天子民，[⑧]溥恩广施。四海识真人之应，万方知王泽之深。固以包括古今，丝纶典则。盛矣！美矣！无得而称！凡仰照临，孰不欢悦？

今遣客省使臣尚全恭专诣行阙，[⑨]进献犒军买宴物色。

【注释】

①尊奖：尊敬扶持。　②会朝：诸侯谒见天子。燕享：以酒食祭神。　③清跸：皇帝出行，清道戒严。这里借指周帝。　④诰：皇帝的告示。荐：连续。　⑤赤心：诚心。参见《进奉钱绢茶米等表》注②。　⑥迥隆：深厚而隆重。乃眷：语出《诗经·大雅·皇

矣》:“上帝耆之,憎其式廓。乃眷西顾,此维与宅。”原是说上帝眷然念顾周文的德行,而与之居地。这里借以指南唐得到周世宗的眷顾。 ⑦得面于天颜:面见天子。《左传·僖公九年》记周王派宰孔赐胙肉给齐桓公,并以齐桓公年老而命谢赐不用下拜,但齐桓公说:“天威不违颜于咫尺,小白,余敢贪天子之命,无下拜?”虽然面对的只是使臣,却仍以天子临在而坚持拜谢。 ⑧子民:抚民如子。 ⑨客省:朝廷之中负责外交事务的官署。尚全恭:事迹不详。行阙:帝王出行时的驻扎之地。

进买宴钱第二表

臣幸将下国,仰奉圣朝。特沐睿慈,俯垂开纳。[①]已陈鲜礼,请展御筵。因思尽竭于深衷,是敢别陈于至悬。

伏以柏梁高会,[②]宸极居尊。朝臣咸侍于冕旒,天乐盛张于金石,[③]莫不竞输庭实,齐献寿杯。而臣僻处遐陬,迥承乃眷,虽心存于魏阙,[④]奈日远于长安,无由亲咫尺之颜,[⑤]何以罄勤拳之意?[⑥]遂令戚属,躬拜殿庭,庶代外臣,获参执事。纳忠则厚,致礼甚微。诚惭野老之芹,[⑦]愿献华封之祝。[⑧]

谨差临汝郡公臣徐辽,[⑨]部署宴上,进献物色诣阙。

【注释】

①开纳:开放接纳。 ②柏梁高会:皇帝主持的诗酒唱和之

宴。《三辅黄图》引《三辅旧事》称，汉武帝建柏梁台，“以香柏为梁也。帝尝置酒其上，诏群臣和诗，能七言诗者乃得上”。 ③金石：指乐器。古代乐器有八种材质，金、石、竹、木、土、革、匏、丝。④魏阙：古代皇宫外悬挂法令的门柱，故也用以代指朝廷。⑤奈：奈何。日：指代周世宗。 ⑥罄：尽。勤拳：殷情诚恳。⑦野老之芹：自谦不足为献之意。《列子·扬朱》记有人以芹实为美味，盛赞于乡里富人，富人取而食之，“蜇于口，惨于腹，众哂而怨之，其人大惭”。 ⑧华封之祝：《庄子·天地》记尧巡行至华，华封人祝愿说：“使圣人寿”，“使圣人富”，“使圣人多男子”。华，地名，今陕西华县一带。封人，守卫封疆的官吏。 ⑨徐辽：李昇养父徐温之后，封临汝公，官至太子太傅。

【品评】

据《旧五代史》卷一一八《周书》九《世宗纪》三所载，显德五年(958)三月壬寅，柴荣从迎銮镇回到扬州。第四日丙午，冯延巳和田霖来献犒军钱物。又四日庚戌，为安定江北人心，柴荣下诏，以杨行密与徐温的坟冢在扬州，各给民户守墓，并南唐大臣有先代坟墓在江北者，命所在长吏检查维护，不得损坏。次日辛亥，李璟派徐辽进买宴钱二百万，并带来了宫廷中的乐伶五十人，为周世宗祈寿。

事隔一日，四月癸丑，世宗在扬州行宫举行宴会，参加者有后周从臣、南唐使者冯延巳等。宴会上，徐辽代表李璟向世宗祝酒，又献金酒器、御衣、犀带、金银、锦绮、鞍马等。因此可以知道，徐辽至扬州进献，是代表李璟来感谢周世宗维护南唐旧墓的善举，而周世宗也迅速地作出回应，安排宴会，表示和睦，与南唐化干戈为玉帛。

这段史事，《册府元龟》卷二三二记载相同，只是宴会之事稍详细：“四月癸丑，帝以江南遣使买宴，是日乃宣召从官及江南进奉使冯延巳已下宴于行宫，奏江南乐。江南伪命临汝郡公徐辽代李景捧寿觞以献，仍进上金酒器一副、御衣一袭、戏衣魚犀带一条、金器五百两、银器五千两、银龙一座、银凤二只、锦绮千段、细马二匹、金银鞍辔各一副、玉鞭、玳瑁鞭各一。”

这里的两篇《进买宴钱表》，标题是《全唐文》编者所加，录于《册府元龟》卷二三二。《册府元龟》原文曰：“辛亥，景遣其臣伪临汝郡公徐辽、伪客省使尚全恭奉表来上买宴钱二百万，表云……又表云……时景又选伶官五十人，各赍乐器与辽偕至，且言来献寿觞。”文中称南唐官员是“伪”，显然是出自周人的记载。言称尚全恭的表在前，言称徐辽的表在后，编《全唐文》者遂以第一、第二为区分。

不过，这两篇表文是否都写在显德五年周世宗在扬州时，似乎有一些疑问。尽管尚全恭出使之事，史册无载，不知其具体时间，但文中有“虽复寻令宰辅，专拜冕旒”的话，是指他的出使在冯延巳之后，当时冯延巳官为丞相。文中又说派尚全恭“躬诣行朝”，“专诣行阙”，“行朝”、“行阙”都指周世宗在京城之外的临时驻跸之地。而且尚全恭所献是“犒军买宴物色”，“犒军”二字也说明此时战争刚刚结束。因此，相关人物与时间及地点都与史书所载事实相合，尚全恭的奉表献钱是在扬州，应该可以确定。

徐辽所奉的第二表，因李璟的父亲李昪曾是徐温的养子，李氏与徐氏有亲戚关系，故表中称徐辽的出使是“遂令戚属，躬拜殿廷”。而问题也出在这里。“躬拜殿庭”，应该是说徐辽到了周世宗的宫廷之中，到了京城汴梁，所以表末称“诣阙”，只说“部署宴上，进献物色”，不言“犒军”。而且，表中称周世宗的宴会是“柏梁高会，宸极居尊”，用汉武帝之典，柏梁台正是宫中之地。表中称“朝臣咸侍于冕旒”，而不是从臣，也指朝廷内的典礼。表中称“莫不竞输庭实，齐献寿杯”，“庭实”也用汉代典故，也指宫廷之中。凡此，都令人怀疑这是周世宗回到京城之后李璟的表章与献礼，而不是当周世宗还在扬州时的事情。

不过，上引史书均有记载，当周世宗还在扬州之时，确实有过徐辽出使、宴会祝酒之事。而周世宗回到京城之后，虽然在九月有过庆寿的盛宴，但当时代表李璟上寿的是商崇义，《旧五代史》记载明确，不是徐辽。周世宗死于 959 年六月，故不会有第二次庆寿之事。在附于后周、割江而治的条约签订之后，李璟与后周的交往颇为频繁，或许史料有所混淆？今已不得而知。不管怎么说，徐辽究竟是在何时奉进这第二表的，虽然难以认定，却也可以由此而见出李璟侍奉后周的殷勤与卑恭。

请令钟谟归国表

臣谬承先业，僻在一隅，不识天命，得罪上国，困而后伏，何足可多？[①]许以不亡，臣之幸也。岂意皇帝陛下，辱异常之顾，垂不世之私，[②]外虽君臣，内若骨肉。殊恩异礼，无得而言。退日揣循，[③]何阶及此？[④]

且古人有一饭之恩必报，[⑤]臣窃慕之。故自结发以来，[⑥]未尝敢轻受人惠。虽往事君父，亦尝以退让自居。不图今辰，顿受殊遇，此臣所以朝夕惭恨，恐上报之无从也。然天地之功厚矣，父母之恩深矣，而子不谢恩于父，人且何报于天？以此思之，则惟有赤心，可酬大造。[⑦]况臣尝嗟世网，别贮素怀。[⑧]方以子孙，[⑨]托于陛下，区区之意，[⑩]可胜言哉！

兼臣比乞钟谟过江，[⑪]盖有情事上告。钟谟又已奉圣旨许其放回。伏乞才到京师，即令单骑归国，庶于所奏，[⑫]早奉敕裁。瞻望冕旒，不胜恳祷。

【注释】

①多：称赞。 ②不世：罕有，非常。私：爱。 ③揣循：揣摩思考。 ④阶：由。 ⑤一饭之恩：《史记》卷九二记韩信早年贫穷困顿，在城下钓鱼，河边洗衣的妇女见他饥饿，遂给饭食。韩信感激，因谓洗衣妇："吾必有以重报母。" ⑥结发：古代男子二十岁时举行冠礼，将头发束起，戴上冠，表示成年。后因以结发或束发代指二十岁或成年。 ⑦大造：巨大的功德。《左传·成公十三年》记晋国使者吕相责备秦之忘恩负义，说是当秦有冒犯之时，"诸侯疾之，将致命于秦，文公恐惧，绥静诸侯，秦师克还无害，则是我有大造于西也"。 ⑧素怀：平素的怀抱。指让出王位的想法。 ⑨方：将。 ⑩区区：诚恳眷怀。 ⑪兼臣：钟谟既是南唐官员，在后周也有任职。 ⑫庶：表示祈愿之词。

【品评】

显德三年(956)二月,钟谟、李德明奉表请和,周世宗不予理睬,并扣留了二人。后李德明回南唐劝说李璟割地求和被杀,而钟谟则一直留在后周。直到显德五年(958),李璟与后周媾和,尽割江北之地而称臣,周世宗就将钟谟召到汴京,任他为卫尉少卿,赐黄金五百两,并放还江南向李璟传达世宗的旨意,钟谟才得以回到金陵。此后他多次往返于汴京与金陵之间,成为李璟与周世宗都有所倚仗的使者。

当周世宗到达迎銮镇,耀武于江岸,李璟派来议和的第一位使者是陈觉。陈觉与宋齐丘、李征古同党,在朝廷中排斥异己,权势很大,也引起一些大臣的不满。丞相严续就是不肯依附于他们的大臣之一。陈觉从迎銮镇回到金陵,假借周世宗的意思向李璟报告说:周此前之所以不接受议和,是因为严续主战而惹得世宗生气的缘故,请南唐杀严续以向后周赔罪。李璟知道陈觉等与严续不和,并不完全相信他的话,但也罢去了严续的丞相之官,降为太子少傅。

五月,钟谟由后周回到金陵,恼恨李德明之死是因为陈觉等人的谗言,就向李璟提出,愿意去汴梁就严续之事向周世宗核实陈觉之言。于是李璟就亲手书写了这封奏表,以见其恳诚,派钟谟呈交周世宗。

这时的李璟不能确定陈觉之言的真假,而南唐又与后周在战争中相拒了数年,他确实担心周世宗的责怪。再说,即使如陈觉所言周世宗要杀严续,自己是一国之君,杀丞相就是怪罪皇帝,自己也脱不了干系。因此这封奏表李璟不仅是亲手书写,而且态度尤为诚恳，话语尤为深切。既说自己“不识天命，得罪上国”——责难不嫌其深；又说后周之恩是“外虽君臣，内若骨肉”——作感激涕零之态。既说自己绝非忘恩之人，何况“子不谢恩于父，人且何报于天”——忘恩是要受天谴的；又说自己于周依凭甚深，进而要托付子孙，故绝无不忠之心，不诚之意。一切一切，均在请求周世宗的宽谅。又因为是核实，需要知道核实的情况，所以在表末向世宗说明“有情事上告”，并请求世宗一定要放回钟谟。

显德五年秋八月辛丑，钟谟至周，献上李璟之表，又说明严续之事。周世宗回答，不仅没有此事，而且即使如此，严续主战也是为了南唐，他就是南唐的忠臣，“何罪之有？朕为天下主，肯教人杀忠臣乎？”(陆游《南唐书》卷九)十月，钟谟回到金陵，李璟先免宋齐丘、陈觉、李徵古之职，继而或杀于道，或赐自尽。三人死后，李璟又派钟谟至汴梁向周世宗再作报告。虽是国内事务的处理，却必须表现对周世宗的尊敬。这时的李璟对后周确实是奉侍忠谨，细小不敢遗漏。

请改书称诏表

臣闻天秩有礼，[①] 位已定于高卑；王者无私，事必循于轨辙。倘臣下稍逾名分，则朝廷实紊等夷。[②] 情所难安，理须上诉。窃以臣比承旧制，有昧先几。[③] 劳万乘之时巡，方倾改事；[④] 庆千年之嘉会，固已知归。

伏惟皇帝陛下，禀上圣之姿，有高世之行，囊括四海，泽润生民，明目达聪，道均有戴，[⑤] 东征西怨，化被无垠。[⑥] 已观混一之期，[⑦] 即仰登封之盛。[⑧] 而臣爰从款附，[⑨] 屡奉德音。陛下煦妪情深，[⑩] 优容义切，[⑪] 全却藩方之礼，[⑫] 惟颁咫尺之书。[⑬] 粤在事初，[⑭] 便知恩遇。向者未遑坚让，[⑮] 今兹敢沥至诚。[⑯] 且臣顷以德薄道乖，[⑰] 时危事蹙，献诚以奉陛下，请命以庇国人，获保先基，赐之南服，[⑱] 莫大之惠，旷古未闻。微臣退思，所享已极，岂于殊礼，可以久当？

伏乞皇帝陛下深鉴卑衷，终全旧制。凡回诰命，乞降诏书，[⑲] 庶无屈于至尊，且稍安于远服。乃心恳祷，无所寄言。

【注释】

①天秩：上天所定的秩序。《尚书·皋陶谟》："天秩有礼，自我五礼有庸哉。"孔传曰："天次秩有礼，当用我公、侯、伯、子、男五等之礼，以接之使有常。" ②等夷：同辈。《史记》卷五五记张良劝说刘邦："今诸将皆陛下故等夷，乃令太子将此属，无异使羊将狼，莫肯为用。" ③先几：事物发展变化的征兆。几，同"机"。④"劳万乘"二句：指南唐在周世宗征讨之后才求和依附。时巡，对周世宗征伐南唐的委婉说法。 ⑤戴：感戴欢呼。 ⑥无垠：无边。 ⑦混一：统一。 ⑧登封：古代天子建盛功伟业，告成于天地，有登山封禅之礼。《史记》卷二八记汉武帝"遂登太山，至于梁父，而后禅肃然"。 ⑨爰：于是。款附：诚心归附。 ⑩煦妪：覆育，抚养。《礼记·乐记》："天地䜣合，阴阳相得，煦妪覆育万物。"䜣，欣。孔颖达疏曰："天以气煦之，地以形妪之，是以天煦覆

而地妪育，故言煦育覆育万物。” ⑪优容：宽容，宽待。 ⑫却：弃而不用。藩方：远方附属之国。 ⑬咫尺之书：即尺一之书。汉代朝廷的文书用一尺一的版书写，因用作文书的代称。⑭粤：发语词，表示敬意。 ⑮向者：此前。 ⑯沥：倾出。⑰乖：违背。 ⑱南服：南方的服国。西周制度，将周王所在的王畿以外的地方，依其距离远近，分为五个等级，称为五服。服，服从天子。 ⑲诰：古代制度，上告下曰诰。诏：皇帝的文书命令。

【品评】

据《册府元龟》卷二三二记载：“八月辛丑，江南李景上表乞降诏书，不允。”事在周显德五年(958)，时南唐已与后周以长江为境，成为内附之国。那么，李璟为何有此请求？周世宗又为什么不答应呢？这还得从显德三年(956)后周始征淮南说起。

当李璟第一次派王知朗奉书周世宗请求讲和休战时，他是采用了两国交往之时的对等形式：唐皇帝致书大周皇帝；而周世宗压根儿就不予理睬。第二次派钟谟、李德明奉书时始称臣，请为附庸；而周世宗仍未理睬。第三次派孙晟、王崇质奉书，请去帝号，依吴越、湖南内附后周之制；这时周世宗明确表示，李璟仍可称帝，但要将长江以北土地全部划入周的疆域。双方的战争进入到第三年的三月，周世宗已至金陵对岸的长江边，李璟忧惧江南不保，于是派陈觉至迎銮镇议和，最终将江北土地尽划入后周版图，自居内附之位，岁贡十万，结束了淮南之战。而这时，李璟上给周世宗的表中自称是“唐国主”，而周世宗的回复则是“江南国主”。“唐”与“江南”的名称之别是有深意在其中的。

李昇在即位称帝之后，为立国寻找历史依据而自称是唐朝之后。在重视血缘与正统的古代王朝理念之下，处于割据争雄的时代，身为大唐后裔，对李氏无疑是一有力的支持，而对于那些非李姓的军事首领也有一种心理上的威慑影响。因此，当李璟一步一步地走到割让土地、放弃独立的地步时，他的自称"唐国主"，就是在以李姓正统来维护最后的一点尊严。但是，政权的建立与巩固说到底还得靠实力。周世宗是胜利者，更有建立汉族的一统天下的志向，当然不能接受李璟以唐朝正统自居，因而称他为"江南国主"。陆游《南唐书》卷二记载此时的公文款式说："周帝始采唐报回纥可汗故事答帝玺书，称'皇帝致书敬问江南国主'。"周世宗以唐朝接待少数民族政权统治者的礼仪来回答李璟，自居中国，同样是将自己放在正统的政治位置上。这对于战败的李璟其实是一种耻辱。五月时，李璟主动放弃了帝号，自称国主；放弃南唐这一年三月才改用的国号"交泰"，用后周之历，纪年称"显德"；又改名字"璟"为"景"，以避周信祖之讳，并将改名之事在太庙中向自己的祖宗作了报告。陆游说："告庙之日，金陵大雾，通夕不解。"在迷信的古人看来，这是祖宗心痛的表现。此时，李璟坚持"唐国主"之称号已经没有实质性的意义了。

自和约缔结以来，周世宗一直是用唐报回纥可汗故事，对李璟采取"皇帝敬问江南国主"的文书形式。在周世宗，淮南之战已经达到目的，南唐可以搁置一边而全力去对付北方的契丹，因而采取了一种友善相处的外交姿态。正如当初表示不在意李璟保持皇帝的称号一样，已经收获了战果的周世宗，此时采用国书形式只是一种安抚，南唐已经名存实亡。因此，他没有接受李璟的请求。

但是对于李璟，这就表明周没有将南唐视为属下，只是一种大国与小国之间的结盟。盟约可以缔结，也可以撕毁，总是不如自家人的关系可靠。他因此请求周世宗采用诏书的形式。“诏”是皇帝对属下的命令。李璟希望后周能以藩国来看待南唐，文书称“诏”，那么，双方的关系就不是依附，而是统治管辖。这样后周对待南唐就没有御外之意，而南唐也就可以放心地偏居江南了。在这篇奏表中，他先陈说自己没有一开始就臣服于周，实在是“有昧先几”，而现在已经“改过”，“知归”。他说周世宗“全却藩方之礼，惟颁咫尺之书”，虽然是“煦妪情深，优容义切”，自己深知感激，但也不敢承受：“岂于殊礼，可以久当?”——既不合于礼制，就非久远之计。因此，如果周世宗能以诏书下达，“庶无屈于至尊，且稍安于远服”——既可以维护朝廷礼制，又可以使自己心安。书写是极其的恭敬与周到，完全一副为求保全而不惜屈从的卑微姿态。对比当初他以兄弟相称而劝说后周退兵时的轻率，态度相距何啻千里!

陆游《老学庵笔记》卷六说：“周世宗时，李景奉正朔，上表自称唐国主，而周称之曰江南国主。国书之制曰皇帝致书恭问江南国主，又以君字易卿字。至艺祖于李煜，则遂赐诏如藩方矣。”艺祖指宋太祖赵匡胤。然而灭南唐者，正是以其为藩国、全无御外之意的宋太祖。李璟地下有知，当作何想?

李煜集

诗选

题《金楼子》后并序[1]

梁孝元谓："王仲宣昔在荆州，著书数十篇。[2]荆州坏，尽焚其书，今在者一篇，知名之士咸重之。[3]见虎一毛，不知其斑。"[4]后西魏破江陵，[5]帝亦尽焚其书，[6]曰："文武之道，今夜尽矣。"何荆州坏、焚书，二语先后一辙也。诗以慨之。

牙签万轴裹红绡，[7] 王粲书同付火烧。
不是祖龙留面目，[8] 遗篇那得到今朝。

【注释】

①《金楼子》：南朝梁元帝萧绎的著作。今存辑佚本。萧绎(508—554)，字世诚，武帝萧衍第七子，封湘东王，镇守江陵(今属湖北)。自号金楼子。侯景乱起，萧衍与萧纲死，萧绎在江陵即帝

位，后为西魏所灭。公元552年至554年在位。 ②王仲宣：王粲（177—217），字仲宣，高平人。汉末动乱中，避乱至荆州（今湖北襄樊），依附刘表。后入曹操麾下，封关内侯，官至侍中。他是建安时期著名的文学家，能诗善赋，与曹植并称为“曹王”。著有《王侍中集》。 ③咸：都。 ④“见虎一毛”二句：以虎身花纹的斑驳多彩比喻王粲文章的成就，非一文而可知。语出《周易·革卦》，其“象辞”曰：“大人虎变，其文炳也。”疏曰：“文章之美，焕然可观，有似虎变，其文彪炳。” ⑤西魏：公元534年，鲜卑族宇文氏所建立的北魏政权分裂为东西两部，西魏都长安，至公元557年为北周所取代。 ⑥尽焚其书：《南史》卷八记载，梁元帝酷爱读书，平时手不释卷，无论冬夏。当西魏攻江陵，元帝知城不可守，准备投降，“乃聚图书十余万卷尽烧之”。 ⑦牙签：象牙制作的图书标签，写上书名，垂于卷轴式书籍的一端，以便查找。红绡（xiāo）：红绡制作的书套。绡，生丝织品。 ⑧祖龙：指秦始皇。祖，始也。龙，人君之象。《史记·秦始皇本纪》：“（三十六年）秋，使者从关东夜过华阴平舒道，有人持璧遮使者曰：‘为吾遗滈池君。’因言曰：‘今年祖龙死。’使者问其故，因忽不见，置其璧去。使者奉璧具以闻。始皇默然良久，曰：‘山鬼固不过知一岁事也。’退言曰：‘祖龙者，人之先也。’使御府视璧，乃二十八年行渡江所沉璧也。”秦始皇死于此年。

【品评】

《五代诗话》卷一引《枫窗小牍》云：“内库书中，《金楼子》有李后主手题曰：‘梁元帝谓王仲宣……’”可知李煜此诗原题写于书页之上，是读《金楼子》而有感于梁元帝萧绎的焚书之事。不过，诗中所言焚书的史事是两起，但这两起历史事件却不是一回事。

焚书之事，历来最为士人所痛心。书是人类经验认识的结晶，是知识的储藏，是一个民族的文化传统得以沿袭的重要载体，是属于人类的财富。焚书之事并不始于秦始皇，焚书之事在秦之后也屡屡有之。不过，秦始皇的焚书无疑是中国历史上影响最大的焚书事件，以至于遮掩了其他的焚书之事。如果就书籍而言，秦始皇的焚书所造成的损失却未必大于梁元帝萧绎的焚书。

秦始皇焚书影响之大，一是由于是统一政权所采取的大规模行动，地域之广，涉及的人群之多，与此前的六国焚书相比，影响自然不可同日而语；二是秦始皇的焚书是以国家法令的形式实行，若有违抗，国家就有严厉的惩处，充分表现了专制政权的粗暴与专横。但是，秦始皇的焚书却并非是“尽焚其书”，而是有选择性的焚书。

据《史记·秦始皇本纪》记载，始皇帝三十四年(前 213)，为了钳制士人的政治批评，确定皇帝“别黑白而定一尊”的绝对权威，李斯建议：“臣请史官非《秦记》皆烧之。非博士官所职，天下敢有藏《诗》、《书》、百家语者，悉诣守、尉杂烧之。有敢偶语《诗》、《书》者弃市。以古非今者族。吏见知不举者与同罪。令下三十日不烧，黥为城旦。所不去者，医药卜筮种树之书。若欲有学法令，以吏为师。”秦始皇批曰：“可。”这段文字说得很清楚，在这一次禁焚书籍的政治举措中，有实际的生活功用的“医药卜筮种树之书”不在被禁焚之列，有关社会治理的法令之书也不在被禁焚之列，被禁被焚的是那些会启示人的思想、带动人的思考的书籍，一是史书，二是战国以来的以儒学典籍为首的诸子之书。而这两类书籍的被焚也规定了范围：史书中要焚毁的是非秦国的历史之书，也就是说，只许保留秦的记忆，借此以构建秦之统一天下的历史合理性；诸子之书则禁止在民间流传。朝廷中的博士之官要备皇帝的顾问，要参与政治的决策，仍然需要广泛的知识，故皇家图书馆中收藏的"《诗》、《书》、百家语"不在禁焚之列。因此，秦始皇的焚书是为了在民间实行禁学而愚民的政策，行为虽严酷，焚毁的书籍种类与范围都是有限的。

梁元帝萧绎的焚书就不同了。萧绎自幼好学，酷爱读书，手不释卷，甚至在患眼疾时也是如此。他在一眼失明之后，不便执卷而读，就安排了专人为他朗读，以代自读。而且是每晚五人轮流值班，通宵达旦，诵读不歇。萧绎涉猎甚广，颇以学问自许，曾言："我韬于文士，愧于武夫。"（《南史》卷八）又在《金楼子序》中说："窃重管夷吾之雅谈，诸葛孔明之宏论，足以言人世，足以陈政术，窃有慕焉。"他以管仲、诸葛亮为期许，自信有治国平天下之才，而将书籍视为知识与智慧的宝库。因为爱书，故收藏丰富。萧绎在江陵藏书之多，有十四万卷之巨。这里有他的收藏，还有从金陵运来的历代皇家藏书，不仅是经、史、子、集俱全，儒、道、释、仙兼备，而且多是珍本。这十四万卷图书是自秦汉以来数百年的精神财富又历尽战乱之后的珍藏。当西魏攻破江陵之夕，萧绎将这批珍藏一炬焚之，又将自己的佩剑在柱上砍折，自叹曰："文武之道，今夜尽矣！"不将珍藏留于敌人，在萧绎，这是血与泪的共泣，是悲与愤的并发。就其感情而言，我们可以理解，但看他焚书与折剑，有用则珍藏，无用则焚毁，十四万卷历代珍藏与一把佩剑一样，都不过是他个人的私产。萧绎虽然爱书，却并不尊重文化知识的历史公有性。这样的焚书，对文化传承带来的破坏就要远胜于秦始皇的焚书。

李煜的诗正是着眼于萧绎与秦始皇焚书的区别而发感慨。前二句以书卷的华丽装饰与“火烧”对比，说萧绎曾有感于荆州焚书而使王粲作品仅存一篇，但是当他自己焚书之时，却连王粲仅存的一篇也一同焚毁了。这是以沉重的感慨来印证序文中两次出现的“尽焚其书”。后二句说即使酷烈的秦始皇，当年也是有选择性的焚书，民间书籍虽然无存，宫廷典籍尚可流传，因此后人才有可能读到“遗篇”。相比于萧绎行为的绝对与自私，秦始皇的焚书可以说是网开一面，对书籍的文化价值有手下留情之意。这层意思以反问出之，与前二句写萧绎事不仅有对比的效果，也加强了语气，对萧绎之举深感痛心。

古人素来有谶语一说，即本来是偶尔言之的事情，最后却成了事实，仿佛冥冥之中有命运之神在聆听与拨弄，人则“不幸而言中”。李煜就萧绎焚书而作的历史批评，表达了他对书籍价值的认识与珍惜，也见出他有超越一己之私的历史识见。可是当北宋攻破金陵城池之际，他却将南唐三代君主所收藏的典籍字画同样付于火烛。这首诗在某种程度上因此而具有谶语的意味。不知当焚书的焰火腾空之时，在李煜的心头，是否想到了萧绎的江陵焚书？是否忆起自己曾经写过的这首诗？

病起题山舍壁

山舍初成病乍轻， 杖藜巾褐称闲情。[①]

炉开小火深回暖，沟引新流几曲声。
暂约彭涓安朽质，[②] 终期宗远问无生。[③]
谁能役役尘中累，[④] 贪合鱼龙构强名。[⑤]

【注释】

①杖藜巾褐：以藜木为杖，以褐巾裹头，形容生活俭朴而穿着随意。 ②彭涓(juān)：彭祖与涓子，是古代传说中的仙人，有长生不老之术。南朝陶弘景《寻山志》："仰彭涓兮弗远，必长年兮可期。" ③宗远：宗炳与慧远。宗炳，东晋人，爱山水，辞绝朝廷的征聘，隐居于庐山，常与慧远往来。传见《宋书》卷九三。慧远，俗姓贾，雁门人，东晋著名的佛教僧人，中国佛教净土宗的创始人，居庐山修行，东林寺即因其所居而扬名于世。传见《高僧传》卷六。无生：佛教术语，也称"无生学"、"无生法"。佛教认为世界中的一切现象，其本质都是"无生"，"无生"因而也就"无灭"。
④役役：形容奔走操劳之态。语出《庄子·齐物论》："终身役役，而不见其成功。" ⑤鱼龙：比喻品质不一的人混杂在一起。罗隐《西塞山》："波阔鱼龙应混杂，壁危猨狖正奸顽。"强(qiǎng)名：勉强而成的名声。语出《老子》第二十五章："有物混成，先天地生。寂兮寥兮，独立而不改，周行而不殆，可以为天地母。吾不知其名，字之曰道，强为之名曰大。"后用为名词。杜牧《湖南正初招李郢秀才》："高人以饮为能事，浮世除诗尽强名。"

【品评】

"山舍"是依山而立的房舍，远离城市的喧哗，有自然的幽静与野趣，空气清新，对于养病之人而言，无疑是最好的去处。首句“山舍初成病乍轻”，写得有味，将养病与筑舍混为一谈，不知是山舍新成而病乍轻呢？还是病乍轻而又山舍新成？总之，山舍因病而成，病因山舍而轻，二者互为因果，都是让人可心之事，于是引出下句“杖藜巾褐称闲情”。是啊，人在山野，总不能穿官服，戴官帽，手持官笏吧？那样，在人看来是矫情与装大，在自己则是憋屈与拘束，里外都不相称。因而手持藜杖，头戴褐巾，一袭家常便衣，宽松，随意，舒适，自在，这不仅是养病人的要求，更是闲居山舍的本色。故诗曰“称闲情”，是说这样的装束，与山舍的环境相称，与人的闲心闲情相称。这就将诗人内心的情感透过服装而表达了出来。于是，病与山舍之间的关系似乎又进了一层，诗人之病不仅在身体，更有因渴望山野闲情而生的郁闷，于是山舍初成就分外称心，病痛乍轻。诗的首联起势平而意味深，又点明了题意:“病起题山舍壁”。这是一首有感之作。感于何事呢？山舍与病在首联中都已说明，接下来要说的是“闲情”。

诗的颔联与颈联写得清新而温馨，典雅而高妙，营造出山间生活的情韵。山舍之内，炉虽小而火苗旺，焰不高而回暖深，除去了山中的湿气与寒意，使人有融融之感；山舍之外，沟虽窄小而引流深远，绕屋而行，水声潺潺，在静谧的山间有清悠的回响，使人如闻乐音，有世外之韵。在这里，诗人可以与彭祖对话，与涓子交谈，学习修炼之道，讨论养生之术；在这里，诗人可以向慧远请教，向宗炳质疑，追问佛教的玄理，向往无生的境界。这种宁静而悠然的生活，这种雅致而朴素的情趣，这种高深而玄妙无穷的学问探讨，正是诗人感觉称心如意的“闲情”。写到此，诗人笔调一转而作反问："谁能役役尘中累，贪合鱼龙构强名。"谁能舍弃这样自由自在的生活而为了世俗的利益去碌碌奔走，混迹于奸诈与丑恶，以追求人生中虚浮无谓的名声？此处结句与以上的描写构成对比，转折突起，格外有力。但终嫌其突兀而来，过于猛烈了一些，与此前的"闲情"笔调不太和谐。

这首诗的写作时间虽不能确定，但与李煜那些低回伤感的作品相比，这样的一种闲情逸致，与他在即位之前的贵公子地位的生活比较相称，应该是他前期的作品。那时的李煜，即使南唐与后周正在淮南激战，常州、宣城也时有交锋，但有父亲李璟主持国政，有兄长弘冀领军辅政，在金陵城中，他依然享受着奢华安乐，过着歌舞升平的日子。于是表示一下鄙夷富贵的志向，向往一下避世闲居的高尚，正是富贵公子的逸情与装点。不过，这尾联的突兀而起，多少有一些剖白的意味与申辩的气愤，是否与弘冀任太子之事有联系呢？

陆游《南唐书》记载，李璟交泰元年(958)三月，因为太弟景遂多次请出，而长子弘冀独有战功，遂立弘冀为太子，参与朝政，而任景遂为齐王，出镇洪州。但景遂在洪州郁郁不乐，而李璟又因事斥责弘冀，声言要重立景遂，弘冀忌恨不能自安，就使人暗中下毒，害死了景遂。而李煜"广颡，丰颊，骈齿，一目重瞳子"，也使弘冀"恶其有奇表"而生猜忌，于是"从嘉避祸，唯覃思经籍"(卷三)，以不问世事来回避兄长的忌恨。李煜在这一事件中的态度与这首诗中所表现的情绪是相吻合的。弘冀在958年三月任太子，959年六月得病，九月即过世，如果这首诗是与此事有联系，则可以推知其写作时间是在这一年半之内。

悼幼子瑞保[①]

永念难消释，　孤怀痛自嗟。
雨深秋寂寞，　愁引病增加。
咽绝风前思，　昏朦眼上花。
空王应念我，[②]　穷子正迷家。[③]

【注释】

①瑞保：李煜幼子仲宣，小字瑞保，三岁时受封宣城郡公，死后追封为岐王。宣城，今安徽宣州。　②空王：佛教信徒对佛祖的尊称，因佛说世界是一切皆空。念：怜。　③穷子：走投无路的人。迷家：相传汉初辽东人丁令威学道得仙，归来而无相识者，化鹤停于城头华表柱上，有少年举弓欲射之，鹤乃吟曰："去家千岁今来归，城郭如故人民非。"见《艺文类聚》卷七八引《搜神记》。此事常用以表示物是人非之感。后佛教徒又用以表示迷失路径而祈请佛的指引。

【品评】

瑞保是李煜与大周后的幼子，生于公元961年，正是李煜即位的当年。这孩子生得眉目清秀，又天分极高。马令《南唐书》等史籍记载，瑞保三岁时授学《孝经》，即时成诵，不遗一字。受母亲的遗传影响，小小年纪的他就能审识音调。想象在宴会听乐之时，听倚在身边的孩儿分辨音律，指说乐调，给热爱艺术的父母带来多少欢乐，多少骄傲。更难得的是这孩子性情温顺，识得大体，随侍父母，或遇见大臣，进退从容，举止有礼，俨然一小大人的模样。如此可爱可喜的孩子，李煜夫妇视为掌上明珠，珍爱之极。据说李煜常常将他抱在膝头上，亲自教他诵读诗文。可惜这样一个天才般的儿童，却在四岁的时候突然夭折。

陆游《南唐书》卷一六记载："宋乾德二年，仲宣才四岁。一日，戏佛像前，有大琉璃灯为猫触堕地，划然作声，仲宣因惊痫得疾，竟卒。"时间据徐铉《岐王墓志铭》是在这一年的冬十月二日(《骑省集》卷一七)。这时，周氏正卧病在床，势将不起，李煜为瑞保的突然夭折而悲痛无已，却忧心引起周氏大恸而加剧病情，强力克制自己的情感，不能尽情地宣泄，因作此诗，以为悼念。

诗中"孤怀"二字贯穿始终。爱儿夭折，这是一重悲痛。瑞保死得如此突然而又偶然，让人惊悸于生命竟是这样的脆弱，这是又一重的悲痛。本来在夫妻之间，痛失爱儿固然哀苦，如果可以相互地诉说，相互地抚慰，就能多少有所释放与缓解。然而妻子正在重病之中，李煜非但不可诉说，还得处处克制；这一重又一重的悲苦积郁在心，既是"永念难消释"的不能忘怀，又唯有"孤怀痛自嗟"而已，叫人如何承受？首联情感内涵十分沉重，后三联则顺此而下，一路述说。因为是"孤怀"，所以秋雨之中，分外寂寞；悲来无际，徒增病痛。因为是"孤怀"，风中的思念只能独自下咽，眼前的恍惚不过是泪水的幻想。这无人可以分担的哀伤，这无处可以诉说的悲痛，摧折肺腑，迷茫神智，绝望的诗人只能向虚妄中的佛陀去祈求救助："空王应念我，穷子正迷家。"

马令《南唐书》卷三载录此诗时写道:“时昭惠病剧,后主恐重伤其意,默坐饮泣,因为诗以写志,吟咏数四,左右为之泣下。”当李煜独坐垂泪,轻吟此诗以抒写悲伤之时,周边的侍从无不为他的悲哀所感染而落下泪来。

挽　辞(二首)

其　一

珠碎眼前珍,　花凋世外春。
未销心里恨,　又失掌中身。①
玉笥犹残药,②香奁已染尘。③
前哀将后感,④无泪可沾巾。

其　二

艳质同芳树,　浮危道略同。⑤
正悲春落实,　又苦雨伤丛。
秾丽今何在,　飘零事已空。
沈沈无问处,⑥千载谢东风。⑦

【注释】

①掌中身:指其皇后周氏。西汉成帝皇后赵飞燕是舞女出身,貌美善舞,深受宠爱。《白孔六帖》卷六一记:“赵飞燕体轻,能

为掌上舞。” ②笥:盛放食物的方形容器,用竹子编制而成。 ③香奁:女子梳妆用的镜匣。 ④将:携带。 ⑤浮危:佛教语,所谓浮生危苦。 ⑥沈沈:同“沉沉”,形容深寂无声。 ⑦谢:辞别。东风:春风。

【品评】

李煜妻周氏,小字娥皇,周宗的大女儿。周宗早年跟随李昪,参与了吴唐两朝的权力禅替,李璟即位,又任为丞相,是两朝功勋之臣,深受信任。李璟为儿子李煜娶周宗的女儿为妻,是有政治联姻的意义的。李煜的幸运是,虽然是一桩具有政治意义的婚姻,周氏却是一位容貌既美、性格温良又才华横溢的女子。她通书史,精音律,善歌舞,巧于游戏,尤其擅长琵琶的演奏,技艺精妙。成婚之后,二人朝夕相伴,兴趣相谐,爱好相通,感情融洽,生活十分美满。他们结婚是在李璟保大十二年(954),这一年,李煜十八岁,周氏十九岁。周氏死于乾德二年(964)十一月甲戌(马令《南唐书》卷六),时年二十九岁。在这十年中,南唐先是为后周所逼,战火烽起,败仗连连,直至割地求和,丧失江北之境,余下了半壁江山;继而李璟死,李煜在风雨飘摇中即位,立周氏为后,但朝廷的所有作为都只是降号屈礼,献纳贡金,奉侍北宋,充满屈辱之感。在这十年中,两人既有在父兄庇护下的优裕生活,也有国事蹙迫而相濡以沫的危难境遇。所以李煜与周氏,不仅有性格、兴趣、才艺这些个性因素而使两人情感谐洽,还有十年经历的相互厮守与共同承担而使两人感情深厚。据《十国春秋》卷一八记载,当周氏病卧在床,“后主朝暮视食,药非亲尝不进,服不解体者累夕”。李煜以国主之位，养尊处优之体，亲手照料病重的妻子，不惧辛劳，真正是一往情深。因此，周氏的辞别人世，李煜的痛苦与悲伤之巨大是可想而知的。而周氏不到三十岁就结束的生命，也使信仰佛教的李煜涌起深刻的人生感慨与悲悯。

而在周氏过世前不久，他们的幼子仲宣也不幸夭折。李煜接连遭遇爱子与娇妻的死亡，其心情之痛楚至于绝望，确实非一般人的亲情可比。这二首诗是为哀悼而作，从娇妻与爱子两面抒写他肝肠寸断的悲伤。

第一首开篇即以珍珠喻爱子，春花喻娇妻。说“眼前”，是回忆孩子绕膝弄戏的情景，而此时无复再见；称“世外”是妻子拥有无与伦比的美貌，而此刻真的去了世外；因以“珠碎”与“花凋”写出自己的无限痛惜，而“碎”与“凋”也同样指自己的心。一联十字，内蕴深刻，字字含情。次联抒写失子之痛尚未平复，妻亡之祸又接踵而至。仲宣是他们夫妇最疼爱的幼子，周氏卧病之时，仲宣突然得疾而过世。李煜怕加重妻子的病情，非但不敢言及此事，甚至也不敢流露自己的感情，将痛失爱子的悲伤深深地藏在心底里，在周氏的病榻之前，温语劝慰，一如既往，只能在兀然独坐时默默地流泪。由此来体会此联中的“心里恨”三字，下得很平常，其实是泣血之诉，藏含着多少辛酸与悲苦。第三联转而写物，却是物是人非。药犹在笥，爱子已去；香奁依旧，爱妻已亡。那室内弥漫的药味，奁上薄薄的灰尘，在在都令人回忆死者生前的情景，又无一不在提示生者死神已经来过。故诗的末联只说自己在如此沉重的打击之下，已无泪可流了。人之流泪，不仅是悲伤的表达，也是悲伤的宣泄。诗却说“无泪可沾巾”。这是说泪水已经流尽？这是说痛至极处而不知流泪？还是说流泪已经不能表达与宣泄内心的悲痛？俗言:“男儿有泪不轻弹,只因未到伤心处。”李煜却说,最深重的悲痛不是流泪的宣泄,而是无以表达的无泪。这是他痛彻肺腑的感受。

第一首重在写遭遇死亡的生者悲痛,第二首则着重抒写独自存活的生命哀伤。首联将人的生命“艳质”与自然的生命“芳树”同举,以启颔联之“春落实”,“雨伤丛”,既用以比喻娇妻爱子的生命夭折,又用凄风苦雨的春景来展现内心悲哀的情感,有一种惨淡无奈的生命哀伤回荡其间。故首联的对句“浮危道略同”,是总此两联的感慨。不过,自然界虽然有春花秋叶的变化,但其生命是流转不息的,今春花谢了,明春花又开,有迁逝,无终结。可是人呢？“今何在?”“事已空!”人是一去不复返的啊。无论生前有多少珍爱,多少欢乐,也无论死后有多少眷恋,多少回忆,逝者永逝,一切于存者都只是徒劳！向谁去问死者去了哪里？又有谁能回答生死能否重逢？既然关于生命的所有疑问都无问处,也无可问,人自当死心平静;可是,春来东风轻吹拂,吹绿了树,拂红了花,也惹出人心中的思念:为什么它却唤不回逝去的亲人呢——“千载谢东风”,那就请春风不要再来了。不是今年不要来,而是“千载”——只要我在,春风就不要来。因为年年的春色美,都会唤起孤独的生者无限的忆念,无限的悲哀。这也是极度悲痛中的奇想。可以想见,就此时心情而言,李煜不再有春天。

书灵筵手巾[①]

浮生苦憔悴,[②] 壮岁失婵娟。[③]

汗手遗香渍，　痕眉染黛烟。

【注释】

①灵筵：人死后，生者为祭奠而设立的几案，用以供奉灵位、衣物与酒食。　②浮生：老庄之学以人生在世，虚浮无定，因称浮生。《庄子·刻意》："其生若浮，其死若休。"后遂用以指人生。③婵娟：形态美好。孟郊《婵娟篇》："花婵娟，泛春泉；竹婵娟，笼晓烟；妓婵娟，不长妍；月婵娟，真可怜。"

【品评】

古代丧服之礼，妻死，丈夫要服齐(zī)衰(cuī)之丧，时间是一年。魏晋以后，丧葬礼仪中有设灵筵一节，唐代则成为定式。灵筵是在死者入殓之后，设死者灵位于丧帐之西，东面则设床帷屏几等日常起居之器，并将生前衣物等供奉其上，按时奉上饭食，进行洗沐，一如平常(见《大唐开元礼》卷一四一)。下葬以后，则在初一与十五举行祭奠，寄托哀思，直到除服，才撤除灵筵，将神主迁入祖庙。

李煜的这首诗，就周氏灵筵上所供奉手巾而悼其亡，就仪式看，应该写在周氏亡后不久。诗中所表达的感情也就分外悲痛，读来有无语呜咽、辞难以及的沉重。

诗的起句总叹人生的虚浮无定，难以把握，无论你愿意不愿意，生命还得继续，所以活着就已经是一种无奈。而这无奈的人生本来就已经令人悲哀，何况正在壮岁之年，又失去了相依相倚的妻子，这余下的人生途程将会是多么的漫长，多么的难行。诗中以“婵娟”代指妻子，以见妻子的青春美好，也就愈见痛失爱妻的深情。然后笔调一转，拈出手巾点题。手巾是古代女子的随身之物，攥在手中，用以拭汗，用以掩笑，用以擦去泪水，用以生风借凉，不可须臾而离。“汗手遗香渍，痕眉染黛烟。”人已离去，而手巾上犹可嗅到生前所用香膏的气味，画眉的黛烟也在手巾上留下了点点斑痕，睹物思人，自有无尽思念在其中。而“汗手遗香渍”一句，提示周氏生前将巾紧紧攥在手中的动作，以至于有手汗的浸渍而染香于巾。若不是相知极深之人，不会有这样细致的观察，而回忆之时，自然倍加痛心。

诗的首二句抒写悲痛，就人生落笔，有一种从根上说起的本质意味。起点既高，落笔滔滔，那么，接下来就应该是绵绵不绝的情感倾诉了。但是，诗却转而言物不言人，所言之物又只是一条亡者生前的旧手巾，“汗手”、“痕眉”点到为止，便草草结束。就诗章结构而言，有一种头重脚轻之感。鲁迅曾评说向秀悼念亡友嵇康的《思旧赋》说：“很奇怪他为什么只有寥寥的几行，刚开头却又煞了尾。”可见这也是一种抒写情感的方法。不过，向秀之“寥寥的数行”是有话不能说，李煜这里却是满腹的言语无法说出，悲痛至于极点的缘故。

书琵琶背

侁自肩如削，[①] 难胜数缕绦。
天香留凤尾，[②] 余暖在檀槽。[③]

【注释】

①肩如削：语出曹植《洛神赋》："肩若削成，腰如约素。" ②凤尾：指琵琶上端安放弦柱的部位，其形如凤尾。 ③檀槽：琵琶上架弦的格子，以檀木做成。后也用以代指琵琶。

【品评】

这首诗的诗题是否出于李煜，不能确认。如果是，诗就应该是题写在琵琶的背面，供奉于周氏的灵筵之上；如果不是，就可能只是一首睹物思人的悼亡诗而已。因为这只琵琶不一般。

周氏精通音乐，尤擅琵琶的演奏，她不仅亲自谱写了一些琵琶乐曲，还整理了失传的唐代大曲《霓裳羽衣曲》。她在琵琶演奏上的造诣，也深受李璟的赏识。李璟也能演奏琵琶，于是特意将宫中收藏又自己用过的琵琶名品"烧槽"赐予周氏。据说这只名为"烧槽"的琵琶，曾经东汉著名文人蔡邕的品题。一说是制作工艺特别，材质须经过火烧，因而得名。马令《南唐书》卷六记载，当周氏病重弥留之际，"以元宗所赐琵琶及尝臂玉环亲遗后主，沐浴正妆，自内含玉，殂于瑶光殿之西室"。那么，这只名为"烧槽"的琵琶，不仅是周氏生前所用之物，还是李璟所赐之物，而且还是周氏临终留给李煜的赠别纪念。周氏死后，面对这只琵琶，李煜该有多少思念，多少悲痛，多少感慨，确实是语言所不能尽者，于是写下这短短的四句二十字。

诗的前二句刻画琵琶之形，而用了拟人的手法。"肩如削"既写眼前的琵琶，又暗寓着妻子削肩束腰的窈窕体形。"难胜"一句承上而来，就琵琶是言其丝弦，而称之为"绦"，便与人的服饰产生联想，进一步描写妻子体态的柔弱。“凤尾”、“檀槽”都是琵琶的部件，前者是演奏时左手按弦之处，后者是右手弹、拨、挑、抹之处。诗的后二句由此进入，写“天香”之留，“余暖”之在，有物在如人在之感。这里的“香”，就久用之物而言，是可能存留的余味，可谓实写；这里的“暖”就纯粹只是想象中的存在，属于虚写。二句虚实结合，刻画细致，触摸之时，心生恍惚，仿佛又见到了周氏怀抱琵琶、端坐演奏的情景，又听到了那精妙绝伦、绕梁不息的曲声。然而，这一切都只在李煜的想象之中，眼前，不过一把静静横卧的琵琶而已。

尝与周后移植梅花于瑶光殿之西，及花时，而后已殂，因成诗见意（二首）

其　一

殷勤移植地，　曲槛小栏边。[①]
共约重芳日，　还忧不盛妍。
阻风开步障，[②]　乘月溉寒泉。[③]
谁料花前后，　蛾眉却不全。

其　二

失却烟花主，　东君自不知。[④]
清香更何用，　犹发去年枝。

【注释】

①曲槛：曲廊栏杆。 ②步障：即布障，织物制成，用以围蔽。《北史》卷八一记张景仁善书，工草隶，深得北齐废帝高殷的喜爱，呼为博士。景仁体弱多病，凡陪同出行，在道宿处，高殷“每送步障，为遮风寒”。 ③寒泉：清冽甘甜的泉水。《诗经·邶风·凯风》：“爰有寒泉，在浚之下。” ④东君：春天之神。

【品评】

这二首悼念亡妻周氏的诗，在《全唐诗》卷八中题作《梅花》。这里的诗题是据厉鹗《宋诗纪事》卷八六所载，原是节录马令《南唐书》卷六的文字。

周氏逝世是在乾德二年(964)十一月甲戌日(见《十国春秋》卷一八)。诗中既称“东君”，可知诗是写在次年的初春。这时梅花绽放，满庭清香，可是种花人只剩下孤独的李煜，对花怀人，心情无比悲苦。

第一首追忆当初移种梅树之事，以“殷勤”二字领起。这株梅既是移植而来，这里就一定有精心挑选的“殷勤”，有移动中小心护理的“殷勤”，而移种到“曲槛小栏边”的地点，自然也是经过了细心的安排，同是一番“殷勤”。但是，仅此还不能让移植者放心：树苗好，长势好，地点好，移种好，可是这一番辛苦真能保证梅树的存活吗？春来一定能树茂而花繁吗？忧心关切，无微不至，于是要细心地为梅树围上帷幕以遮风，夜色中要关心地乘月为梅来浇水。写到此处，“殷勤”已经到了不惮其烦的地步。读者不禁要问：难道一株移植的梅花竟须如此细微的照料？喜爱梅花又何至于如此地痴心不解？“共约重芳日”一句，道出了“殷勤”的全部原委。原来这所有的活动，从起意到移种，从地点的选择到日夜的照料，都是夫妻二人相互商量，扶携而为。移梅只是一件日常小事，共同做来，就有无穷的乐趣。其间的一颦一笑，一言一语，关心的是梅花，传达的却是相融无间的夫妻情。殷勤愈重，期待愈切。然而，春催梅花开，清香怡人怀，所有的“殷勤”都有了如愿的结果，期待的“重芳日”已经到来，却偏偏不见了“共约”之人——那与梅花一样清丽芬芳的妻子。“谁料花前后，蛾眉却不全”是一陡然的转折，使此前所有的叙述与描写都成了多余，唯见作者悲痛的心情而已。

这一首，起句平，叙述缓。首联以“殷勤”二字开端，颔联以一“忧”字为呼应，承上启下，带出颈联，以见移种者爱此梅花的一片深情，而将全部的移种活动都缩结到“共约重芳日”一句。全诗总其三联的份量而用尾联二句截住，造成的跌宕有一石千重浪、无声胜有声的效果。第二首则换一种写法，直抒情怀，因悲而愤。“失却烟花主，东君自不知”二句兜头而来，将无限的悲痛化作对老天的指斥。种花为赏花，殷勤盼花来。如今人不在，梅花为谁开？枝犹去年枝，花亦同光彩。“清香更何用”，徒增存者哀。面对满树繁花，当初移种的点点滴滴，当初养护的所有情景，一一浮现，似真似幻，直叫人心痛欲碎，却无处可以诉说。由是而生出怨愤：这春天真是麻木不仁，全不体察存者的心情，依然催发着花木；这梅花真是无情无义，全然无视养护人的殷勤，“犹发去年枝”。李贺诗云：“天若有情天亦老。”当人的痛苦悲伤不可承担之际，冬去春来的流转，花的绽放，鸟的歌唱，就会显得格外的冷酷，而令伤心人不堪面对。

这两首诗，一五律，一五绝，抒写对梅怀人的悲痛心情，应是同时之作。不过，一者娓娓道来却又戛然而止，一者喷薄直出却斥天而悲人，各成其意，又相辅相成。两首连读，可以感受到作者在写作之时，其感情也是因往事的回忆而渐渐积郁，终至爆发而有不可遏止之势。

感　怀（二首）

其　一

又见桐花发旧枝，　一楼烟雨暮凄凄。
凭阑惆怅人谁会？[①]　不觉潸然泪眼低。[②]

其　二

层城无复见娇姿，[③]　佳节缠哀不自持。
空有当年旧烟月，　芙蓉池上哭蛾眉。[④]

【注释】

①凭阑：凭栏。会：理解，体会。　②潸（shān）然：流泪的样子。　③层城：皇宫内楼殿重叠，因有“层城”之名。　④芙蓉：荷花。蛾眉：蚕蛾触须细长而弯，借用以形容女子所画之眉的姣好，也代指美女。

【品评】

马令《南唐书》卷六记载，周后死，“后主哀苦骨立，杖而后起”，悲痛无以复加。“每于花朝月夕，无不伤怀”，并录写了这两首诗。厉鹗的《宋诗纪事》卷八六所录题为《悼周后》。这里的诗题是据《全唐诗》卷八所加，因两首诗都是感物伤怀之作，但并不是作于同时。

第一首诗因桐花而生感。周后死于公元964年十一月，正是仲冬。桐花开在春末夏初，距周后逝世已是五六个月的时间过去了，而李煜心中依然充满深深的忆念，尤其是在触景生情之时，那一种感怀伤心是刻肌蚀骨般地让人疼痛。

诗以“又见”二字领起，语调凄凉，饱含着伤感。因是“又见”，此前就一定有已见。而此前的已见，那是夫妇并肩，共赏桐花，依偎笑语，情意绵绵，是多么快乐、多么温馨的时光。年去年来，此刻又见桐花开。树依然是那棵树，花也如同往年一样的美丽洁白，不同的是，身边少了相依共语的赏花人。“发旧枝”是透过树与花而言人，花依旧，人不同，透出的物是人非之感格外沉重。江南季候，四五月间多是细雨天气。“又见桐花”，已经唤起人的无限伤心，又逢雨丝霏霏的黄昏时候，叫人如何承受？看那满天的纷纷雨丝，伴着黄昏的暮气，烟一般地弥漫，雾一样地发散，直向人的心头笼罩而来。人在楼台，四望所及，无处不是湿漉漉的，感觉都是沉甸甸的。暮色中的烟雨，仿佛再织出旧日的情景；暮色中的桐花，又分明在提醒那是过去的时光。“凭阑惆怅人谁会？不觉潸然泪眼低。”这夫妻间的情意，有多少具体入微的细节在其中，无人可以诉说，也就无人可以理解，无人可以体会。此时内心的伤痛只有自己感受，独自咀嚼，除了泪水的流淌，别无语言可以表达。“低”，不仅摹写出眼垂泪落那一霎的细小动作，更表现出人在那一时刻无语沉痛的心境。

第二首诗因荷花而生感。荷花初放是在六月以后，季节已经过了仲夏，周后过世已近大半年的时光。诗中提到的“佳节”，因为作诗的时间无法最终确定，不能知道这佳节何指。既然这里有荷花的时间指示，那么可以知道，六月以后的节日，一是七月七日的乞巧节，二是八月十五的中秋节。二节之中，八月中秋时，荷花的盛期已过，而七月七日不仅是乞巧节，还是李煜的生日，又值荷花盛放之时，因此推想此节的可能性应该比较大。如果是这样，可以想象，当周后在时，这一节日会有多么隆重，欢庆的活动会是多么盛大，南唐宫中会是多么热闹。然而今天，“层城无复见娇姿”，走遍宫殿楼阁，虽然是宫娥侍女簇拥依然，虽然是一样的金炉焚香，一样的红锦铺地，可就是没有了相伴十年的妻子。穿行于空寂的宫殿之中，此情此景，遂将往年今日的所有回忆都推上了心头。而楼台之外，那轻烟般的暮色，那月光的明媚，都曾经是繁华过后夫妇俩独处时的私语与共赏，而现在唤起了往昔共赏的甜蜜，却又残忍地摧残着孤独者的心灵，让人叹息，烟月如旧而只是“空有”。池上荷花如同往年一样地盛放，却同样少了如花似玉的身边人。越是回想，越是悲哀难禁，以至于对花思人，痛哭失声。“佳节缠哀不自持”一句是诗中的承重点，上接“层城无复见娇姿”的迷惘，下启“空有当年旧烟月”的惆怅，将节日的特定意涵与对花赏月的昔日情景联系起来，致使有“哭蛾眉”的悲泣失声，让读者可以体会李煜极力按捺内心悲痛而最终未能成功的克制。

这里“缠哀”一词用得生动。哀痛本是人的内心情感，与外在的事物无干。现在说“佳节缠哀”，仿佛哀痛不在人的内心，而是节日的全部就是哀痛，于是紧紧地缠绕着过节之人，以至于不能自我把持，在节日之际大放悲声。

末句“芙蓉池上哭蛾眉”，《全唐诗》卷八作“芙蓉城上哭蛾眉”。但是，马令《南唐书》与厉鹗《宋诗纪事》都作“芙蓉池”。马令是最接近李煜时代的人，所录应为可信。而且，如果作“芙蓉城”，则与首句“层城”用字重复，又有意思的冲突。故以“芙蓉池”为是。

送邓王二十弟从益牧宣城[①]

且维轻舸更迟迟， 别酒重倾惜解携。[②]
浩浪侵愁光荡漾， 乱山凝恨色高低。[③]
君驰桧楫情何极，[④] 我凭阑干日向西。
咫尺烟江几多地， 不须怀抱重凄凄。[⑤]

【注释】

①邓王：李煜弟弟李从益，封邓王。传见陆游《南唐书》卷一六。牧宣城：出任宣州（今安徽宣城）刺史。 ②解携：分别。汉末古诗有“携手上河梁，游子暮何之。徘徊蹊路侧，悢悢不能辞”的赠别之辞，后人遂以“解携”写离别之情。杜甫《水宿遣兴奉呈群公》：“异县惊虚往，同人惜解携。” ③乱山：群山。孟浩然《除

夜》:“乱山残雪夜,孤独异乡人。” ④桧(guì)楫:用桧树之木制作的船楫。桧木气味芬芳,屈原《九歌·湘君》有“桂櫂兮兰枻”以比喻美好,这里是仿用。 ⑤咫尺:形容距离极近。周制以八吋为咫。凄凄:哭泣悲哀的样子。汉乐府:“凄凄复凄凄,嫁娶不须啼。”

【品评】

邓王从益,陆游《南唐书》作“从镒”,是。他是李煜同父异母的弟弟,在李璟的十个儿子中排行第八,诗题中称“二十弟”,应是就其叔伯兄弟的排行而言。

从镒出镇宣城的时间,马令《南唐书》卷七说是“开宝初出镇宣州”,李焘《续资治通鉴长编》卷一〇引《李后主文集》说:“(开宝)三年秋,送邓王牧宣城。”据此可知这首诗作于公元970年,是李煜即位的第九年。宣城,是南唐都城金陵的南方门户,东拒吴越,南进闽地,西望湖南,是军事上具有重要意义的防守要地。李白《蜀道难》言剑阁之重要曰:“所守或匪亲,化为狼与豺。”宣城之于金陵,意义不亚于剑阁之于成都,南唐建国以来,先后镇守者,不是勋旧老臣,就是王室亲属。李煜派弟弟从镒去镇守宣城,正是循旧例而委以重任。不过,从镒出守宣城,恐怕也与当时形势有关。此时的宋太祖赵匡胤,既灭了西蜀,又攻占了湖南,南汉刘鋹成为他的下一个目标,正在调兵遣将,部署进击的战事。据史书记载,赵匡胤在进军南汉之前,先令李煜写信给刘鋹劝降。不想刘鋹得信之后,不仅不听劝,还回信辱骂李煜,于是李煜将自己的劝降信与刘鋹的回信一并上交,促使赵匡胤下决心出兵。事情就发生在这一年的八月，九月即有宋军的南下。从当时形势看，南唐虽然已经附从宋朝，俯首称臣，但并不甘心破亡，对于宋军的南下不能不有所警惕。李从镒在此时由京城出镇宣城，与南汉刘𬬮的结怨，与宋军进伐南汉的战事，大约不无关系。

李煜素来重视兄弟之情，对弟弟从镒又多一份喜爱，因为从镒"警敏有文"，能作诗文，与擅长文艺的他有共同的爱好。当从镒在形势不无严峻之际出镇宣城要地，李煜亲率大臣为他在绮霞阁举办送行的宴会，既表示此行之意义重大，也表达了兄长对小弟弟的关切。但是，南唐在当时的处境，这一层防守的意思是不可言说的。故李煜此诗，只写依依不舍之情和对小弟弟的宽慰，而在宽慰之中，自然包含了委以重任的心意。参与这次送行的徐铉、汤悦诸人都有赋诗，除徐铉诗外，其他人的诗作已不能见。

首联以"且维"二字领起，说姑且把将行之舟系住吧，有一层祈请的意味在其中。而"别酒重倾"则见出送别的酒一遍又一遍地喝过，而人还是没有登舟，舟还是没有启行，就将这层祈请的意思化为了惜别的深情，再加上"更迟迟"的烘托，"惜解携"的说明，诗的开篇就营造出了浓浓的送别气氛。次联转而写景，而景中含情。行舟而去的水流，波浪起伏，粼光闪烁，有如人内心波动的离别情感；两岸远山重重，林木秋色，深浅斑驳，渐渐远去，渐渐模糊，牵动着人送别的心绪。第三联就二人作分写，以见手足情深。弟弟将乘舟而去，去得越远，对京城的思念就越深；自己倚着栏杆向西眺望，目送轻舟驶向日落之地，消失在一片黄昏的水面之上，却无法带去自己的思念之情。二人一行一留，相互牵挂，离情似水，渐远渐生。第四联则将离别的伤感挽回，作宽慰之语。毕竟离开的是小弟弟，毕竟小弟弟此去所承担的是国家重任，出行之际，如果感情过于哀伤，既不利于弟弟的身心，也不利于职守的履行。因而说金陵与宣城虽然是两地，但有长江的贯连，往来方便，仿佛只是咫尺之隔，那就不必凄凄惶惶如同永别吧。

其中次联写景抒情，场面阔大而景物鲜明，写得生动形象而又深情脉脉。上句中的“浩浪”、“荡漾”写水天宽阔，江流不息，送者想象行人将要乘轻舟沿江流而远去，伫立遥望，直至目光所不能及。本来这阳光下的满江波涛是映在送别者的眼中，却因为波光的闪动而用了一个“侵”字，仿佛这流水与波光直入人的怀抱，激起了离别忧伤，而忧伤就与这江水汇合一起，长流不息，与这波光一样，起伏荡漾。下句写山是“乱”，写秋色是“高低”，都已见出人的情绪，而特别用了一个“凝”字来刻画，就写出了离别情感的沉重。人的感情本是抽象之物，借助于景物来写，就有化抽象为具象的功能。这二句，一动一静，相互映照，以流水波光和乱山高低写离别的忧伤，不仅生动地表现出感情的形态，还写出了情绪的质感，可触摸，可掂量，故而动人。

九月十日偶书

晚雨秋阴酒乍醒，　感时心绪杳难平。
黄花冷落不成艳，　红叶飕飗竞鼓声。[①]
背世返能厌俗态，[②] 偶缘犹未忘多情。[③]
自从双鬓斑斑白，　不学安仁却自惊。[④]

【注释】

①飕(sōu)飗(liú):风吹叶落之声。 ②背世:弃世绝俗。张衡《七辨》:“无为先生祖述列仙,背世绝俗。”返能:反而。“能”,通“而”。 ③忘多情:道家有忘情之说,然西晋名士王戎说:“圣人忘情,最下不及情,情之所钟,正在我辈。”见《世说新语·伤逝》。④安仁:西晋著名诗人潘岳,字安仁。他在三十二岁时,因感于时光流逝而作《秋兴赋》,其中有“斑鬓髟以承弁兮,素发飒以垂领”的衰老之叹。

【品评】

九月九日是重阳节气,古人有亲朋相邀,登高望远之俗。这时正是深秋,天高气爽,视界开阔,让人有涤除秽浊、心胸旷然之感。而古代的节日,前有准备,后有余庆,通常总有数日的延续。李煜这首诗写于重阳的次日,无论前一天是否举行过节庆,就诗中所写来看,他是全无庆祝之意。而诗中情绪的低沉与伤感,有一种深深的暮年气氛。

李煜生在皇家,贵为公子,尽享奢华与安乐。他在二十六岁那年即位,接过了父亲手中已经岌岌可危的权力,竭力维持已经风雨满楼的南唐,就此结束了过去“贪欢”的日子。他身为国君,却只是一个傀儡君主,处于宋朝的威逼之下,逢节请安,献金纳贡,深感屈辱,而国事艰危,即使安于傀儡的地位,也不知是否能够留住这份父祖的基业?时时想来,深有忧虑。而在私人生活中,他年龄不过三十,就经历了丧子又丧妻的哀痛,情感上的打击格外沉重。生活既给予他许多的幸运,也给予他许多的艰辛。在这深秋时分，佳节之后，看雨打黄花，听风吹落叶，心中不无飘零之意，人因此而有衰老之慨。诗题为“偶书”，即感时而作。

诗的开篇写时间与情景：深秋节气，时值黄昏，天正下着雨，人是饮酒之后。此时的饮酒，显然是独饮，故酒酣之后，放下酒杯，出来转转。只身之人，看这深秋黄昏的景色，雨声淅淅，风声萧萧，周遭阴暗而寒冷，不禁打个惊颤，乍然酒醒，于是满怀的愁绪不仅没有因酒而消除，更因这秋风秋雨而“杳难平”，变得更加浓重。首联交代写作缘由，顺便道出了独自饮酒的原因，而以“感时心绪”四字点明题旨。次联写景，情调凄伤。秋来菊花黄，枫叶红胜火，这本来都是秋天特有的景致，有过多少文人骚客的歌咏。然而眼前却是菊花因风雨击打而凋落萎败，让人有“不成艳”之感，枫叶在风雨中飘落，风声混合着落叶之声，一阵一阵如鼓声催响，让人有惊时伤心之叹。这里的“黄花”与“红叶”本是鲜明颜色的映照，却被置于“风吹雨打去”的环境之中来写其败落，故而“不成艳”虽是写景，却包含了美好被摧折的无尽伤感。由此带出后四句的议论抒情。说是自己已经弃世绝俗以保持内心的平静，怎么还会有“厌俗”之态呢？想来还是因为未能彻底忘情的缘故啊！生活的艰难在自己已经是早生华发，心中充满了伤感，也就不用再学潘岳为抒情而去叹发白了。后四句的议论抒情不是承上感时从正面说，而是用自责的方式从反面讲，意谓自己的修习功夫应该可以超然世外，做到处变不惊，心如止水，不再因人因事而生烦恼，却不料这秋风秋雨的黄昏竟在内心激起了如此的波澜。这种从反面说的方式也就加强了情感的表达深度，有一种意在忘却又无法忘却的痛苦在其中。

诗中用西晋诗人潘岳之典似有深意。潘岳丧妻而有《悼亡》之诗与赋，失幼子而作《哀金鹿辞》，都是人所传诵的名篇。李煜的经历与他相近而易生共鸣，用为诗典就扩展了诗的内涵，增添许多无须言表的内容。潘岳《秋兴赋》中感叹双鬓斑白的描写为后人所欣赏，提炼出了“潘鬓”之称，是诗家熟用之典。潘岳作《秋兴赋》时是三十二岁，诗用此典，可知此时李煜应当年龄相仿。推测此诗当作于 970 年前后。

归宋渡江作

江南江北旧家乡，　三十年来梦一场。①
吴苑宫闱今冷落，　广陵台殿已荒凉。②
云笼远岫愁千片，③　雨打孤舟泪万行。
兄弟四人三百口，　不堪闲坐细思量。

【注释】

①三十年：南唐自李昪在 937 年立国，至 975 年为宋所灭，应是三十八年的历史，这里是举其成数，言其大概。　②吴苑：指金陵。三国时孙吴始于此地建都。广陵：今江苏扬州，南唐时为东都。　③岫：山峰。

【品评】

这首诗，《江表志》与《江南余载》都记为吴主杨溥所作，题为

《泰州永宁宫》。马令《南唐书》与《江南野史》则以为李煜之诗。南唐取代吴后，封杨溥为让皇，为他在泰州建筑宫殿而居之。杨溥由君主而囚徒，有亡国破家的伤痛，与李煜之成为宋朝俘虏时的感情，可以说是一脉相通。不过，杨溥所居泰州在长江北岸，并不临江，若无南唐君主的允许，他是不能随意行动的，更不要说去到都城金陵。因此，杨溥也就不存在过江的问题。那么，诗中所言“江南江北”的即景生情，“雨打孤舟”的过江之行，“三百口”的乘船规模，都无法解释。由诗中所言情景看，似乎更接近李煜的遭遇。《四库全书》的编纂者在《江表志提要》中认为，撰写者郑文宝曾任南唐之官，《江表志》所言更为可靠。但也只是推论而已。史料不足，此诗作者的判定也就缺乏有力的依据，也许二说并存是目前比较稳妥的做法。这里姑且从一般看法将此诗归在李煜名下，并作此说明。

马令《南唐书》卷五记载，开宝八年(975)冬，金陵城破，李煜投降。这天，“煜举族冒雨乘舟，百司官属仅(近)千艘。煜渡中江，望石城泣下，自赋诗云：江南江北旧家乡……”《全唐诗》卷八是据这段文字而标题为《渡中江望石城泣下》。马令所记情形与诗中感情很相吻合。

此时的李煜是从江南乘舟过江北入宋，船行江流之中，左望江北，右望江南，心中悲慨万分，催泪直下。江北之地是在父亲李璟的手上丢失，现在自己又丢失了江南，国破家亡，旧乡无存，南唐祖孙三代人三十八年的苦心经营至此告终。东都扬州早已在宋人的统治之下，那往昔的宫苑早已荒凉；如今金陵又被宋人占领，自此以后，该是一片冷落。自己生于斯，长于斯，那吴苑之中，曾经有过多少的欢笑，那宫闱之内，曾经是多么的奢华，而今一切付诸流水，回想犹如春梦一场。祖父创业的艰难，父亲守业的艰辛，自己也曾挣扎维持，最后还是彻底地毁在了自己的手上。李煜此时虽然是在前往宋都汴梁的路上，还来不及思量到达之后的命运，他的无尽心思都在与金陵的告别之中。而告别金陵，就是告别南唐。怀着悲痛的心情，眺望远方，云笼山岫，愁思无限沉重；眼前则是雨打行舟，江流浩荡，任凭泪水千行。昔日的王侯，如今的囚徒，过江之后的日子会是何等情形？此后的心情将要如何来承受？李煜是国君，也是兄长，本当担负的责任现在已经不由自己做主，本当照料的家族现在也置于他人的治下，“兄弟四人三百口，不堪闲坐细思量”。“不堪”不仅是说不能思量，不可以思量，而且是说未来根本就无法去设想。因而不要说盘算未来将如何，就是眼前的悲哀已是他人不可想知的沉重，更遑论细细地去诉说，去思考了。尾联二句，点到即止，言下有无限的沉痛，又将这无限的沉痛留于不言之中，而造成一种悠悠的余韵，顺着江流缓缓而去。这“不堪”，在作者是无言，却让读者生出无限的感受。

病中感怀

憔悴年来甚，　萧条益自伤。
风威侵病骨，　雨气咽愁肠。
夜鼎唯煎药，　朝髭半染霜。
前缘竟何似，[1]　谁与问空王。

【注释】

①前缘:佛教以世间诸物皆因缘和合而成,故善缘结善果,恶缘生恶果。又以生死本是轮回相报,故人今生之善,皆因前生善缘之成,而今生之恶,则为前生恶缘之果。

【品评】

生病则体力弱,体弱不任则心愁烦,这是人通常都有的感受。病痛偶然事,事过则心境迁。但是,这样一种凡人皆有的生活感受,在李煜,竟至于要去探问前生何所为,今生究如何,表现出一种厌倦生活、厌倦生命的情绪,这就不是通常的病情了。诗中"萧条"二字交代了李煜此时的生活,已经没有了侍从簇拥、嫔娥相伴的富贵繁华。他是旧日的南唐君主,今日的宋人囚徒,生活不唯冷清,对比过去,尤觉萧条。诗写在入宋之后应该无疑。那么,这样的一种厌倦情绪也就有了理解的线索。

诗以"憔悴"领起,对以"萧条",前者重在写人,后者刻画环境,二者相互映对,写出人因萧条而憔悴,也因憔悴而更觉萧条。意思还不止于此一层。"年来甚"与"益自伤"相对,这是说,人是一年一年的老去,憔悴本来就一年更甚于一年,偏又处在这周遭萧条的环境中,于是便生出无尽的感伤而加快了人憔悴的速度。中间两联刻画生活状态。风雨本是自然现象,时而发生,不会永远,雨过天晴总是令人高兴。但是,处在憔悴萧条的心态之中,李煜只感觉到风雨的忧愁,却没有风雨过去的安慰。更加上病弱之体,这风就有彻骨之寒,这雨就如同不绝的愁气,让人没有片刻的喘息。夜夜不能入睡,消除无眠的办法就只有煎药而已。药虽然不能解除失眠的痛苦，总算还可以打发失眠的时光。为何无眠，诗中不言，只说早起梳理照镜，胡须又白了许多，如同秋霜。这诗句中的沉痛与无奈，读来尤感悲伤。这里写风来侵骨，写雨来愁肠，写失眠之夜，写对镜自伤，而这就是自己的生活，除了忧伤，还是忧伤。国已亡，家已破，不会再有大事的发生，日子就这样一天一天地度过，平淡清冷，而令自己有不可承受的沉重。末联说"前缘竟何似，谁与问空王"，语气悲愤：佛祖说今生之因，前生之果，这前生究竟造下何种孽而让今生如此难以度过？受苦倒也罢了，好歹说个明白。可是，佛祖在哪里？又向谁去问？一千一万个为什么，有谁能告诉？生理的病痛与心理的病痛缠绕在一起，悲愤的绝望摧伤了生命的意志，除了呼天问佛祖，又能如何？

诗中以"威"写风，以"气"写雨，将政治处境中所有的威逼与压迫都转为自然现象的感受，就文学手法而言是拟人，而在李煜，怕也有不能直言而曲折抒写的现实考虑。

病中书事

病身坚固道情深，① 宴坐清香思自任。②
月照静居唯捣药，③ 门扃幽院只来禽。④
庸医懒听词何取， 小婢将行力未禁。⑤
赖向空门知气味，⑥ 不然烦恼万涂侵。

【注释】

①道情:指佛教信仰。 ②宴坐:安坐。清香:佛教用语,焚香敬佛,以表示向佛之心。任(rén):承担。 ③捣药:古代传说嫦娥窃不死之药奔入月中,化为月精,一说为蟾蜍,一说为兔。傅咸《拟天问》:“月中何有?白兔捣药。”(《艺文类聚》卷一)这里有两用,既代指月光,同时又指煎药前的捣药之声。 ④扃(jiōng):扃是门闩,这里用作动词。 ⑤将:扶助。禁(jīn):禁受。 ⑥空门:指佛教。佛教有“万物为空”的理论。

【品评】

史载金陵城破,李煜被俘,押解来到宋朝的京城汴梁。宋太祖赵匡胤因他此前数次拒绝入宋的诏命,在安置之时,封他为违命侯。他的居所,门外有人看守,若未请得朝廷允许,来人不得入内。他的生活,虽然也有宋朝的资费供奉,侍女的照料,但毕竟是囚徒,与过去在金陵是完全不可以相比的。这封号的屈辱,这行动的监禁,这生活的清苦,还有多病的身体,自然都使李煜深感痛苦,但是,最为刻骨蚀心的痛苦还是亡国之恨,思乡之情。他曾有信写给在金陵的旧时官人,说是“此中日夕,只以眼泪洗面”(《默记》卷下),可知其悲惨的心境。然而,日子虽然难过,还得要继续;要继续,就得要有精神的支撑与安慰。那么,向何处寻找支撑与安慰呢?在李煜,这就是佛教。

南唐李氏君主世代尊奉佛教,李昪、李璟都是非常虔诚的信徒,至李煜,则供奉尤甚,近乎狂迷。陆游《南唐书》卷三说他“酷好浮屠,崇塔庙,度僧尼,不可胜算”。马令《南唐书》卷五记他在皇宫禁苑之中也广建僧舍，召请许多僧尼聚集其中，诵经念佛，讲谈佛理，并与小周后二人“顶僧伽帽，衣袈裟，诵佛经，拜跪顿颡，至为瘤赘”，心诚情笃，叩头之重，以至于额头上都撞磨出了茧疤。如果说，李煜在南唐时痴迷佛教之深，是为了个人修福，是畏惧于国家的破亡而祈求佛祖的佑护；而在入宋之后，这本来就互为关联的二者已经不再有现实的意义了，而他的处境也不可能再召集僧尼，谈经说理，探讨学问，佛教对于他的意义也就变得格外的单纯，那就是生命的慰藉，生活的支撑。因此，这首诗开端即言“道情”，将一切磨难都视为信奉佛教的修行，结尾则庆幸自己还有佛教可以循行，曰：“赖向空门知气味，不然烦恼万途侵。”李煜在入宋之后的诗与词都写得酸苦悲凉，情所不堪，而这首诗虽然在抒写囚禁的生活，却在心境上比较平和，想来是因坐禅念佛之际而寻得了片刻的温暖与安宁的缘故。

诗的首联所描写的是焚香坐禅的情景。诗人安坐一室，焚香供佛，回念所遭遇的种种，默思佛祖的教训。清香四散，意念渐渐入冥，心境渐渐平静，既然一切都是命中注定，必然承受，又何须怨天尤人而哀苦无已？诗以“病身”与“道情”相对，说是病越重，修道之心就越诚恳；而修道之心越诚恳，感悟的佛理就越深。这是一层意思。而“病”不仅是指生理之疾，更有经历遭遇带给人的心理以及精神的创伤，故用一“身”字总括。佛教以苦为生命的本义，于是苦也就不成其为苦，受苦正是修行的途径之一，劝导信徒承受现世而寄望于来世。因此，诗人焚香敬佛的修行方法就是“思自任”，所体悟的佛理就是“病身坚固道情深”。这是又一层意思。这两句若从逻辑顺序讲，应该是“宴坐清香思自任，病身坚固道情深”。诗人先说后，再说前，将事情发展的顺序倒过来，正是为了强调此时的觉悟。文章家将这种写法称为“逆挽”。

诗的中间两联写生活情景，一片凄凉与孤寂。夜间，清冷的月光照着空庭，四周静静，唯有捣药的声音，持续而单调地在院中回响，向院中人提示着无边的落寞。不仅夜间如此，白天也一样。主人无访客，院门紧闭，堂庑深深，除了鸟叫，不闻人声。偶尔有医生前来诊病，也不过说些不切病情的废话，除了加重慵懒的心情，并无治疗的功效。身体日渐衰弱，扶着小婢起来走走，却深感力不能至，脚步难移。在这样的生活之中，不能不回想当年的金陵，而所有的回想都是痛苦，更令眼前的情景有不堪的残忍。于是诗人回转过来向自己道庆幸：若不是有佛祖的指引，若不是有佛理的开导，那人生的烦恼将会不由途径地涌来将自己包裹，将会铺天盖地地扑来将自己淹没，生活当如何继续？这种自我开释，在诗人或许有一时的宽解，通篇读来，读者仍然会感到内在的悲哀。

尾联回应首联的修行之事，用“知气味”写此刻对于佛理的感悟，上承“病身坚固道情深”。因此可知“道情深”的二层意思中，重在后者，不是说自己的修行已经达到的境界，而是指佛理本身的深刻。同修佛教的白居易有诗曰：“自从苦学空门法，销尽平生种种心。”（《闲吟》）可以帮助我们理解李煜所说的“道情”。

咏柳书黄罗扇赐庆奴[1]

风情渐老见春羞， 到处销魂感旧游。

多谢长条似相识，强垂烟态拂人头。②

【注释】

①罗：一种织有花纹的丝绸。庆奴：据邵博《闻见后录》："南唐李侯撮襟书宫人庆奴扇。"则庆奴是当时侍奉李煜的宫人的名字。②强(qiǎng)：勉力。

【品评】

这首诗，《全唐诗》卷八题作《赐宫人庆奴》，此处诗题据《宋诗纪事》卷八六而录，对当时的写作情形有所说明。证以宋人邵博的《闻见后录》，可知李煜此诗是题写在一把黄罗制作的扇子上，送给身边一位名叫庆奴的侍女的。诗借咏春柳而抒写人生沧桑之感，有世态炎凉之叹，因而推想庆奴是随同李煜一起入宋的南唐旧宫女。

公元975年冬，当李煜被俘而押送汴梁时，随同一起入宋的南唐旧人，船有千艘，人无计数，而随同李煜一起接受宋太祖赵匡胤的赦免并受封职者，据《续资治通鉴长编》卷一七记载，有五十五人之多，其中有李煜的子弟，也有旧日的大臣。大臣中如汤悦、徐游、徐铉、张洎等，在南唐时都深受李煜的赏识与信任，关系很亲近。但在入宋之后，他们与李煜之间基本上没有来往。一方面是宋朝对李煜有幽禁之令，见面不容易；另一方面，这些南唐旧臣、北宋新人如果出于旧谊去看望李煜，就会多一份嫌疑，而让宋朝生忌，其后果自然会非常严重。王铚《默记》记有一次宋太宗问徐铉，近来见过李煜没有？徐铉回答："臣安敢私见之。"而当他奉命前去，在门口就被官吏拦阻："有旨不得与人接，岂可见也！"由此可知李煜当时被监禁的情形与孤独的处境。这种旧人几乎绝迹的情况，李煜不是不理解，但就其内心感情而言，又无法扫除炎凉冷暖之想，对比服侍身边的旧日宫女，感慨无疑更深。于是咏柳题扇，赠予庆奴作纪念。

又是一个春天来临，人却是老病缠身而心绪不展，羞于见春。因为春天的勃勃生机正映衬出人的衰弱，四边的春景又无不唤起旧日的回忆。"感旧游"三字藏蕴颇深。李煜的感慨虽然是因春天而发，但是掂出一个"游"字，就将人的活动尽纳其中。过去的游春，或上钟阜，或临秦淮，宫中看花，苑中赏景，岂有时间与地点的限制？过去的游春，或设酒宴助兴，或出诗题比艺，文臣相伴，妃嫔簇拥，何等热闹，何等尽兴。然而今天，春景依然美丽销魂，人却不再是旧日之人，春游也自然不再是过去的春游。倦怠的心态让人自叹"风情渐老"，销魂的春景又让人陷入深深的感慨，似此心态，固然是"见春羞"了。

诗的后二句借春游而引出所要题咏的柳。春天的柳枝，芽苞初绿，春风吹来，长条依依，远望如烟如雾，近看姿态轻盈，不论江南还是江北，一样地柔婉多情。诗曰"多谢长条似相识"，其实是说本不相识。只是那柳条垂绦的绿，柳条拂面的柔，都是李煜曾经有过的感受，此时此刻再作接触，骤然忆起，而对比身边的清冷寂寞，一时感觉无比亲切，从内心涌出一股感激之情：对待幽禁中的人，仿佛柳条更知情，借着风力地摆动，轻轻地从人的头上抚过，努力地传达着问候。"强垂"之"强"是将柳作拟人化的刻画，写出柳之殷勤，正反衬出人的冷漠。

咏物诗，多是借物抒情，而要写得含而不露，才是上品，所谓不着一字，尽得风流。李煜此诗，以柳为题，已有春天的气象在，已有折柳送别的风俗在，而令读者浮想联翩。文中无一字涉柳，而又无一处不关柳。他以长条写柳而喻人，以不相识之柳有情而暗寓相识之人的无情，不仅是得咏物诗之要谛，而且也有其处境不得不作隐喻表达的难处。

秋　莺

残莺何事不知秋，　横过幽林尚独游。
老舌百般倾耳听，　深黄一点入烟流。
栖迟背世同悲鲁，[1]　浏亮如笙碎在缑。[2]
莫更留连好归去，　露华凄冷蓼花愁。[3]

【注释】

①悲鲁：指亡国之痛。《史记·孔子世家》记，鲁哀公十四年春，获异兽于野，孔子视之曰："麟也。"因悲伤地叹息："吾道穷矣。"以为鲁国将亡，于是作《春秋》以记鲁国历史，上起隐公元年，下讫哀公十四年，总计十二公 242 年间的大事。　②"浏亮"一句：用王子晋故事抒写出世之想。《后汉书》卷八二注引刘向《列仙传》："王子乔，周灵王太子晋也。好吹笙，作凤鸣。游伊洛间，道士浮丘公接上嵩山。三十余年后，来于山上，告桓良曰：'告我家，七月七日待我缑氏山头。'果乘白鹤驻山巅，望之不得到，举手

谢时人而去。” ③露华：露珠。蓼(liǎo)花：蓼是生长在水边的草本植物，花淡红色或白色，叶味辛香，古人用来作调味品，也可以入药。

【品评】

黄莺在春天啼叫，鸣声清亮婉转，悦耳动听，如自言，如对语，唤起人的遐想，送之巧名为“百舌”，视为春天的象征，是诗词文赋中常见的歌咏对象。李煜的大臣韩熙载就有奉令之作《御制游春长句》曰：“黄莺历历啼红树，紫燕关关语画梁。”但是，李煜这首诗，不取诗人习常之路，掉转而去咏叹秋天的黄莺，立意不同，情思不同。秋来气象肃杀，草木凋零，黄莺已过歌唱的生命而面临着严冬的枯索，结合李煜囚禁的处境，病体衰微的状况，都会使人想到，这首诗名为咏莺，实为自咏。

诗一开篇便点出歌咏的对象黄莺，却称其为“残莺”，用词深刻。这是一只由春历夏而入秋的黄莺，歌唱过春天的繁花，栖身过夏日的浓阴，如今秋已至，冬将临，竟然还在林间独自飞。所谓“残”，是说这只黄莺年龄已老？体力已衰？是说这只黄莺躲过天灾人祸的劫难而存留到今天？还是说这只黄莺的伙伴都已不在而只剩下独自的生活？诗人不言，读者自可体会。看这黄莺在林间孤独地穿飞，诗人心中涌起无限的怜惜：“残莺何事不知秋，横过幽林尚独游。”写林而用“幽”，强调林间的昏暗幽深，吉凶不明，黄莺的前途又如何呢？“独游”二字更见出幽暗中独自穿飞的孤苦。于是叹其“不知秋”：不知秋天已至，冬天在即，前面的命运会更加严酷，依然在这林间飞来飞去，究竟还在寻觅什么呢？写鸟写林都折射出诗人的生活。

次联以“倾耳听”“入烟流”写诗人对这只黄莺的关注,承接上联的怜惜与感叹。莺既“残”,经历多,自然是“老舌”。而“老舌百般”,啼叫不休,到底在说些什么呢?感伤时光的流逝?哀叹生命的不永?诉说经历的悲欢?讲述独游的寂寞?诗人多么想明白黄莺的啼叫,于是倾耳凝听,追随着它的声音,然而黄莺却渐渐飞向远方,注视之中,“深黄一点入烟流”,消失在天边的薄云雾蔼里,留下伫立的诗人,身影单薄。这时,询问带出的感慨便喷涌而出,诗由前二联的叙说而转入后两联的议论抒情。

第三联连用两个典故,借对莺啼的猜想解释来抒写自己的怀抱。“栖迟背世”说人与莺的生存状态,同样地孤独,同样地艰难,莺是失群无伴而“独游”,人是国亡家破而索居,因此而同有“悲鲁”的哀痛,其痛之深,就像孔子当年对鲁国的悲哀。“在缑”用王子晋的故事,不仅贴切,也意味深长。王子晋善吹笙,与莺啼相关;王子晋是西周太子,身分则与诗人相关。而王子晋放弃王位,修道成仙,当其化身白鹤,显身缑氏山头而与家人作别之时,则仍有未曾放下的情感。诗人用“碎”来形容那“浏亮如笙”的音声,强调这音声乃是诀别之音,多少凄凉感伤在其中,听来心碎。而这心碎之声,既是故事中王子晋的乐声,又是此刻那黄莺的啼声,更是诗人自己的心声。末联二句,借莺而劝导自己,这样的生活还有什么值得留恋的呢?过去已经令人心悲神丧,而将来会更加凄凉:“露华凄冷蓼花愁。”不说将来如何,只说这眼前,露珠虽美,却是凝霜之前的最后一现,蓼花正开,却是冬日将至的最后的美丽。一切的美好,或者已经逝去,或者将要逝去,经历劫难的黄莺已入

“烟流”，自己对这人世难道还有什么眷恋?! 但是这种生命的绝望并没有直接说出，只用“露华蓼花”的秋景作描绘，点出“凄冷”与“愁”，让读者去细细体会。

这首诗就标题而言，是一首咏物诗，但却打破了传统的咏物诗不可直道其物的写法。李煜不仅在诗中明白地点出“莺”字，而且，还用“残”、“老”、“独”来形容黄莺，刻意描绘秋莺的凄凉状态，全不理睬传统咏物诗的忌讳。他的这首诗，可以说开咏物诗的又一路数，将黄莺作为自己的化身，通过感慨黄莺在秋天的最后穿飞来抒写自己的命运哀伤。这种抒情方式仍然是委婉的，含蓄的，但不是借物抒情，而是构成了象征，带着一种寓言的意味，令人想起《诗经》中的《豳风·鸱鸮》。

词　选

浣溪沙

红日已高三丈透，金炉次第添香兽。[①] 红锦地衣随步皱。[②] 　佳人舞点金钗溜，[③] 酒恶时拈花蕊嗅。[④] 别殿遥闻箫鼓奏。

【注释】

①次第：依次。香兽：制成兽状的香料。《晋书》卷九三："(羊)琇性豪侈，费用无复齐限，而屑炭和作兽形以温酒，洛下豪贵咸竞效之。" ②地衣：铺在地上的丝织品，类同今天的地毯。③舞点：舞兴至极的忘形之态。点，极致。 ④酒恶：酒醉。赵德麟《侯鲭录》卷八："金陵人谓中酒曰酒恶，则知后主诗曰酒恶时拈花蕊嗅，用乡人语也。"

【品评】

身为南唐国主，李煜生活奢华，沉醉于歌伎舞乐，放荡不羁，尝题石壁自称是："浅斟低唱偎红倚翠太师，鸳鸯寺主传风流教法。"(《十国春秋》卷一七引《诗话类编》)他不仅是喜爱歌舞乐艺，又通音律，善填词，而且兴之所至，也起舞弄影，以尽欢娱。陆游《南唐书》卷一六记：他与周后曾在雪夜举行宴会，放怀酣饮，周后"举杯请后主起舞，后主曰：'汝能创为新声，则可矣。'"于是周后即兴而作《邀醉舞破》曲，传为佳话。沉湎于酒色，放浪于歌舞，是否就能忘怀风雨飘摇的国家危机，我们不得而知，但是，李煜无疑是很享受这种醉生梦死的生活的。在这一时期，他的词作多以酒宴歌舞为描写对象，写场景，金碧辉煌，写人物，兴致淋漓，充溢着酒醉狂欢的艳丽浮华。这首词就是代表之一。

“红日已高”之“已”，“添香兽”之“添”，都表示这场酒宴是通宵达旦，由夜至明，但尚未结束，还要继续。此时太阳已经高高升起，明亮的阳光照彻宫殿，烛火是不再需要了，只是一夜的时光消耗了炉中的香料，于是宫女们正忙着添香加料。宫殿深广，香炉众多，添香的宫女穿行于各方香炉之间，依次将香料注入一个又一个的金炉之中，随即便有香味的轻轻飘散，令人陶醉。而那红锦地毯也随着添香宫女脚步的行走与停留拉出了一痕一痕的皱纹，或起或消，合着音乐的节拍，仿佛也在起舞。这上阕写场景，只拈出“金炉香兽”，“红锦地衣”，已尽见奢华。而这些物件又在“三丈透”的阳光照耀中，那么，宫廷之中的光影采丽不必著笔，也已呈现。上阕虽然是写景物，而人已在其中。“三丈透”之“透”，点出一夜酒宴之后的人当阳光彻照之时的精神振作，眼光追随着宫女添香的“次第”身影，欣赏着红锦地衣的随步生皱。这种细致的观察正刻画出酒宴主人经夜未眠而兴致不减，新一轮的欢宴在音乐声中再度走向高潮。

词的下阕承“随步皱”而转向写人。“佳人舞点金钗溜”，截取一个断面，明写舞者已经进入了高潮，舞得酣畅尽兴，以至于发髻松散而金钗斜垂，并启人想象那乐曲响彻宫殿的欢快气氛；同时又暗示观者是一边饮酒，一边观舞，也沉醉于乐舞之中而击节赞赏，由此逗出“酒恶时拈花蕊嗅”的传神写照。主人观舞而入神，酒饮无数，不免昏昏，却兴致浓厚，不愿就此罢休，于是拈过鲜花在鼻前，轻轻地嗅，借以醒酒，眼睛依然凝神注视着佳人的舞蹈，继续着酒宴的欢乐。“时拈”之“时”，可能是拈花手中不断地嗅，写主人努力保持清醒以使酒宴继续；也可能是时不时地拈来嗅一嗅，写主人观舞入神忘乎所以，包括手中拈来醒酒的花朵。于是尽情蹈动的舞者与持花入迷的观者相映成趣，人物既生动，场面又欢腾。写到此，可以见出夜以继日的欢宴，主人毕竟已经露出了疲劳之态，那么，是否就此休息呢？结句说“别殿遥闻箫鼓奏”。作者笔锋一转，由眼前宕开，另生一境，疲劳是疲劳，可那别殿传来的音乐似乎在召唤，还有更加精彩的酒宴歌舞正等着去欣赏呢！主人是身有疲劳而兴致犹高，那么，起身还是不起身呢？作者不言，留给读者去想象。

这首词写酒醉金迷、荒唐放纵的君主生活，写得精练，写得细腻，写得鲜活，声色俱备，神情尽出。尤其是末句的宕出，从眼前已经写尽写透的场景转出，却又似断似连，未续而有续，让人猜想：是本来就有别殿歌舞而声掩于此殿歌舞呢？还是此殿歌舞稍歇而别殿歌舞音响又起呢？如果是前者，那就是同一时空里的共欢，如果是后者，那就是不同时空里的继续。而无论前者或后者，都强调了李煜宫廷之中肆情酒宴与歌舞的狂欢景象。

玉楼春

晚妆初了明肌雪，春殿嫔娥鱼贯列。[①] 笙箫吹断水云

间，重按《霓裳》歌遍彻。[2]　　临春谁更飘香屑，醉拍阑干情味切。归时休照烛花红，待放马蹄清夜月。

【注释】

①鱼贯：列队连续而进，如群鱼游行之时。　②《霓裳》：指唐代大曲《霓裳羽衣曲》。相传唐玄宗曾梦游月宫，听仙乐，暗记其音。玄宗善笛，因结合西域所进波罗门乐而制曲，题名《霓裳羽衣曲》。《白孔六帖》卷六一："河西节度使杨敬忠献《霓裳羽衣曲》十二遍。凡曲，终毕遽，唯《霓裳羽衣曲》将毕，引声益缓。"遍，亦写作"变"，是乐曲构成的专名，相当于今天所说的乐章。

【品评】

前一首所写欢宴是夜以继日，这一首则写夜以继日的欢宴。

上阕仍是描写情景。"晚妆初了"四字交代了时间是晚上。而晚上还要化妆，则有两种可能性，一是白日之妆在狂欢中有所失损，要作补救；一是晚上的宴会更加盛大，要作新的修饰。总之，这晚上的宴会依然是白天宴会的继续。"明肌雪"不仅写女子之美，也透过女子肌肤的细腻白润来表现修饰装扮的用心，表现宴会的隆重。"明"字用得尤好。如果只是写肤白如雪，就很单薄，加上一个"明"，增加了许多意涵，如皮肤的光泽与弹性，如晚宴烛光映照下的光滑感觉，充分展现了青春的美好。而且，这样的青春美女不是一个，几个，而是一群之中，个个如此，"春殿嫔娥鱼贯列"。这里所用的逆挽手法，先写最具冲击力的那一点视觉感受，再交代整体的人物出场，就将宫廷之中美女如云的豪华，侍宴宫女的殷勤，上场舞女的轻盈，尽数描画出来。侍女环列，舞女中立，音乐响起，宴会开始。“笙箫吹断水云间，重按《霓裳》歌遍彻。”“吹断”写乐曲进行中的停顿，可以想知此前的笙箫齐奏，乐音四起，何等繁华；而此时的骤然暂歇，余音袅袅，飘出宫廷，直飞向水云相间的远方。水流悠悠，白云悠悠，乐曲将诗人带入了超然潇洒的忘怀之中。于是要“重按《霓裳》”，从头再来一过，要让歌彻，舞彻，让心情透彻。殿中情景便由喧然而悠然，悠然而喧嚷地延续至深夜。

下阕便由这兴致的高涨而过渡到抒怀。诗人酒醉微醺，闻到了不知何处飘来的淡淡香味，不禁起身走到殿庑前，是谁如此体贴心情，散香醒酒，为人助兴？他一边呼吸着夜空中新鲜而芳香的气息，一边随着乐曲的节奏以手击打着栏杆，心情无比爽快。夜阑更尽，已是就寝时间，可是情绪犹高，兴致未消，于是吩咐：回宫时且撤去那灯烛的引路，不妨信马由缰，乘着月色，伴着那清脆的马蹄声再作闲游，别是一番情趣。“归时休照烛花红，待放马蹄清夜月”，写得真好。在这里，上下两阕的描写出现了一个大的转折，由室内转向室外，由灯火通明转为月光如洗，由笙箫齐奏转为马蹄声声，殿堂的富丽转为了自然的清幽，写出诗人由繁华而入淡雅的趣味，既有浓厚的酒兴，又有潇洒的风姿。虽有转折，但情绪是上下相承的，“清夜月”又与上阕中相传得之于月宫的“《霓裳》”相呼应，留下无穷的韵意让读者去体会。

词中“重按《霓裳》歌遍彻”，是写实，而且与李煜的妻子周后有关。陆游《南唐书》卷一六记，“故唐盛时，《霓裳羽衣》最为大曲，乱离之后，绝不复传。（周）后得残谱，以琵琶奏之，于是开元天宝之遗音复传于世”。因此，周后是有大功于《霓裳羽衣曲》的流传的。李煜之喜爱此曲，显然有着特别的感情因素。而经周后整理修复之后的这支名曲，在宋人的记录中，既有歌，又有舞，结构复杂，音极高妙。演奏此曲所要求的技艺之高，参与人数之多，场面之大，乐舞效果之不同凡响，也就可想而知了。白居易有诗《霓裳羽衣舞歌》，其自注云：“霓裳曲十二遍而终。”十二个乐章要演奏一次，自然要有相当的时间。而“重按”是说，曲终犹未尽兴，还当从头再来一过，这就见出诗人当时的兴致之高了。

一斛珠

晚妆初过，沉檀轻注些儿个。[①]向人微露丁香颗。[②]一曲清歌，暂引樱桃破。[③]　　罗袖裛残殷色可，[④]杯深旋被香醪涴。[⑤]绣床斜凭娇无那。[⑥]烂嚼红茸，笑向檀郎唾。[⑦]

【注释】

①沉檀：檀香色的唇膏。注：点唇膏的动作。些儿个：一些。这是当时方言。　②丁香颗：指舌尖。鸡舌香，以其形似丁，又名丁子香，即今丁香。汉代郎官常口含丁香，向皇帝奏事，以消除口气。后用为代称。　③樱桃：形容口形的美丽。《白孔六帖》卷一七引白居易诗：“樱桃樊素口，杨柳小蛮腰。”　④裛(yì)：沾湿。殷(yān)：赤黑色。可：合心适意。　⑤香醪(láo)：气味芳香浓郁的醇酒。涴(wò)：污染。　⑥无那(nuó)：无奈。　⑦红茸：红色

的丝线。茸，通“绒”。檀郎：女子对所喜爱的男子的昵称。李贺《牡丹种曲》：“檀郎谢女眠何处，楼台月明燕夜语。”注：“檀奴，潘安小字，后人因目曰檀郎。”

【品评】

这首词着意刻画一位少女的美艳与娇嗔，写得天真烂漫，情态生动。其中“晚妆初过”，不仅写人物动作，也交代了时间；“绣床斜凭”也一样，在写人物姿态的同时，又交代了地点。因此，词中所写之事是发生在晚上的内房之中。

“晚妆初过，沉檀轻注些儿个。”晚上的化妆，是白日舞宴之后再度狂欢的前奏。但在这首词中，作者不写狂欢的场面，却从一位少女的化妆写起。而这化妆，不写敷香粉，抹胭脂，画蛾眉，却拈出那一系列脸妆完成之后的涂口红一事，强调其色为“沉檀”，艳而不俗，强调其动作之“轻”，唯恐点出唇外，可见少女化妆时用心专一，非常仔细。而口红既是脸妆的最后一步，便足以代表了全部。于是细心的化妆不仅显出少女的青春美貌，也见出少女对化妆的重视，“女为悦己者容”嘛。“轻注些儿个”是口语，随意的表述，细致的观察，则见出作者与少女之间的亲密关系。可以想知，当少女化妆之际，他是始终在一旁作观看，欣赏着少女一步一步妆成之时的美丽。于是“向人”二字可以理解成向着一旁观看的作者，“微露丁香颗”，妆成的少女吐出舌尖，扮调皮状。少女这轻吐舌尖的动作是表示“让您久等了”，还是“您看妆如何”，都不得而知，却生动地描画出少女的性情活泼，让观看的作者不禁怦然心动。而少女不等观者回应吐舌的动作，便缓缓张口，引嗓而歌，“一曲清歌”，在房内回响，音声绕梁。“暂引樱桃破”，写出观赏者的注意力其实不在歌而在少女之唇。尤其是“暂引”二字，写那轻注沉檀的红唇慢慢张开的动作，再加以“樱桃”的比喻，不仅写少女是微妙传神，而且也传达了作者那一刻的赞美与歆羡。上阕写少女之美，通过化妆一事，紧扣少女之口，写“沉檀”之色，写“丁香”之颗，写“樱桃”之形，虽是写形，但人物的情态已是呼之欲出。

下阕写二人相处的欢乐，截取一段醉酒情景，落笔则只在少女。“罗袖裛残”是因为“杯深旋被香醪涴”的缘故，是一逆挽的写法。因为酒饮得快，也就添加得快，又斟得太满，就难免溢出杯外而湿了罗袖，让那红色变得深重。这两句描写正见少女的醉态。而作者说“殷色可”，分明一种欣赏的态度：酒醉无妨，红袖濡殷，更增乐趣。这是一层意思。“可”，犹言尚可，那么，不堪者为何？这是又一层意思，于是引出下面的描写。这半醉的少女倚着绣床，风情无限。她眼角惺忪，顾盼流光，口中嚼着不知何处扯下的红丝线，嬉笑打闹之际，竟出口将咀烂的红茸吐将过来。是撒娇？是嗔怪？是挑逗？这情景，这娇态，直让作者有情不能禁之激动，就透出了“不可”之意。当然，“不可”不是说不可以，而是说情不能堪。词也就在此戛然而止。下阕以人物情态的描写为主，但饮酒，烂嚼，笑唾，又无一不与红唇相关，仍是一线贯穿、前后呼应的写法。

词的通篇紧扣住红唇，从“沉檀轻注”到“暂引樱桃”，从“微露丁香颗”到“笑向檀郎唾”，始终不离红唇，又始终可见人物。尤其是二处动作的描写，最能表现少女的娇憨与活泼，写得生动，写得鲜活，颇得后人的称赏。要指出的是，李煜这首词的写女色，纯粹一种玩赏态度。他选取的角度很特别，就红唇而写女色，有一种肉感在其中，本来很容易流入低俗，只是他能由此而引向性格的刻画，也就避开了低俗，而处处生情。

采桑子

庭前春逐红英尽，舞态徘徊，细雨霏微，不放双眉时暂开。　　绿窗冷静芳音断，香印成灰，[1]可奈情怀，[2]欲睡朦胧入梦来。

【注释】

①香印：上有印记的香。元稹《和友封题开善寺十韵》："灯笼青焰短，香印白灰销。"　②可奈：无可奈何。

【品评】

这首词写怀春思人之愁，本是词中常见的主题，却写得迷离恍若，给人一种清幽缠绵却又惊心动魄的感受。

词中不出具体人物，只在上片以"庭前"起首，下片以"绿窗"过渡，便将人物立在其中，而使"双眉"、"情怀"、"梦"都有了着落处。上片写景为主，而"春逐红英"、"舞态徘徊"的重点是在一个"尽"字。人立庭前，看春来红花开，春意正浓。然而春光不停步，一个"逐"字，既写春去花落之渐渐，又写人物心情之惆怅，说不清是春光渐去而红花渐落呢？还是红花渐落而春意阑珊？总之这一切，都在庭前人的眼里与心中。春来花开，人怀希望，而风吹花落，希望落空，这本来就是一种伤心，更何况春光与青春同伴，人看着落花在空中飞舞，眼看着春光的渐渐消逝，于是而生出青春不再的叹息，感慨那“逐”春而去的又岂止是落花？这开头二句只在写景，却将人物的期待与期待中的心理悄然呈现。而且，这种呈现并不只是一幅画面，因为这里有“逐”，有“尽”，有“徘徊”。人立庭前，是由春来到春盛，由春盛又到春“尽”，曾看花在枝头，又见花落纷纷，曾有过多少思念与盼望，又有过多少失望与幽怨。在这一春的伫立中，其心思，其感情，本不是语言可尽，何况在意识到春已“尽”的此刻，又是细雨霏微，纷纷扰扰，怎不叫人愁在心头而紧锁眉头？“不放双眉时暂开”，是说没有片刻的松开，可见愁深。

下片抒怀，点出愁深的原因：“绿窗冷静芳音断”。春末不当冷而说“冷”，“绿窗”不当静而说“静”，都写庭前窗下人的孤寂之苦。而原因只在“芳音断”。不仅如此，还加上一句“香印成灰”，将“断”字表述得决绝斩截，让人去想象这曾经有过的“香印”中的故事。“可奈情怀，欲睡朦胧入梦来”二句，正是承着这故事而起。本来红花已尽，芳音已断，香印成灰，过去就是过去了，一切都已结束，却偏偏是人的情感放不下，倦息朦胧之际，故事又在梦中重现，叫人如何对待？“可奈情怀”二字包含着太丰富太复杂的感情，作者不言，全都留给读者去咀味。

词将一种思念的感情写得有铭心刻骨之痛，却是借景抒情，景色幽然，借物咏怀，言及而止，表达得含而不露。在这首词里，人物是男是女并不重要，作者所要描写的就是这种化入血肉、同于生命的感情，斩不断，也抹不去。

喜迁莺

晓月坠，宿云微。无语枕频欹。[①] 梦回芳草思依依。[②] 天远雁声稀。　　啼莺散，余花乱。寂寞画堂深院。片红休扫尽从伊。[③] 留待舞人归。

【注释】

①频欹：反复倾侧，辗转。　②芳草：语出《楚辞·招隐士》："王孙游兮不归，芳草生兮凄凄。"后多用来写离别之情。　③尽从伊：任随他，由他去。

【品评】

同写春天的思念之情，与上一首相比，这首词则写得悠然深远，余味无穷。

在上片中，"梦回"二字提挈担纲，交代词人情感之引起。月儿渐渐西沉，夜间散布于空中的云层也在晨光里变得稀薄，渐渐飘逝。本当是酣睡的人却不曾合眼睡得安稳，在枕上翻来覆去，直看得拂晓临窗，"晓月坠，宿云微"。那么，为什么夜来无眠呢？"梦回芳草"之故。古人常以"芳草"写别离，如韦应物《送崔押衙相州》："别路怜芳草，归心伴塞鸿"；许浑《酬钱汝州》："鸟散落花人自醉，马嘶芳草客先愁”；温庭筠《菩萨蛮》：“画楼音信断，芳草江南岸”；韦庄《谒金门》：“满院落花春寂寂，断肠芳草碧”。“芳草”一典有春愁、远行、寄思、不归等诸多含意，虽然这里的“梦回芳草”不作叙述描写，不知梦中所见是别前的相聚还是别后的重逢，或者竟是一番追寻，但醒后的“思依依”三字已将失眠人的全部情感囊括尽竟，可以凭此想象梦中情景。梦回之后，面对这“晓月坠，宿云微”，梦境已依稀，思念愈深切，心心念念只在那“未归人”的身上，却无处可以倾诉，无语可以表达。而此时，天边传来了遥遥的雁叫声。雁可传书，心愿可达，正待怀抱惊喜，又惘然于“天远雁声稀”，雁儿未作停留。相思不能相通，唯有独自思念，依依一片情。这里的“梦回芳草”，既是无眠独对清晨的缘由，又是“无语”“思依依”的内容，而将清幽的晨景与远空的雁声都化作了无言的烘托。

下片以“啼莺”承“雁声”而起，借场景而继续抒写思念之情。啼莺散，余花乱，春已深。期待何久，春将逝去，而画堂深院依然是冷冷清清，不见归人，除了相思，还是相思，不堪寂寞孤苦之深。于是吩咐：那满地的落红就不要打扫了，留待着盼望的人儿回来吧。这里的“舞人”很逗人猜想。或曰词中所思念的就是一位舞女。或曰只是虚写，人归就欢宴，欢宴有歌舞，歌舞则画堂深院复为笙箫管笛所笼罩，一切愁云恨雨都将化为柔情蜜意的欢乐。如果说以李煜的君主身分将“舞人”当做思念之人有不妥，固然不无道理，但就他那酒醉音迷的生活言，却并非完全不可能。如果说是虚写而以“舞人”为归来之后的情景，意境固然有开拓，但句中的“留待”与“舞人归”之“归”就都无着落，词意也有不安。既然李煜的大周后本是善舞之人，小周后也不逊色，其宫中善舞的女子也一定不少，故此处“舞人”不作落实比较好。总之这是一位得到作者深爱而又善舞的女子。因为女子善舞，故此词的结句之妙，正在“片红休扫”的奇特构想。前头说“余花”，后面说“片红”，一枝头，一满地，已见春渐去，就有了怀春之意，伤春之心。而满地红花，却多少为这寂寞的画堂深院添了一点颜色，扫去岂不更加清冷寂寞？这就在伤春之中又加上了惜春之意，而惜春之中又不无旷达的胸怀。词曰“休扫”，是人有意不让扫，这就突出了“留待”之情。红色与感情，意蕴有相通。这满地片红休扫，是留给归人以证实自己期待的真情？还是留给自己以庆贺归来的喜悦？作者不说，读者无从知道。但是，作者将落红满地与舞人归来这二者结合到一起，构思既新奇，图景又艳丽，并将通常充满伤感的落花意象转化为一种期待，一种希望，联系他曾描写的“红锦地衣随步皱”，更增添了归来时的情景想象。结句之中藏含着的深蕴，丰富了思念的内涵，也使词中所抒写的思念之情，由“无语”、“梦回”的低沉而转为“留待”的希望，余韵悠悠，耐人体味。

菩萨蛮

花明月暗笼轻雾，今宵好向郎边去。刬袜步香阶，[①]手提金缕鞋。[②]　　画堂南畔见，一向偎人颤。[③]奴为出来难，教君恣意怜。[④]

【注释】

①刬(chǎn)袜：以袜着地。刬，只，仅。 ②金缕鞋：绣着金线花样的鞋。 ③一向：一晌，一时间。 ④教(jiào)：使，任从。

【品评】

马令《南唐书》卷六记载："后主继室周后，昭惠之母弟也。警敏有才思，神采端静。昭惠感疾，后常出入卧内，而昭惠未之知也。一日，因立帐前，昭惠惊曰：'妹在此耶？'后幼，未识嫌疑，即以实告曰：'既数日矣。'昭惠恶之，返卧不复顾。"大周后死，李煜既要服丧，小周后又年纪尚幼，遂一直居在宫中而未有正名。《南唐书》曰："后自昭惠殂，常在禁中。后主乐府词有'刬袜步香阶，手提金缕鞋'之类，多传于外。至纳后乃成礼而已。翌日，大宴群臣，韩熙载以下皆为诗以讽焉，而后主不之谴。"后来注家都认为这首词是写李煜与小周后未婚之前的偷情事，依据正在于此。昭惠后死是乾德二年(964)十一月，小周后立是开宝元年(968)十一月。那么，这首词是写在大周生病之后，小周立为国后之前。

这是一次幽会的故事，而以女子的口吻作叙述。"花明月暗笼轻雾"，点出时间的同时，又勾画出月笼轻纱、花透雾影的环境，色调很是温馨。而接上一句"今宵好向郎边去"，方使人明白，原来女主角所看重的并不是这月下花色的幽静曼妙，而是月影花雾可以掩人行踪，今晚正是与郎欢会的好时机。二句先后，既可以解作是特别的约会而庆幸天公作美，也可以解作是平常之约而今宵月色最切人的心情，"好向"二字写出女主角期待相会的急切与欢喜。"刬袜"二句描画生动，仿佛可见女主角手提绣鞋、脚穿布袜在月影花色中悄悄地穿行。她满怀憧憬,又小心翼翼,一会儿闪躲在假山背后,一会儿在树林花丛中急急地奔跑,或是踮起脚来匆匆越过小径,步上台阶。那轻盈俏丽的身影与月色花光相间相映,女主角也就成为这花园月色下最美丽的风景。

下片承"步"字而写相会情景,只写了初见的那一刻。当女主角终于到达约定的地点,她是一头投入了情郎的怀抱。"偎人颤"之"颤",刻画其心情,多少惊惶,多少匆忙,多少担心,多少欣喜,都在这柔软身躯的颤抖中——毕竟是偷情。结句则一改此前的叙述,不写未见时的相思,不写相见时的喜悦,而直接以人物出场说话:"奴为出来难,教君恣意怜。"这二句简单而直白的告诉,将女主角的一腔柔情转为激烈的喷发,于是此前的静静期待,悄悄穿行,徘徊犹豫的决定,担惊受怕的心理,所有那些为这一次幽会而付出的代价,好像都可以被这"恣意怜"而抵消,从这"恣意怜"中得到最大的慰藉。"教君"二字表达了女主角在既已违背礼仪而索性豁出去了的纵情任性,让人感受到一位柔弱女子的内心其实潜藏着巨大的力量,当她因爱而满怀激情的时候。

虽然说唐末五代的词本以写男欢女爱为宗,但李煜将一个幽会的故事写得这样优美,既有民歌的炽热情感,又不失文人的优雅风度,不仅在于他深谙词艺,语言能力超凡,更重要的还在于这是他的亲身经历,真实感受,故而动情。试比较《词苑丛谈》卷五所录一首《醉春风》词,便可知其艺术的雅俗与高下:"好事而今乍,刬袜移深夜。手提金缕小鞋儿,怕怕怕。犬吠花阴,月沉楼角,暗中惊诧。　　软玉相凭藉,纤指将头卸。妾身拚得教郎怜,罢罢罢。又听鸡声,催人枕畔,羞颜娇姹。"此词其实是对李煜词的改写,但无论内容还是语言都粗陋不堪,完全失去了原词中女主角因爱而奋不顾身的情义。

菩萨蛮

蓬莱院闭天台女,[①]画堂昼寝人无语。抛枕翠云光,[②]绣衣闻异香。　　潜来珠琐动,[③]惊觉鸳鸯梦。慢脸笑盈盈,[④]相看无限情。

【注释】

①蓬莱:传说中的海上仙山,神仙的居地。天台:山名,在今浙江境内。刘义庆《幽明录》记汉明帝时,刘晨、阮肇二人入天台山而迷路,遇二女,遂宿其家。半年之后还乡,却发现家中子孙已是第七代人,原来山中二女是神仙。这里是用蓬莱、天台来代表如同仙女般的美妙。　②翠云:形容女子的头发浓密黑亮如云。③珠琐:身上佩带的珠玉一类饰物。　④慢脸:即曼脸,形容女子脸庞的美好。

【品评】

前一首词写男女之间的私会,是女子在晚上潜往男子的居处。这首词仍是写私会,却是男子悄然行至女子的寝所,时间则是在正午。

词中所写只是二人相对的一个片刻,女子写得娇羞妩媚,男子写得温柔体贴，一片脉脉深情。首句中“蓬莱”、“天台”的形容，不仅暗寓女子的美貌，也代指居所的精美，下启“画堂”，再加修饰，有一种金屋藏娇的意味。而用一“闭”字，强调深居禁严，难以接触，已露出私情消息，与下片中的“潜来”相呼应。“人无语”，既指“昼寝”时光，周遭静谧无声，也表示到来的步履悄悄，不曾有所惊动。既没有惊动侍从，也没有惊动正在午睡的爱人，于是男子得以俯身注视卧榻上的爱人。她睡得香甜，睡得酣畅，乌黑闪亮的长发随意地披散在枕头上，绣花夏衣又轻又薄，透出那身体特有的香味，令人心醉。或是身体的移动，或是脚步的挪动，一个不经意的细微动作，带动了男子身上悬垂的玉佩，发出一二声清脆的鸣响，惊醒了梦中人。只见她双眸慢慢睁开，正与俯看者的目光相对，笑容随即在美丽的脸庞上轻轻荡漾，二人无语，“相看无限情”。这传神的描写，有“此时无声胜有声”之妙。

上片写“潜来”光景，下片写“相看”情景，过片以“珠琐”承绣衣，正将会见的双方相联系。两阕一气呵成，上下之间，几乎不见痕迹。结句最有味，本是一方行为的叙述，此时换作了双方感情的交汇，虽是平平的描述，但热烈在其中。

词中的“鸳鸯梦”用得很着力。因是思念而有“潜来”，因是深爱而俯身含情凝视，故因己及人而推想女子睡得如此香甜，一定是在梦中有相聚，鸳鸯正成双。唯其如此，女子“惊觉”之时，才不以为惊，而是“慢脸笑盈盈”。“鸳鸯梦”虽是猜测，却是感情的祈愿，因而将现实与幻梦浑然交织，梦里梦外，写出二人的心灵相通。注目相对之时，自有无限的柔情。又如“盈盈”二字的巧用。“盈盈”与“笑”相连，是形容笑容的可爱，而“盈盈”又可独立出来形容目光，刻画“相看”的情态，可谓是一词多义。

菩萨蛮

铜簧韵脆锵寒竹，[1]新声慢奏移纤玉。[2]眼色暗相钩，秋波横欲流。　雨云深绣户，[3]来便谐衷素。[4]宴罢又成空，梦迷春睡中。

【注释】

①铜簧：笙、竽一类吹管乐器中用以发声的薄铜片。　②纤玉：形容女子的手指纤长而白润如玉。　③雨云：即云雨。《高唐赋》写楚王游云梦泽，昼寝于高唐台，梦有神女前来侍寝，临别告楚王说：“妾在巫山之阳，高丘之阻，旦为朝云，暮为行雨，朝朝暮暮，阳台之下。”后遂以云雨代指男女相合。　④衷素：未曾说出的内心愿望。

【品评】

这首词之所写，可以说是“艳遇”，词中用语如“雨云”、“春睡”都与楚王梦高唐的故事相关。而就其所抒写的感受看，也不妨说这首词是楚王游高唐而梦神女故事的翻版。

在音乐相伴的宴会上，一位吹笙簧的女子引起了作者的注意。首句写乐声，用“韵”，用“脆”，用“锵”，点出群乐齐奏而笙簧之音尤为清越高逸，已见演奏者的技艺不凡，再加“寒竹”的修饰，使人联想娥皇女英泪洒斑竹之事，乐曲中似有一层幽幽诉说的情愫。这就使得笙从数种乐器的合奏中脱颖而出，吸引了多情而解音的作者的目光。接着出场的是吹笙人的手："新声慢奏移纤玉"。用"纤玉"形容手，既有形之纤细，色之白润，又有触感之轻柔，再加一"慢"字，写其动作的娴熟从容，乐声之悠然抑扬，仿佛音乐不在笙簧而在手指尖上。于是作者的目光由笙簧与手指而向上，这时才开始着笔于吹笙人的面容。但他写面容，只写其眼睛；写眼睛，又只写其眼神，这里的用笔仿佛画龙点睛，简洁有力而精彩毕出。就在这双方目光对视的一刹那，情感交融，两心相通，无限爱慕之意尽在其中。不过，李煜是男性，是君主，在他的眼中，那吹笙人的脉脉含情就带有一份挑逗的意味："眼色暗相钩，秋波横欲流。"眉目传情本是古代诗词中常见的描写，如《九歌·少司命》："满堂兮美人，忽独与余兮目成。"傅毅《舞赋》："眉连娟以增绕兮，目流睇而横波。"这里的二句即由此而出，不仅包含了前人辞赋所描写的内容，又以"秋波"为形容，这就在传情的目光之中增添了一些幽怨意，与"寒竹"相应，使吹笙女子的神情更加动人。上阕写宴会上的相遇。

下阕承"秋波"而以"雨云"过片，转写两情相谐的情景。写两情相谐，容易写得俗艳不堪。虽然说词本艳科，无多忌讳，但到底有关作者的品格修养，词文之高下，便是作者之高下。李煜是长于写艳情而不入俗流的，这里就是一例。"雨云"的典故与"深绣户"的地点相结合，"衷素"之愿望加以"来"与"便"的说明，就将二人的情事轻轻带过，而将抒写的重点放在"谐衷素"之后的感受上："宴罢又成空，梦迷春睡中。""宴罢成空"，也就是一次邂逅而已。短暂的爱情，来得快，也去得快，容易让人生出恍然如梦、似真亦幻的感觉，因而说“空”，说“梦迷”，说“春睡”。一时的激情过后，再次面对现实，作者于是而有庄周梦蝶一般的感受：此身之所在，已经不能分清，是刚才是梦呢？还是现在是梦？由此可见，李煜写艳情，多是欣赏，而少见玩弄。他有感情的投入，注重自己的感受，又精于剪裁，也就能避开俗流而在词中表现出一些清雅的风味，做到艳而不俗。

长相思

云一緺，[①]玉一梭。[②]澹澹衫儿薄薄罗。[③]轻颦双黛螺。[④]秋风多，雨相和。帘外芭蕉三两窠。[⑤]夜长人奈何。

【注释】

①緺：女子头发一束称緺。　②梭：指头发上插着的簪、钗一类首饰。　③罗：织有棱形花纹的丝绸。　④颦：皱眉。黛螺：制成螺状的画眉颜料。此处代指眉。　⑤窠：同“棵”。

【品评】

词的上片为女子画像，寥寥数笔，勾勒简洁，而人物形象与神情呼之欲出。以“云”写女子头发，诗词中常见，已有浓密、柔软、乌亮等多种含意，更加上“一緺”的修饰，似是作者的全部注意力都只在这一支发髻之上，可见这发髻具有何等的吸引力。“玉一梭”则点明在秀美的发髻上，没有插金，没有戴银，只是简简单单地斜立着一只白玉簪。看来有点过于朴素，却写出人物的素雅风度。而玉之白与发之黑相互映照，就可以想见人物的俊美。“澹澹衫儿薄薄罗”是借服装写身体。“澹澹”本形容水波的摇曳，在这里与“薄薄罗”相对应，不仅令人想像那罗衫之下的窈窕身躯，更仿佛可见那行走之时的飘逸摇曳的姿态，写得韵味十足。末句才点睛：“轻颦双黛螺。”如此之美人，却愁绪萦怀，双眉轻蹙，叫人生出无限爱怜之意。

那么，她因何而愁呢？下片就此展开：秋风瑟瑟，秋雨淅淅，四周阴郁笼罩，沉重压抑，就如同人的心情。三两棵芭蕉在帘外，更听得雨打芭蕉，声声入心，雨丝交织，忧伤弥漫。李商隐有“芭蕉不展丁香结，同向春风各自愁”(《代赠》)的诗句，以芭蕉的卷心之形来写人心中的忧思盘结。李煜正取此意，不过不是写春愁，而是写秋思，秋天的风与雨都有摧残之意，也就更加见出雨打芭蕉带给人的伤感。结句一声长叹：“夜长人奈何”！空床孤灯夜难度，原来是思人之愁。

这首词的上片全为下片作铺垫。写人之美，正为写出愁之深，却通篇不点出“愁”字，只用那“轻颦”、“风雨”和“芭蕉”渐渐揭示，然后推出那悠悠的长叹，便将所有的描写都收束在内，充实这“奈何”二字的内涵。而且，这长夜之叹既有前面的描写作铺垫，而前面的描写并没有指明时间，便可以作两种理解：一者是说黄昏时候分外寂寞而让人有长夜难过之想，一者是说白天就这般孤独，何况那长夜漫漫。结句有言外不尽之意，留给读者体会。

捣练子令

深院静，小庭空，断续寒砧断续风。[①] 无奈夜长人不寐，数声和月到帘栊。[②]

【注释】

①砧：古代用以槌洗衣物的垫石。 ②和（hè）：伴。帘栊：挂着竹帘的格子窗。

【品评】

这首词抒写秋夜无眠的孤寂心情，写得寒瑟清冷，十分感人。深深的院落，空空的的庭室，秋夜的寒风一阵一阵地吹过，带来一阵一阵的捣衣声。重院深庭之中，多少人沉迷在梦乡，浑然不觉这秋夜里的秋声，任其在空中回响飘过。只有不能成寐的人，听着这秋风的轻啸，听着这寒砧的诉说，看那一轮秋月渐渐升起，悬挂在窗口帘头。通篇都是景物的描写，只有“无奈”二字透出人的心情，却将这凄清秋夜中的声色动静都化作了不寐人的“无奈”。

作者用“深”与“小”形容所居的庭院，强调其“空”与“静”，先从环境说起。“深院”是说一重又一重的院子，所居在深处，唯其深，故而僻，夜来自然格外的“静”。“小庭”则是居室之前一方小小的园庭，虽然不无花草台砌，但人的感觉依然是“空”，因其格外“静”的缘故。这里的“静”与“空”写居所的幽深，夜晚的宁静，为下一句的秋风寒砧作好铺垫,也轻轻揭示出不寐人的心理感受。

“断续寒砧断续风”是词中最为人所称道之句,包含了丰富的意蕴。夜静故传声清晰,风声与砧声可以作出分辨,这是一层意思。而人无眠,才听着夜声而去分辨风与砧,这是又一层意思。风是一阵一阵地吹过,捣衣本有节奏,此时则随着阵风断断续续地传来,时有时无,这是第三层意思。在静夜里传来的捣衣声不仅声音清晰,而且节奏单调,一声一声都落在不寐人的心上,这是第四层意思。那么,究竟是因为人不寐而听着这秋风寒砧呢?还是被这秋风寒砧唤醒而人不寐呢?我们不得而知,因为在词中,二者是不分因果而相互作用的。读此句,最能体会不寐人听着秋声,看着秋月,而心中生出的无限凄凉之感。

“捣衣”,自魏晋以来已是表达思念情感的意象之词,如李白诗:“长安一片月,万户捣衣声”;杜牧诗:“江城向晚西流急,无限乡心闻捣衣”;或写捣衣人的思念,或写捣衣声唤起听者的思念。但在李煜的这首词中,虽然是从听者一面落笔,却并未说明不寐人是男是女,因为何事而不能成寐。那么,我们可以借着捣衣的意象意义而将不寐理解成居者思念远人,或行者思念家人,也不妨将捣衣理解成一种单纯的秋夜之声而体会不寐人的孤寂。无疑后者的情感包容性更大,更能激发读者的想象。

作者只就夜中庭院与风传寒砧、月上帘栊三种物象作勾勒,生动地描写了不寐人那孤寂清苦的心情。结构精致,语言简洁而朴素。有学者称赞李煜是白描的高手,因其“能于朴实无华之中体现匠心”,这首小令正是如此。

捣练子

云鬓乱，晚妆残，带恨眉儿远岫攒。[①] 斜托香腮春笋嫩，[②] 为谁和泪倚阑干。[③]

【注释】

①远岫：远山，比喻双眉。攒：聚拢，形容眉头紧锁。 ②春笋：用以比喻女子手指的白嫩细尖。 ③阑干：栏杆。

【品评】

这首小令写女子相思念远之情，着笔不多而描画精巧，读来如同观览一幅水墨人物的画轴。

黄昏时分，女子倚栏而望。她一手扶栏而垂，一手支着脸颊，发鬓蓬乱，胭脂已淡，眉头轻皱，泪水盈眼，凝视着远方，一动也不动，犹如一座玉雕。这里省却了所有的抒情手段，既不以景写情，也不借物寓情，既无渲染，也无着色，只就人物的头与手作最简洁的勾勒，便道出了人物心中的忧伤。这又是一首以白描著称的佳作。

简洁的描画而能传达出深刻的情思，一是得力于取材的典型而高妙，一是得力于语言的精炼。作者写人，先推出“云鬓”，是说秀发如云，乌泽光亮，本来很美好，却以“乱”为修饰，陡生波澜。“鬓”是紧贴额角脸颊的头发，能衬现面容的娇美，是女子梳妆之时尤为注意的部位。这就令读者生出了疑问：如此秀发，如此美人，因何而发鬓不整呢？“晚妆残”是顺着“云鬓”的视线而投向脸颊。明言“晚妆”，是说白日之后，黄昏来临，女子为了这个晚上，曾有过精心的再度化妆。而“残”与“乱”相应，不仅说明晚妆之后的腮上胭脂因流泪而出现了残迹，而且指示出“云鬓”也是“晚妆”之后出现的蓬乱。“士为知己者死，女为悦己者容。”如果说“晚妆”交代了女子的期待，这“乱”与“残”就写出了她的失望。于是而有“带恨眉儿远岫攒”的点睛之笔，以双眉紧锁而拈出一个“恨”字，写出女子的无限伤感与惆怅。而“恨”同时又是“云鬓乱，晚妆残”的原因。前三句，笔墨全集中于脸面，而脸面正是人的表情之地，心灵的窗口，故作者仅仅用了十三个字，就刻画出了女子的期待、等待而失望、惆怅的心理过程。

后二句写姿态。一写托腮之手，用“春笋”为比喻，再加以“嫩”的形容，让人尽情想象那手指的纤长、细腻、白润，喻示人物之美。一写倚栏的身姿，不加形容，因为有“云鬓”、“香腮”、“春笋”等的铺垫，已经给读者留下了想象的线索。而这两种姿势都与凝望、沉思的心态相关，于是带出了“为谁和泪”一问。这一问，既点明了相思忧伤的词旨，又使一直在旁边作观察的作者进入了所描画的情景之中，表达出殷殷的关切之情，强化了人物形象的感染力量。

望江南

闲梦远，南国正芳春。船上管弦江面绿，满城飞絮辊

轻尘，[①]忙杀看花人。

【注释】

①辊(gǔn)：原指车毂的均匀整齐。这里用作动词，形容车轮的滚动。

【品评】

"望江南"的词牌，与白居易《忆江南》同调。白居易词描绘江南春色："日出江花红胜火，春来江水绿如蓝"，写得清新秀美，为人称道。而李煜这首同是写江南春色，却笔法不同。他是以人写景。

"南国正芳春"一句，点出地点和时间，又不止于此。春暖花开是春天景象，但南北有异。如在南方，则日更和煦，风更柔和，水更清澈，树木花草更加丰茂，绿色更浓，花味更香，故曰"芳春"。而一个"正"字，是说不仅正当春天，而且是正当盛春之时，强调了"南国"与"芳春"的关系。此句一出，使全词精神振奋，气象充沛，力量饱满。接下二句分别写两处景象，一是城外水上，一是城中路上。一面是游船轻漾，欢声笑语，丝管齐奏，乐曲在水上飘扬，余韵悠悠；绿水如镜，映照着楼船彩舫，倒影绰约，一派闲适欢腾的赏春情调。另一面则是游春的车马正滚滚出城，扬起阵阵轻尘，混着空中飞扬的柳絮，一派繁忙而繁华的气象。末句曰"忙杀看花人"，总收这悠闲与繁华，而以"花"直接代"春"，与"南国正芳春"相呼应。无论人在水上还是在车上，同为"看花人"，同为"看花忙"，可谓是倾城而出观春色，可见南国春色是多么的美。词中除以“绿”、“絮”、“花”写春之外，不于春色着笔，只写赏春人的忙碌，而春景的美丽已在其中。

这首词之引人注目处更在首句“闲梦远”的领起。“梦”本有虚化之意，更加以“闲”与“远”的修饰，就表现出了作者雍容不迫的气度，优游自在的神情。这样一来，就将那“船上管弦江面绿，满城飞絮辊轻尘，忙杀看花人”一并看作“南国正芳春”的景象而收入作者的眼中，不仅写出南国春景的繁荣，而且写出了作者不同凡俗的精神境界。

望江南

闲梦远，南国正清秋。千里江山寒色远，芦花深处泊孤舟。笛在月明楼。

【品评】

与上一首写春景不同，这首词用同一词调写秋色，同样以“闲梦远”领起，格调则有不同。

首句“闲梦远”依然表现出作者雍容不迫、悠然自在的神情，而与“南国正清秋”相交流，更添一种逍遥世外的韵味。秋而言“清”，不仅是指叶落木索、天高气爽的秋天特色，还包括了南方多水、至秋天则水浅石出之“清”，与北方秋天之寒瑟枯萎实有不同。接下来二句写景是一远一近。清秋时节，“落木千山天远大”（黄庭坚《登快阁》），视线无所不及，江山千里，却是一派萧瑟凄清，尤其又值黄昏，暮霭沉沉，令人生出寒意；近处水边芦苇正扬花，白茫茫，绿苍苍，掩映着芦荡深处的小舟，在这阔大的天地之间，越发显得是那样的孤独，那样的寂寞。秋而言“寒”，舟而言“孤”，这就在写客观之景的同时透出了作者的主观之意。结句“笛在月明楼”写得有味。从暮色苍茫而到月挂楼檐，时间在孤寂中流淌，人在孤寂中伤怀，而思乡怀人的笛声也就在此时响起，直入心怀，人何以堪！这一层意思写得动情，富于感染力。读到此，不禁要想，是孤舟中的人听到这笛声，激起思乡之情而起身立于船头，于是在月夜中望见了那小楼呢？还是楼阁上的人在月光下瞥见了芦花深处的小船，引动乡思，于是持笛而吹起了悠悠的思乡曲呢？这一层意思回应着开头的“清秋闲梦”，别有一番情韵，耐人咀嚼。

这里的“闲梦远”就与上一首不同。上一首写春景写得繁华热闹，而“闲梦”者在画外；这一首写秋色写得萧然凄清，“闲梦”者在画中，故其芦花孤舟，小楼笛声，月下江山，都与“清秋”浑然一体，而令置身其中者生出“孤”与“寒”的感受。

渔　父（二首）

浪花有意千重雪，桃李无言一队春。[①]一壶酒，一竿纶，快活如侬有几人。[②]

一棹春风一叶舟，[③]一轮茧缕一轻钩。[④]花满渚，[⑤]酒盈瓯，[⑥]万顷波中得自由。

【注释】

①桃李无言：语出《史记·李将军列传》："谚曰：'桃李不言，下自成蹊。'此言虽小，可以喻大也。" ②侬：方言，我。 ③棹(zhào)：划船的长桨。 ④茧缕：蚕丝制作的钓鱼线。 ⑤渚：水边之地。 ⑥瓯：古代饮具，平底而深，类碗。

【品评】

《五代名画补遗》记载：卫贤，京兆人，著名画家，曾任南唐供奉之官。北宋丞相张士逊家收藏有卫贤《春江钓叟图》，上有李后主金索书《渔父》词二首。可知此词是题画之作。词既描绘了画面，又传达出读画人的心境。

唐人张志和居江湖，每垂钓，不设鱼饵，自称烟波钓徒，而志不在鱼。曾作《渔歌子》："西塞山下白鹭飞，桃花流水鳜鱼肥。青箬笠，绿蓑衣，斜风细雨不须归。"李煜这二首题画之作，不仅词调承张志和而来，意境也与之相似，但毕竟作者身分不一样，经历不相同，所表现的情绪则颇有差异。

词紧扣"春江钓叟"四字而展开。江上浪花翻卷，层层如雪，岸边桃李芳菲，红白相间，首二句便勾画出生机勃勃又色彩缤纷的春野风貌。江上浪花是"千重雪"，岸边桃李是"一队春"，二者都有无限伸展的意味，使得画面景象开阔。而一者为动，一者为静，二者又相映成趣，为画面增添了生气。当作者更用"有意"来写浪花，用"无言"来写桃李，就将水与树都作了拟人化的处理，仿佛不是人在亲近江水树木，而是春天的江水树木着意地在亲近人。《史记》所称"桃李无言"，本是用来比喻人的性格与品德，这里只是化用，在形容沿岸桃李的繁花似锦又静静屹立的姿态的同时，使“无言”与“有意”相对，一动一静之间，透出了人置身于天地自然之中所感受到的殷殷情意。这两句写景，包含了作者浓厚的主观情意，故后三句就承此而作直接的欢唱：“一壶酒，一竿纶，快活如侬有几人。”景与情之间的过渡衔接十分自然。

当第一首写到“一壶酒，一竿纶”时，钓叟已经出场，但读者还不能知道画中钓叟的位置是在岸边，还是在船上。第二首便由此开篇，“一棹春风一叶舟”，首先就点明了钓叟是在水波中，小船上。“棹”本是船桨，这里用作动词，而且与“春风”构成语句，很是生动，仿佛木桨划动的不仅是水，更有春风，令人想起柳宗元的诗句：“欸乃一声山水绿。”这就将静止的画面写活了，看小船在春风绿水间轻轻摇荡，想象风拂面，水轻流，两岸景色如展画卷的情景，这是何等的心旷神怡。而且这种写法又将春风与绿波融为一体，与结句的“万顷波中”作前后的照应，语言精巧，确有“一石三鸟”的笔力。首句写景，景中有情，而接下来仍是直接的抒情。前一首说“一壶酒”，这里就是“酒满瓯”；前一首说“一竿纶”，这里就是“一轻钩”。“一壶”是说不多，“满瓯”则见出兴致之高。“茧缕”、“轻钩”写简朴，而“钩”之所以“轻”，是因为无鱼上钩。钓鱼而不求鱼，是作者志不在得鱼的缘故。这就将画中人物写得神情饱满，志逞意得，由此引出结句中的“得自由”之高声唱颂，并进一步强化第一首结句中的“快活”二字，道出了钓叟所以“快活”的理由。

二首词中都反复用到了“一”字，不仅在语调上形成一种回旋起伏的轻快韵律，又与那无边的浪花与桃李，与那“花满渚，酒满瓯”的述说，有一种语意上的对比。凡是人之所用，都往少里说；凡是自然之所有，都往多里讲。《庄子·逍遥游》有言：“鹪鹩巢林，不过一枝；偃鼠饮河，不过一腹。”说的就是知足而得乐的道理。因此，作者着意表现这种多与少的关系，似乎也揭示了“快活”中还包含着对自然哲理的感悟。

这两首词是观卫贤之画而作，在描绘画面之外，又融入了李煜的感受。这两首词是承张志和的词而来，同有清新活泼的语言风格。但是，张志和的词，情绪平和淡定，景物纯作白描，有一种超然飘逸的韵味，在静静的画面中，是人与山水的相融相洽；李煜则刻意抒写人在自然中的欢欣，表达的是一种得到解脱的自由与高兴。因此，他在描绘春天景象之时，着意于花的盛放，不仅桃李芬芳，红白相杂，连水波也是“浪花”而如雪，强调色彩，注重声响，虽然宁静，却不失繁华，读来有一种静中观动的感觉。显然，李煜的心境是浮动的，他所表达的是一种尚未进入的向往。在李煜的内心，也许始终存有隐居生活的情愫，但他毕竟是皇族，毕竟做了君主，尽管自号“钟山隐士”，在真实的生活感受上，到底不同于张志和这样的真隐士。

子夜歌

寻春须是先春早，看花莫待花枝老。[①] 缥色玉柔擎，[②] 醅浮盏面清。[③]　　何妨频笑粲，[④] 禁苑春归晚。[⑤] 同醉与闲平，[⑥] 诗随羯鼓成。[⑦]

【注释】

①“看花”句：语出唐人李锜《金缕曲》：“劝君莫惜金缕衣，劝君惜取少年时。有花堪折直须折，莫待无花空折枝。”（《乐府诗集》卷八二） ②缥色：浅青色，指酒杯。玉柔：指女子的手。擎：举起。 ③醅(pēi)：未经过滤的酒。这里指漂浮在酒上的米粒。④粲：笑得开心的样子。 ⑤禁苑：皇帝专用的苑囿。 ⑥闲平：即闲评，随意地评说。 ⑦羯鼓：一种打击乐器，状如漆桶，置于支架上，用两杖击之。因从少数民族传入而称羯鼓。

【品评】

这首词在《历代诗余》中题作《菩萨蛮》。词写珍惜时光的心情，这是古今诗词最为常见的主题。问题在于，人不同，珍惜的想法就不一样。那么，李煜以为应当如何珍惜呢？词中所写，不过是美女清酒、尽情享受的及时行乐，一种很浮浅的想法。这应是李煜在南唐未亡之前的词作，反映的正是帝王宫苑中的生活。

春天来了，煦阳和风，柳絮杨花，经历寒冬的自然又萌生出勃勃的生意，人也为之欣然振奋而游春赏春，去感受生命复发的力量。但是，春来又春去，时光流转，今年春去，明年春来，然而人的生命却是随着时光一去而不再复返，于是感慨惜时而产生了许多的伤春之作。正是因为这种惜时情感是因春而生，春景的描写无论多少，总是作品的应有之义。如冯延巳“泪眼问花花不语，乱红飞过秋千去”；晏殊“满目山河空念远，落花风雨更伤春”；梅尧臣“落尽梨花春又了，满地残阳，翠色和烟老”等传世佳作，都是这样的写法。而李煜的这首词，同样是伤春惜时，却无关乎景色，直抒胸臆，自成特色。

上阕以惜春而言惜时，不落景物而直笔议论，可见触感之深，有一种按捺不住的激动。而“先春早”三字，表达了一种惜时、趁时就要走在时光的前面的急迫。这是说，何必要等到春到之后才去珍惜呢？真正的珍惜应该在春未到之前就要去寻找。“看花莫待花枝老”，则是对“先春早”的进一步强调，将惜春的感情表现得体贴而细腻。后二句是描写，将惜时的心情化作酒宴上的狂欢，点出及时行乐的主题。而这里的描写，将皇宫中的宴会情景浓缩到了一只酒杯之上。侍宴的女子斟酒劝进，那举杯的纤手柔白如玉，那盛酒的瓷杯色如天青，酒是新近酿成的，未加过滤，绿色的米粒轻浮在杯面，更显出酒色的清澈。这样的写法，既承前句“看花”而来，又具有很强的感官刺激，如闻女声，如嗅酒香，叫人欲罢已不能，何况更有一番及时行乐的心情在催促。

下阕正是承此心情而展开。酒宴上美人如花，笑容灿烂；禁苑中花木繁茂，春去为迟；对着苑中的花，饮着美人的酒，评说指点，沉醉其中，宴会上的鼓乐便将这心情催生成了诗词。词写到此，戛然而止，然而读者还可以进一步想象，这词作是会交与美人乐伎去演唱的，这会让作者更多一份及时行乐的乐趣。花是春天的特征。词写伤春惜时的心情，虽然也扣住“花”字，但实际上是在借花而喻人。以“花”写美人，就是在写青春。因此，“看花莫待花枝老”，既是说春花，又在说美人，也在说自己。这是这首词虽不写景却并未离景的地方。

“缥色玉柔擎，醅浮盏面清”，是词中得力之处，但各家的解释并不相同。或以为“缥色”指女子手的颜色，或以为是酒的颜色，均不能讲通。既然有“玉柔”在，就已经说明了手的特点，“缥色”不当与手相关，何况浅青如何能是手的颜色？如以为酒色，则与下句“盏面清”重复，也不可取。五代盛行越窑瓷器，越窑瓷以青中泛灰蓝而近玉色的秘瓷最著名，这种颜色正可以用“缥色”来形容。李煜宫中用具精美，瓷器应当以越窑秘瓷为多，故这里将“缥色”解作了酒杯。“醅浮”，有注家以为是“浮白”，即“喝一大杯酒”；“盏面清”是“饮酒之后，举杯示人，盏面已清”。不过，唐宋人称“醅”，注重的是新酿酒的香味，往往以飘浮的米粒为特征。如白居易有“嫩绿醅浮竹叶新”；欧阳修有“酒拨浮醅绿似蝇”；黄庭坚有“新醅浮白蚁”；都将醅与浮粒联系到一起，况且“醅浮”也是成词，故这里将“醅浮盏面清”解释作酒。因此，这两句描写，一者写手，一者写酒，集中于一只小小的酒杯，尽写出酒宴的豪华与饮酒者的赞赏与陶醉，笔墨极简练，而可以说是色、香、味、声并出。如果将“醅浮盏面清”作饮尽讲，意思也可以通，却有点粗陋，与“缥色玉柔擎”不相称，也不似李煜惯常注重声色而讲究雅致的写法。

长相思

一重山，两重山，山远天高烟水寒。相思枫叶丹。
菊花开，菊花残，塞雁高飞人未还。一帘风月闲。

【品评】

这首小令借景抒情，将相思的幽怨写得凄凉悱恻，却只是一种悠长的情思，令人心动，而不至于伤痛。

上阕写思念。“一重山，两重山”，读来如见词中人物伫立楼台而眼望青山，一重又一重地数过去，一直数到山与天相连的尽头。不知这山与山之间又隔着多少的山与水，空间偌大，山水重重，却始终不见人影还。由此觉得是山也远，天也高，烟水迷濛，令人心寒。末句点出“相思”二字，说明这凝望期待的情感。“枫叶丹”不仅写景，也在写热烈的感情，而且包含了两层意思。一是说等待的时间长，由春而秋，都已望得枫叶如丹。二是说相思的情感深，秋来枫叶红，仿佛是相思的眼泪所染成。下阕写伤感。“菊花开，菊花残”，是说秋来菊花开，现在盛开的菊花都已残败，时间在继续流逝而远人仍然不见归还。唯见高空雁阵，又闻声声雁鸣，秋深时节，大雁正向南飞以避塞寒。那么，北行的远人可也知寒？可也念家？“一帘风月闲。”“风月闲”即“闲了风月”。秋景高爽，秋意深重，看那枫叶红，听那雁南飞，可是远人不归，岂不辜负了这清秋光景？这是以“风月”为风景而言。秋光虽好，冬景在即，季节的变换也就是年华的流逝，远人不归，岂不辜负相思人的感情？这是以“风月”为青春而言。上下两阕之间，由山水而菊雁，由远景而近景，无一不是景，而景景含情，结句推出“风月”二字，总领全篇，将情与景融为了一体。

诗词以有限的篇幅抒写无限的感情，故有“惜字如金”之说，本来是要力避重复的。可有的时候，重复也是一种修辞的方法，既可造成回环跌宕的声韵，又可强化人物的动作与感情。李煜比较擅长于此道，这首词就是一个例证。

采桑子

辘轳金井梧桐晚,[①]几树惊秋。昼雨如愁。百尺虾须在玉钩。[②] 琼窗春断双蛾皱,[③]回首边头。欲寄鳞游。[④]九曲寒波不溯流。

【注释】

①辘轳:利用杠杆原理而建造的井上汲水的工具。金井:以井上栏杆涂饰着金色的花纹而称。 ②虾须:制作精美的竹帘。玉钩:玉制的帘钩。 ③双蛾:代指女子的眉毛,以其细长而弯。④鳞游:游鱼。古代有鱼雁传书之说,因以游鱼代书信。古乐府:"客从远方来,遗我双鲤鱼。呼儿烹鲤鱼,中有尺素书。"

【品评】

这首词抒写思念远人的心情,以深秋为背景,借景言情,有温婉凄伤的特点。

上片写景,先点出"辘轳"、"金井"、"梧桐"三物,不单是写实,也都有寓意。辘轳是井上汲水的工具,汲水是女子之事,故井边常常是女子的怀人之所。辘轳的循环滚动又与思念的辗转反复相通,摇着辘轳,情思缠绵,往往是诗词之中女子思情的象征。古代的井边多种梧桐,"一叶知秋",秋来梧桐叶儿黄,故梧桐是常见的悲秋意象。这三者位置相关,意义相通,常常被联系到一起来写女子的秋思，如吴均的“玉栏金井牵辘轳”，王昌龄的“金井梧桐秋叶黄”，与这里的“辘轳金井梧桐晚”，都是同一个意思。不过，李煜的表达更精巧一些，他在句中强调了一个“晚”字。“晚”可以指黄昏，暗示了从早到晚的期盼，有“黄昏望绝”之意。“晚”也可以指秋深，突出梧桐叶黄陨落的形象，令人联想岁华流逝、青春不再而引出悲哀。故接下来的“几树惊秋”，本来是写人在惊秋，却道以“树惊秋”；写情就更婉转，更深沉，并使萧瑟的秋景与女子的伤情融合到了一起。“昼雨如愁”引出人物。说是“昼雨”，可见是下了一天还没有停的雨。而这雨是小雨，丝雨，纷纷扬扬，飞飞洒洒，就如同弥漫在人心中的忧愁一样，无边无际，无休无止。“百尺虾须在玉钩”，是说精美的竹帘挂在钩上，暗指人的遥望，下启“回首边头”，景物描写也就由室外转入了室内。

下片抒情，以“琼窗”承接上片的“百尺虾须”，过渡十分自然。这里的“春断”，要分作两层意思来理解。一是说春去秋来，时光流逝，岁华渐老，青春不再复返，故曰“断”。一是说远人无消息，任凭思念，深情不得传达，“肠断白蘋洲”（温庭筠），“春断”也就是“情断”。这两层意思相辅相映，都在表现思念之深，于是而有“双蛾”之皱，有“回首”之举，有“欲寄”之事，更用一连串的动作写出思念之切。由皱眉，到遥望，到“欲寄鳞游”，思念的感情渐进深化，写出女子终于决定要以主动的诉说去打动对方的心，以唤回心爱的人。可是，“九曲寒波不溯流”。山高水寒路曲折，纵使信写出，何人可传寄？何处可投递？无奈之极。可越是无奈，越见情深。

谢新恩

秦楼不见吹箫女，[1]空余上苑风光。[2]粉英金蕊自低昂。东风恼我，才发一衿香。[3]　　琼窗梦笛残日，当年得恨何长。碧阑干外映垂杨。暂时相见，如梦懒思量。

【注释】

①吹箫女：相传秦穆公的女儿弄玉爱萧史善吹箫，能为凤鸣，嫁与为妻，从之学习，穆公为筑凤凰台以居。一夕吹箫引凤，夫妻二人乘之而升天。秦人因作凤女祠于雍宫。事见《列仙传》上。　②上苑：帝王的园林。　③衿：同"襟"。杨万里《中秋后一夕登清心阁》："吹高半轮月，正赖一襟风。"也是以"一襟"为数量形容词，犹言一身。

【品评】

这首词抒写怀人的心情，忧思绵长，充满无奈的惆怅。

春天来了，宫廷花苑之中，百花盛放，粉白红黄，绚丽多彩，流光溢香，可就是不见相思之人，独自如何欣赏？首句以"秦楼女"代指所怀之人，不仅写其容貌，更写其才艺，加强思念的感情。因为是独自面对，不得与所爱者共享，一切的美好就只是徒然。那么，即使是"上苑风光"，也只是"空"有，只是多"余"，风中花木不过是"自低昂"而已，尽写其无奈之感。"东风恼我"，其实是说"我恼东风”。“恼”字写人的烦恼，不言自己，却去怪罪于东风，很是生动。说这东风是如此地不理解人的心情，偏偏要在这孤独寂寞之时，吹开这满苑的春花，让人染上一身的花香，撩拨心情，不能自已。“东风恼我，才发一衿香”，与李商隐的诗句“春心莫共花争发，一寸相思一寸灰”，表达的是同一个意思。只不过李商隐是由自己的经验而提出的劝告，因此言语沉痛；李煜则是一时的心情不能排解而去责难东风，言得无理，也就言得无奈。上阕是就眼前之景而抒情。

下阕掉转笔头去写回忆与心情。“琼窗”写美好，“梦笛”是虚幻，“残日”是留恋，尽写出当时情景虽然美好，却已经存在着不能如愿的遗憾，因此说是“当年得恨何长”。此句可作两解，一者可以解释为还在沉浸于爱情的甜蜜之中时就已经预见了分别的痛苦，重点在“当年”；一者可以解释为当时爱情是越短暂，就越深刻，以至于“长恨”到今天，重点在“何长”。无论何解，都只是一个“恨”。而这“恨”是如此的深刻与悠长，相聚时的碧栏杆，绿纱窗，分手时的杨柳树，长丝绦，不曾有一刻的忘却，历历如在目前。而越是思量，越是难忘，越是叫人痛苦难当。结句言：“暂时相见，如梦懒思量。”既是说当时已经是短暂如梦，也是说即使今天相见又能如何？依然是短暂如梦啊。总归是相思也无奈，回忆也无奈，这份感情始终就是一个无奈，虽然美好，却令人心痛，倒不如不思量的好！这种心情，也是李商隐曾经写过的：“此情可待成追忆，只是当时已惘然。”

上下两阕以转折相对，没有过渡，似乎在情绪上有一隔断。但是，下片中的“碧阑干外映垂杨”，以记忆中的景物对照眼前的

“上苑风光”;结句中的“如梦”又回应着首句的“不见”,两阕之间仍有着若明若暗的感情线索,使通篇的写景抒情融为一体。

谢新恩

樱花落尽阶前月,象床愁倚薰笼。[①]远是去年今日恨还同。　　双鬟不整云憔悴,[②]泪沾红抹胸。[③]何处相思苦?纱窗醉梦中。

【注释】

①象床:用象牙雕刻装饰的床。薰笼:香炉,以炉盖有孔似笼而名。　②云:代指头发。　③抹胸:女子贴身而围的胸衣,俗称肚兜。

【品评】

这首词同样是写相思怀人的心情。不过,前一首称“秦楼女”,可知主角是男子;这一首写“泪沾红抹胸”,则见出主角是女人。

首句写景,同时点出时间:樱花落尽,春已过半;月映阶前,夜也入深。这两个意象时间的交代又包含着时间流逝与相思不眠的两层意思,由此推出词中人物:“象床愁倚薰笼。”“象床”写居处的华丽,“薰笼”写环境的温馨。而在这华丽温馨的居所里,人物则“倚”着象床,看着薰笼,一副慵散不振的样子。为什么呢?

“愁”字点睛，承上表明女主人公之愁是从樱花开放而期待至今，已见“樱花落尽”；表明女主人公之怀人相思而不能成眠，直到月上中空，光映“阶前”。这里樱花的绚丽，月光的明亮，都与华丽温馨相通，衬出人物的青春美好。自然，樱花盛开的时间短暂与月光映照的凄清色调也加深了“愁”字的内涵。末句“远是去年今日恨还同”，令人联想唐人崔护的诗句：“去岁今日此门中，人面桃花相映红。”说是“去年今日”，表明樱花与月光本是特定的情物，可以遥想定情的情景；“恨还同”则表明离别相思并不始于今年今日，还当远溯去年今日乃至以前，进一步指出时间、景物与“愁”的关系，再加以一个“远”字，说明这相思已是一年又一年的长久，于是“愁”也就深化成为“恨”——遗憾与幽怨。上片由景物怀人，点出“愁”与“恨”。

过片承“恨”而写“憔悴”，着笔于人物。女主人公因相思忧伤而无心打理，虽然是乌发如云却鬓发蓬松不整；泪水从脸庞涟涟流下，打湿了胸前的一抹红巾。“红抹胸”是女主人公的贴身小衣，用“泪沾”来强调，情意更加殷切。“云憔悴”从字面看是写头发，其实是在写人，总领这两句。写至此，作者写景而言情，写人而抒怀，已经是憔悴而落泪了，却觉得还不足以表现女主人公的“愁”与“恨”，于是作一设问：“何处相思苦？”答曰：“纱窗醉梦中。”也就是说，以上所有，还不是最苦，最苦的是人倦入睡，梦来寻人。梦何以是最苦呢？因为日有所思，夜有所梦。既然怀人相思到这等地步，一旦睡去，就难免有梦，而梦中就难免有相聚。虽然说梦中的相聚可以一慰现实的失望与痛苦，可是梦总是要醒的，醒后再面对离别的现实，人的感情岂不更加痛苦？既然如此，还不如没有梦呢！“醉”不是言酒，而是说“梦”。“醉梦中”即谓人会沉溺于梦境而使现实变得更加难以承受。这是正话反说，以见相思之苦，怀人之深。

“红抹胸”是这首词中的亮点，与凋落的樱花，清冷的月色，憔悴的人物，形成一种色调上的对照，同时又寓意了人物的美好，感情的热烈。

谢新恩

庭空客散人归后，画堂半掩珠帘。林风淅淅夜厌厌。[1]小楼新月，回首自纤纤。[2]　　春光镇在人空老，[3]新愁往恨何穷。金窗力困起还慵。一声羌笛，惊起醉怡容。

【注释】

①淅淅：风声。厌厌：漫漫。语出《诗经·小雅·湛露》：“厌厌夜饮，不醉无归。”　②纤纤：形容新月细小的样子。③镇：正。

【品评】

这首词写一种落寞的心情，而置放于春天的背景之中，加入了惜时伤老的情愫，表现出世事虚无的人生态度。

上片写落寞心情的发生。“庭空客散人归后，画堂半掩珠帘”，直接描写环境的清冷寂寞。而有客就有主，写环境的同时又推出人物，见其心怀。但是，这种清冷寂寞不是本来就有的情怀，而是在盛大的宴会散去之后出现的骤然感受。尽管画堂仍是那般的美丽，尽管珠帘仍是那般的豪华，却没有了高朋满座的熙攘，没有了丝竹并奏的欢乐，没有了杯觥交酬的热闹；客散人去，归复宁静，使华丽的庭堂变得空落落的，旷然寂然，直入内心。仿佛这里不曾有过那些簇拥追随的人群，曾经喧哗的恭维颂扬的声音消失得不留一丝痕迹，只听得夜风在林间吹拂穿行，树叶在淅淅作响。夜沉沉，夜漫漫，只有孤独寂寞悄悄地陪伴在主人的身旁。徘徊空堂间，有月光映地，蓦然回看，一轮新月正挂在楼角飞檐边。那月牙儿两角尖尖，清新可爱，映着澄澈的夜空，自有一种令人心动的美丽。空庭中的主人公，一边静静地欣赏“两头纤纤月初生”的清丽，一边又不禁叹息：世上没有不散的筵席，所有的美好岂能长远！上片中，作者通过宴会的暗中对比来写落寞的发生，描写的是特定情景中的感受。这种落寞的感受里凝结着繁华不久的伤感，透出了对人生本质的哲理思考，并以月牙的出现来强化这种感觉。

下片直接抒情。用“春光”上承“新月”，将时间的流逝与岁华的衰老联系到一起。人总归是要老的，但要说是“人空老”，就包含着一种彻悟的无奈在其中。而这种年华空逝的忧伤，既不始于今天，以往就常常在心头；也不会止于今天，以后还会常常有，故曰“新愁往恨何穷”。这就将宴会后的一时感受扩展开来，成为作者看待人生的悲观态度。于是而有“金窗力困起还慵”的散漫慵懒，于是而有沉醉酒宴的怡然快乐，于是就不能避免出现“一声羌笛”所唤醒的惊动：一切都是暂时的，转瞬即逝。“惊起”二字着力刻画出逃避与躲藏在纸醉金迷生活背后的主人公的蓦然清醒，与首句的“庭空客散”暗作呼应，使所抒写的落寞心情与哲理感悟的主旨再度呈现，却不再用语言来描述，就像乐曲起而又止，一切尽在不言中。

结句“一声羌笛，惊起醉怡容”，在词中，有使主题循环呈现的功用，而对于传达作者的心理，则有一种明白人做糊涂事的意味。也就是说，散漫慵懒也好，沉醉欢宴也好，都只是逃避与躲藏，作者心里分明清楚。唯其如此，所以盛宴之后，就难免落寞。

谢新恩

冉冉秋光留不住，满阶红叶暮。又是过重阳，台榭登临处。①茱萸香坠紫，②菊气飘庭户。晚烟笼细雨。雝雝新雁咽寒声，③愁恨年年长相似。

【注释】

①台榭：楼台。榭是建在台上的高屋。　②茱萸：植物名，生于川谷，气味香烈。古代风俗，重阳节时佩带茱萸以祛邪避灾。③雝雝：鸟儿的和鸣声。语出《诗经·邶风·匏有苦叶》：“雝雝鸣雁，旭日始旦。”

【品评】

重阳节气，亲友相携，登高望远，赏凛寒的菊花，佩芳香的茱萸，驱邪恶，祈福寿，这是古代的风俗，也是诗词中常常吟唱的情景与感受。然而李煜这首词写重阳节，劈头便是“秋光留不住”的伤感与悲哀，其情绪与心情，与节日气氛不相谐和，显然与其处境、心境相关。我们不能确切地考订这首词的写作时间，从所抒写的悲伤情感推测是写在李煜即位之后，应无大误。

“冉冉”一词有两种意思，一是表达渐进，一是描写柔弱。首句以“冉冉”形容秋光，取第一义，语本屈原《离骚》之句：“老冉冉其将至兮。”而从“留不住”的哀伤言，秋光之“冉冉”中又不无惋惜之情。因此，虽然是重阳节日，楼台登临，看高天远大，观黄灿灿的菊花，带紫殷殷的茱萸，有香气袭人，充满庭院，到处一派庆祝的景象，但是，作者的视线却不在登高望远处，而是在近处向下，投在了那满阶的落叶上。“红叶暮”包含着多层意象。“红叶”可以是枫叶，也可以泛指秋叶，这是秋之特征，也是零落的象征。“暮”指时间，既是一日之黄昏，也是树叶一生之末，同时也就暗寓了人的生命。本当是为望远而登高，现在不曾望远，却又下观落叶，于是而生出悲哀之感。可以见得作者不仅是满怀忧伤，无心过节，甚至已经没有了瞻望前景的心情。那么，“茱萸香坠紫，菊气飘庭户”，这些驱邪祈福之事，对于自己还有什么意义呢？这六句，若以感情发生的先后顺序而言，当是登临在前，感怀在后；现在先言伤感，再叙经过，正是为了强调悲哀的情感。接下来的四句，连续以“晚烟”、“细雨”、“新雁”、“寒声”来构造图景，渲染气氛，读来不能说清，究竟是作者内心的忧伤感染了这重阳节日的景象呢？还是重阳节日的景象勾出了作者内心的忧伤？结句只叹以“愁恨年年长相似”，既然相似，不言也罢，但愿能将这一切都置之脑后；却也只是“但愿”而已。结句以“愁恨”点醒，收束景物的描写，又以“长相似”的无言写出悲哀感怀之深。

这首词通篇以写景为主，从“满阶红叶暮”到“晚烟笼细雨”，也只是黄昏时间，上下片之间见不出明显的过渡。《词谱》所载《谢新恩》的词调虽不止一种，但罕见像这首这样用仄韵的。刘继增《南唐二主词笺》注曰：“此阕既不分段，亦不类本调，而他调亦无有似此填者。”故历来对这首词的分段与断句异说颇多，莫衷一是。这里是据《全唐五代词》正编卷三所录，未作分段。

蝶恋花

遥夜亭皋闲信步。①乍过清明，早觉伤春暮。数点雨声风约住，朦胧淡月云来去。　　桃李依依香暗度。谁在秋千，笑里低低语。一片芳心千万绪，人间没个安排处。

【注释】

①亭皋：水边亭畔。皋，水旁地。信步：漫步。

【品评】

这一首惜春伤时之作，写得全无来由，读来不知是何事触动了作者的心绪，但伤感之深之广，又无一物一事不在作者的感伤之中。这就将一种伤感的情绪表达得淋漓尽致，十分动人。

上片起势平平，以叙述开端，引出伤春之情。“闲信步”三字，从字面看，写得悠闲；“遥夜”二字却透出了个中消息。“遥夜”即长夜。夜长是失眠人的感觉，于是知道这水边亭畔的夜间漫步是为了打发无眠的时光。那么，这“闲信步”之“闲”，就不是闲适，不是悠闲，而是百无聊赖的闲散。至于为什么失眠，作者不言，读者不得而知。次句点出“伤春”的主旨。但是，通常的伤春，总有景物的触动，如“落花风雨更伤春”(晏殊)；“乱红飞过秋千去”(欧阳修)；“落尽梨花春又了”(梅尧臣)；这里却是直陈伤感：“乍过清明，早觉伤春暮。”直陈感情，有一种不加掩饰的强烈。时间则是清明才过，正当仲春盛景时节。柳永说“近清明，风絮巷陌，烟草池塘，尽堪图画”；苏轼说“正是一年春好、近清明”，都是以清明为春光最美之时。而作者在此时伤春，自己也说是“早”，即谓春光正好之时，便想到春光长不了，这就将一种深藏的生命悲哀静静地表露了出来。由此揭示这伤春之情不是出于外物的触动，而是内心情感的波动。接下来转去写景，将一时涌出的情感作淡化处理。春云才撒落几滴雨，便叫夜风给吹散，云飞雨住。仰望夜空，轻云舒展，淡月轻移，云在月的四周变幻，月在云的飘移中穿行。这景象，有一种自在，有一种缥缈，也有一种虚幻，依然与作者的生命悲哀有相通。

下片承“来去”而写“暗度”，总领“香”与“语”。夜风吹散雨云，云破月出，也送来了桃花李花的淡淡香气，带来了隐隐的笑语声，让作者心动，不禁轻问：那是谁在秋千处？桃李香暗度，秋千笑语声，都发生在春夜的轻云淡月之下，写得极美。这里有构图，有色彩，有明暗对比，还有声音，有气味，画意虽浓，而非画笔所能道。如果说轻云、淡月、桃李都是静物的描写，而“暗香”与“笑语”

则使这静夜充满生气，令人感受到自然的美好，生活的美好。但是，对于内心悲哀的作者，越是感受到美好，就越是不免有心痛："一片芳心千万绪，人间没个安排处。""芳心"即"春心"，是爱心，是美好之心，"一片"可见其单纯与执著。"千万绪"写烦恼，而且是不止一端，不知来由，与"一片"相对，可见心情的杂乱。而爱心所生的烦恼，多是人心的自扰，比如这不关具体事物的生命悲哀，无端而来，揪心烦恼，不得自已。所以说是人间没有一处可以安顿的地方，除非离开人间。那么，"早觉伤春暮"的忧伤，同样是这种"芳心"的烦恼。这就将上下两阕的写景与议论都悄然收集到一起，归结到"芳心"二字上。

读这首词，体会作者内心的悲哀与情绪的流动，很为这一片"芳心"所打动。这种内心深处的生命感伤，既是作者"遥夜信步"的缘由，又是"早觉伤春"的心态。这样的伤春之情，没来由，也无去处，又凡事凡物都在感伤之中。而这样一种情绪的描写，很难用结构的方法来表达。作者拈出"芳心"二字，与"伤春"作呼应，读者也就得到了理解的钥匙。也许这就是李煜词作的高明处，既写出情绪的飘忽难以捉摸，又留下内在的感情线索让读者可以去追溯。

阮郎归

呈郑王十二弟

东风吹水日衔山，春来长是闲。落花狼藉酒阑珊，[①]笙歌醉梦间。　　佩声悄，[2]晚妆残。凭谁整翠鬟？留连光景惜朱颜，黄昏独倚阑。

【注释】

①狼藉：零乱的样子。阑珊：残尽的样子。　②佩：腰间佩带的组合型饰物，以玉为主，男女都可用。

【品评】

题曰“呈郑王十二弟”，表明这首词是赠给弟弟李从善的。在李璟的诸子中，从善与李煜同为钟皇后所生，排行第七。这里称“十二弟”应是就族兄弟而言。从善初封邓王，李煜即位，改封韩王。《续资治通鉴长编》卷一二记载：“开宝四年十一月癸巳朔，江南国主煜遣其弟郑王从善来朝贡。”这时从善已是郑王，但何时改封，史书无载。这一年，从善入宋而被扣，李煜畏惧，于是去“唐”之国号，改降制度，自称国主，诸王改称公，从善改封楚国公。那么，这首词只能是写在李煜即位数年之后，从善入宋之前。乾德三年(965)，李煜在位的第五年，钟太后死，《续资治通鉴长编》卷二记从善犹称“韩王”，则从善的改封郑王是在乾德三年以后。而在李煜兄弟为母亲守丧的三年期间，从善改官的可能性是不大的。据此推测，这首词的写作应当在开宝元年(968)到开宝四年(971)十一月之间。这首词在情调上比较消沉，如果写作时间的推测无大误，所反映的就是李煜这一时期的心境。

词借描绘女子形象而写惜春伤时的心情。上片写景。春天来了，人闲无事，看景打发时光，一直看到夕阳在山，风吹水面，縠纹涟漪，渐兴波澜。于是，倚栏人的心情也不再平静。“春来长是闲”，虽是交代事由，却用“春来”暗示了人物的春心与春情；用“长”表示时间，女主人公的倚栏是从早晨到黄昏；“闲”不仅是说无事，也写出人物的百无聊赖。因此，被景物触动打破的不是生活的平静，而是女主人公接受现实的心境。以事情发生的顺序言，应当是“春来长是闲”的交代在先，“东风吹水日衔山”的景象在后。作者之所以倒先为后，是为了突出风吹水兴那一刻的人的心动。可是，心动又能如何呢？也只能看落花满地，斟美酒盈杯，听笙歌齐奏，酣然于醉梦之中，而将那珍惜春光、感叹年华的忧伤都抛开在一旁。这就写出了春光美好之际人的感伤与无奈。

下片作转折，抒写孤独的情怀。“佩声悄，晚妆残”，写期待与失望。精细修饰的晚妆已经败坏，专心等待的人却依然不见来。惆怅之中，不禁自问：究竟是为谁这般用心装扮？为谁这般不解痴情？虽然是“留连光景惜朱颜”，满怀春情，多少珍惜，却独自凭栏，直到黄昏。春光无限好，人却很无奈。

词的上下两片之间，没有承接与过渡，从“笙歌醉梦”到“佩声晚妆”是一跳跃。不过，前面有“春来长是闲”，结句言“黄昏独倚阑”，两者之间暗相呼应，所抒发的感情是一脉流动，贯穿始终的。这样，两片之间的似断实连也就成为一种跌宕，增强了感情的表现力。

清平乐

别来春半，触目愁肠断。砌下落梅如雪乱，[①]拂了一身

还满。[②]　　雁来音信无凭，路遥归梦难成。离恨恰如春草，更行更远还生。

【注释】

①砌：台阶。　②还(huán)：依然。

【品评】

这首词写伤春，紧扣“离恨”二字，故首句便点明“别来”，说明缘由。

算来分别，已是半个春季过去。春光明媚，人有离别，已是一层伤心；春光渐进人不归，期待之久，思念愈深，这是第二层伤心；春光虽好，不能共赏，处处春景，则处处思念，这是第三层伤心。上阕开篇二句便将离别伤春的意思表明，已见感情的丰富与深刻。接下来选取一处场景，进一步刻画伤春之情。阶前梅花开，一树洁白，春深花凋零，摇落无情。惜花人立于树下，看那花谢风吹拆成瓣，在空中轻轻飘舞，或盘旋飞转如雪片，或纷纷直落似雪霰，不觉伫立之久，落花满身，刚拂去，又一身。这幅图画一般的景象饱含深情，是人在惜花，也是花在惜人，人与花之间，交流着无限的爱怜之意。上阕着重写离别。

下阕着重写相思。首句是一轻转：春暖雁飞，空中闻雁鸣，却是雁归人不归；非但人无归，雁来又无信来，盼望是一落空。既然现实中已不能期待，那么，就盼望在梦中见到归来人吧，可以聊慰相思；却不想路途遥远，迢迢难到，梦见也不能，依然是落空。只有这门外路上的草，春来绿如茵，一路青青不绝，绵延不断，直到天涯。“离恨恰如春草，更行更远还生。”读来仿佛可以见到词中人物倚门而立，顺着行人离去的路，草色青，路逶迤，遥望而思念不已。用“春草”写离别，写相思，是前人习用的意象。如《楚辞·招隐士》：“春草生兮萋萋，王孙游兮不归”；汉代古诗：“青青河畔草，绵绵思远道”；何逊的“春草似青袍，秋月如团扇”；王维的“东郊春草色，驱马去悠悠”，都是以春草的绵延来比喻行人的脚步不止，或是居者的思念不止。李煜用此意象，又多出一层意思：“还生。”“还生”不仅是说继续延伸，而且还是在继续地生长，大大地拓展了原来意象的内涵。也就是说，思念之情不仅如青草一样绵延不绝，而且思念之情也如青草一样生长不息。行者不归，思念不止，并随着时光的流逝而渐深渐广，令人痛苦。除此之外，“更行更远还生”，又是说无论行者走到那里，青草都伴随着他的脚步而生，于是居者的思念就随着青草的延伸而永远地追随着行者，更写出相思的牵挂。李煜赋予“春草”意象更为丰富的内涵，情感体会则很细腻，很深刻，受人称道。

“砌下落梅如雪乱，拂了一身还满”，“离恨恰如春草，更行更远还生”，是这首词中的名句。同是以景物写深情，落梅如雪是描绘，写得清丽凄凉；春草生恨是比喻，写得妩媚缠绵。二者异曲同工，又都处在一阕的收束位置，既相互映照，又功用不同。落梅的画面是静中有动，宜为停顿；春草的画面则动中见静，无限延展，作为结句，可以让读者去体会画外之意，言外之情。这些安排，可见出作者的匠心。

有学者以为这首词是为从善入宋被扣而作，与《却登高文》同为思念兄弟之作。但此说缺少在写作时间上的考证依据，故不取。不过，词中所言“离恨”之凄凉与缠绵，与上一首《阮郎归》（东风吹水）相近，与李煜的其他伤春之作，如《采桑子》（庭前春逐红英尽）、《子夜歌》（寻春须是先春早），情调自不相同，有一种人生的伤感在其中。因此推测这是李煜较晚的作品，或写在入宋之前的风雨飘摇之时。

临江仙

樱桃落尽春归去，蝶翻金粉双飞。子规啼月小楼西，[1]画帘珠箔，[2]惆怅暮烟霏。　　门巷寂寥人去后，望残烟草低迷。[3]炉香闲袅凤凰儿。[4]空持罗带，回首恨依依。

【注释】

①子规：鸟名。相传古蜀帝在外身亡，化为杜鹃鸟，不断啼叫着“不如归去，不如归去”，后人就以子规而称杜鹃。　②画帘珠箔：以挂帘的精美写居室的华丽。　③望残：望穿。　④凤凰儿：指炉烟袅袅上升的形状，类似凤凰鸟。

【品评】

南宋人胡仔引《西清诗话》说：“南唐后主，围城中作长短句，未就而城破：‘樱桃落尽春归去，蝶翻金粉双飞。子规啼月小楼西，曲栏金箔，惆怅卷金泥。门巷寂寥人去后，望残烟草低迷。’余尝见残稿点染晦昧，心方危窘，不在书耳。”（《苕溪渔隐丛话》前集卷五九)关于这首词,这就带出两个问题,一是残篇不全,一是写作时间。

关于残篇,陈鹄《耆旧续闻》卷三说:“蔡絛作《西清诗话》,载江南后主《临江仙》,云围城中书,其尾不全。以余考之,殆不然。余家藏李后主七佛戒经,又杂书二本,皆作梵叶,中有《临江仙》,涂注数字,未尝不全。其后则书李太白诗数章,似平日学书也。本江南中书舍人王克正家物,后归陈魏公孙世功君懋。余,陈氏婿也。其词云:‘樱桃落尽春归去,蝶翻轻粉双飞。子规啼月小楼西,玉钩罗幕,惆怅暮烟垂。别巷寂寥人散后,望残烟低迷。炉香闲袅凤凰儿,空持罗带,回首恨依依。’后有苏子由题云:‘凄凉怨慕,真亡国之声也。’”按陈鹄的说法,他是陈家女婿,亲眼见过李煜这首词的手迹,并非残篇,讲法自然可信。但蔡絛既说“尝见残稿”,也应该是李煜的手迹,他不会平空生事,将全稿说成是残稿。张邦基《墨庄漫录》卷七有同样的记载,还说到“刘延仲为补之云云”。蔡絛、陈鹄、张邦基都是北宋间人,其书是距李煜的时间较近的记载,两种不同的说法,想必各有依据。李煜酷爱书法,平时的诗词创作随手写来也是一乐。而一首词未必就只书写一次,故这首词或有不止一份的手稿流传是有可能的。如果是这样,那么,蔡絛见到的是流传中损坏的残稿,而陈鹄岳父家收藏的则是全稿,二说并不矛盾。只是这样一来,这首词在不同的版本中字句颇多歧异。这里是用陈鹄所录,又据《全唐五代词》正编卷三校注所引《淳熙秘阁续帖》而改“暮烟垂”为“暮烟霏”。

关于写作时间,胡仔在引蔡絛说法之后说:“余观《太祖实录》及《三朝正史》云:‘开宝七年十月,诏曹彬、潘美等率师伐江南。

八年十一月，拔昇州。'今后主词乃咏春景，决非十一月城破时作。《西清诗话》云后主作长短句，未就而城破，其言非也。然王师围金陵凡一年，后主于围城中春间作此诗，则不可知。是时其心岂不危窘？于此言之乃可也。"（同上）他虽然不同意蔡絛的城破未就之说，但也认为可能是写在围城时的伤春之作。就此来比较陈鹄与蔡絛的说法。蔡氏所见手稿是"点染晦昧"，笔法有急迫草率之迹，是"心方危窘"之故，故推测写在围城之时。陈氏所见手稿上有"涂注"修改之迹，推测是"平日学书"所为，则应当笔法从容，不会给观者留下"危窘"的印象。二人所言写作时间不同。不过，以书法笔迹来推测书家心情，进而推测写作时间，是一种比较玄乎的猜测，难落其实。倒是长于诗词之艺的苏辙，以自己的创作经验来读这首词而谓其情感"凄凉怨慕，真亡国之声"，有一定的说服力。也就说，无论这首词是否写在围城之时，它所表达的伤春之情是"凄凉怨慕"的，不同于李煜早期的作品。

就词中所写"空持罗带"的形象看，人物应是女性。樱花桃花都已经落尽，春去夏来。早起看蝴蝶在园中双双飞舞，阳光映照着翅膀上的金点；黄昏听子规在西边凄伤地啼叫，一轮清月挂在楼角檐梢。日光已暗，于是卷起垂挂的画帘珠箔，再作眺望，暮色沉沉，烟霭霏霏，不见归人。上阕写望归不至的惆怅心情。下阕以"门巷寂寥"承接"画帘珠箔"，点出"人去后"，说明望归的缘由。次句"望残烟草低迷"，揭出"望"字，更用"残"来形容眺望、期盼的久远与绝望。然后转笔写室内，推出人物。香炉烟轻，袅袅上升，一时形如凤凰鸟儿，又在空中悄然散去，不见痕迹。这情景，不堪承受，"空持罗带，回首恨依依"。"空持罗带"写期盼情苦，令人消瘦，以至于“衣带日以缓”。“回首”一句表现人物，伫立空房，宛然低头，有无限幽怨在心中。

借女性的相思来写伤春之情，本是诗词中常见的手法，为什么苏辙会读出了“亡国之声”呢？细细品味这首词所抒写的情感，确实有一种悲伤凄苦的人生绝望在其中。除了景色描写的凄迷与人物刻画的沉重之外，其中物象，如“蝴蝶”、“子规”与“凤凰”都是具有特定意义的传统意象。蝴蝶虽然美丽，蝴蝶的生命却是短暂的。“庄生晓梦迷蝴蝶”。庄子正是在蝴蝶的短暂生命中看到了人生的迷妄。“望帝春心托杜鹃”。杜宇死后化作了子规，那凄苦的啼叫不正是代表了人的不能解脱的执著与迷失？凤凰固然无比高贵，却只是炉烟的幻象，刹那间的显现，转瞬便失去了踪影，岂不同样传达了人生的虚诞？倘若只就词所描写的女子来看，蝴蝶是双双的飞，凤凰是雌雄的相配，子规在呼唤着行人归来，都是与相思关切的物象，无一不环绕相思盼归的主题。但是，如果深入理解这些意象的哲理内涵，便能体会词中藏在相思期盼的感情深处的那份绝望与不甘。这自然就不是简单的伤春相思之情了。

破阵子

四十年来家国，[①]三千里地山河。凤阁龙楼连霄汉，琼枝玉树作烟萝，[②]几曾识干戈？[③]　　一旦归为臣虏，沈腰潘鬓消磨。[④]最是仓皇辞庙日，[⑤]教坊犹奏别离歌，[⑥]垂泪对宫娥。

【注释】

①四十年:南唐自李昪建国,至李煜时灭亡,历时三十九年,这是举其成数。 ②烟萝:以烟缭萝绕来形容树木的繁茂。③干戈:盾牌与戈矛,代指战争。 ④沈腰潘鬓:南朝沈约在写给徐勉的信中述说自己老病缠体,日见衰弱,有“百日数旬,革带常应移孔”之语(《梁书》卷一三);西晋潘岳作《秋兴赋》,中有“斑鬓髟以承弁”之句。后人遂以“沈腰潘鬓”来形容身体消瘦,鬓发斑白。 ⑤庙:祭奉祖先牌位的宗庙。 ⑥教坊:唐代设立的掌管妓乐的音乐机关,原在宫内,后移出,有左、右教坊。此指宫廷乐队。

【品评】

宋太祖赵匡胤开宝八年(975)十一月,围城已达一年的宋军发起了进攻,金陵城破,李煜投降,南唐灭亡。这一年,他三十九岁。次年春天,被押送的李煜到达宋都汴梁,从此过着囚徒的生活。这是他在汴梁城中的悼国伤亡之作,直抒胸怀,感情十分沉痛。

词以“四十年”与“三千里”的两个数字开端,从时间与空间两个维度拉开,场面阔大。这两个数字,既是写实,也是约举,用不长的“四十年”时间与广大的“三千里”土地对比,代表了李煜父祖辈的苦心经营,代表了南唐国家曾经有过的强盛,而今已不复存在,全部丧失。只剩下了昔日的君主李煜,怀着无尽的悲痛向着这曾经存在的历史时空洒泪痛哭。他哭那曾经有过的富丽堂皇，他哭那曾经有过的荣华奢侈。他哭自己，“生于深宫之内，长于妇人之手”，何曾弄过刀剑，经历战事，却不得不担起守城保国的责任，最终落得个国破家亡身为奴的下场！“几曾识干戈?”是痛恨自己的无能，没有守住国土？是无奈命运的播弄，让手无缚鸡之力的人承担举鼎之重？还是懊悔没有早点觉悟，一识干戈，或者可有一搏？上阕由回忆进入，将那“四十年家国”毁于一旦、“三千里山河”一朝变色的悲痛尽情倾诉。

下阕用“一旦”承接上阕的“几曾”，过渡自然而巧妙。“几曾”是问语，“一旦”并不是回答；虽然不是回答，却揭示出生活本来就充满变数，只是自己不曾有准备，做了臣虏才明白，语气中有悔之晚矣的沉痛。这不是回答的“一旦”其实也就具有了回答的意义。“沈腰潘鬓”紧接“臣虏”，说明囚徒的痛苦生活，使自己面容憔悴，身体毁坏，与上片中的“凤阁龙楼连霄汉，琼枝玉树作烟萝”构成了鲜明的对比。“沈腰潘鬓”写“臣虏”生活，不说具体，只言后果，包括的内容不止于衣食住行的物质需求，更有身为囚徒、寄人阶下的精神屈辱。然而，即令是身为囚徒的痛苦，也不及当时辞庙去国的感受。这就将国破家亡、成为囚徒那一刻的痛苦置于了所有的痛苦之上。李煜所写的这个特定的场景，仿佛电影中的一个定格画面，永远定格在他的脑海之中：“最是仓皇辞庙日，教坊犹奏别离歌，垂泪对宫娥。”“辞庙”之所以成为李煜终身最大的痛苦焦点，是因为宗庙是君主供奉祭祀祖宗的场所，是国家的神明佑护所在，是朝廷举行礼典告示天下的地方。金陵城破，李煜入宋，故在宗宙举行告别的仪式。但这不是简单的告别。这是国家破亡之后的告罪，这是一别之后不会再归的诀别，这是祖宗从此不能再享祭拜的终礼，这是宣告自己为不孝子孙的判决。辞别之际，听着那尚未解散的宫廷乐坊依着离别的礼仪所演奏的乐曲，李煜，这昨日的国君，今天的俘虏，在这一刻，除了“垂泪对宫娥”，还可以说什么、做什么呢？羞耻，绝望，悲伤，痛苦，全都聚集在心头，成为他永世终身不能忘却的记忆。而在写法上，“辞庙”与“家国”“山河”相对应，如《古今词论》所言：“回环通首源流，有尽而不尽之意。”

然而苏轼却大不以为然。《东坡志林》卷四记：“后主既为樊若水所卖，举国与人，故当恸哭于九庙之外，谢其民而后行，顾乃挥泪对宫娥，听教坊离曲！”以为李煜全无心肝。不过，话并非全无道理，用来议论诗词，却有迂腐之嫌。清代梁绍壬反驳道：“南唐李后主词：‘最是仓皇辞庙日，不堪重听教坊歌，挥泪对宫娥。’讥之者曰：‘仓皇辞庙，不挥泪于宗社，而挥泪于宫娥，其失业也宜能。’不知以为君之道责后主，则当责之于在位之日，不当责之于亡国之时。若以填词之法绳后主，则此泪对宫娥为有情，对宗社挥之为乏味也。此与宋蓉塘讥白香山诗，谓忆妓多于忆民，同一腐论。”（《两般秋雨盦随笔》）

乌夜啼

昨夜风兼雨，帘帏飒飒秋声。[①] 烛残漏断频欹枕，[②] 起坐不能平。　　世事漫随流水，算来梦里浮生。醉乡路稳宜频到，此外不堪行。

【注释】

①飒飒：风声。　②漏：古代的计时器。用铜壶盛水，设置滴水量，插表于水中，以水所淹及的刻度位置来表示时间。

【品评】

这首词所抒写的是秋夜无眠时的感叹。上片叙事写景。“昨夜”二字说明是彻夜未眠，听着那帘外风雨交杂的秋声，淅淅沥沥，直到蜡烛燃尽，漏壶断滴。人在枕上翻来覆去，辗转不安，怎么也不能入眠，索性披衣坐起。“起坐不能平”，既是说无眠而不安的身体动作，也是说使人失眠的烦乱心事。但是作者因为什么心事而通夜无眠、这般苦恼呢？下片直抒情怀，揭出答案：“世事漫随流水，算来梦里浮生”，原来是回顾人生而引出的伤痛。“世事”虽然是一种回答，却没有说明是何种具体的事情。这种含混的表达有两层意思。一是身为囚虏的作者不便细说心情而统称“世事”；一是所有的经历无一不包括在内却无法细说而总称“世事”。若作探究，这“世事”，可以是当年南唐宫中的笙歌宴享，也可以是当下囚禁生活的耻辱悲苦。如言过去，则一切都已经随着时光流水一般地逝去；如言现在，则也将随着时光流水一般地逝去。“算来”二字下得似轻若重。追想过去的富贵也好，感慨而今的艰难也好，人生飘浮无主，思来想去，总不过是虚梦一场。于是感慨：“醉乡路稳宜频到，此外不堪行。”既然世事虚幻，人生无主，想来还是酒中的天地大，醉得自在，醉得真实，那就常到醉乡去行走，而不必挂念什么“世事”了。“醉乡路稳”即谓除醉乡之外，无路稳之处。

问题是，既然人生是虚梦，已经看穿看透，是否可以就此放下而不再苦恼了呢？显然是并没有放下，不然，何至于还要走入醉乡呢？既然“醉乡路稳宜频到”，已经找到了解脱之路，那就沉湎其中，无牵无挂，又何至于依然无眠“频欹枕”、“起坐不能平”呢？因此，真正的痛苦其实在于，虽然“世事漫随流水”，但是“世事”并没有逝去。时光如流水，一去不复还。然而“世事”——人生的经历，人生的感受，却永远存留在心间。在万籁俱寂的静夜，在独自面对自己的时候，“世事”就会悄然爬上心头，咬啮着灵魂，以至于“起坐不能平”。词中所谓“梦里浮生”的觉悟也好，“醉乡频到”的决定也好，都不过是李煜在痛苦无奈之时的故作解脱。而他那种蚀心啮骨的痛苦也正是通过这种故作的解脱而真实、深刻地表现了出来。

乌夜啼

无言独上西楼，月如钩，寂寞梧桐深院锁清秋。剪不断，理还乱，是离愁。别是一般滋味在心头。

【品评】

秋夜漫漫，作者满怀心事，不能入眠，于是独自一人缓缓地走上了西楼。弯月如钩，悄悄地挂在楼檐屋角，梧桐直立，静静地立在小院深庭。微风不起，万籁俱寂。望澄澈夜空中一片小小的弯月，旷然孤立；看月光映照下满地破碎的叶影，寂然恍惚。月映梧桐的景色，是这般清冷，这般凄凉，这般寒瑟，仿佛与高墙外的世界永远隔绝，被紧紧地锁在了这深深的庭院之中。词的上片写景抒情，将秋天的萧瑟与心情的寒苦融为一体。词以“无言”开篇，写出了人物那满怀愁绪的沉默，也写出了小院里寂寥无声的孤独。一个“锁”字用得意味深长。既是说庭院锁住了“清秋”，也是说“清愁”锁住了心情。凄凉的秋色月影走不出这深院小庭，忧伤的离情别绪又怎能从心头消逝？而那如钩的弯月，不知是新月，还是残月，一如过去在南唐的宫苑中所见。新月如芽总会圆，残月如钩总会满，只有南唐的宫苑不能再见。因为在这里被“锁”住的，还有作者本人。上片写景，凄清的景色中更弥漫着悲凉的气氛，无言的作者就像幽灵一样在其中游走徘徊，独自咀嚼着悲苦惨痛的身世。

下片直写愁情，它盘绕纠结在心头，不仅是“剪不断，理还乱”，而且徒然清理，更增烦恼，让人不堪承受。“是离愁”，不仅说明了愁的感情性质，也为后面的结句开启意蕴。世上多少离别事，离情别绪人常有。夫妻有离别，情人有离别，家人有离别，朋友有离别，诗人们曾经抒写过各种各样动人的离别之情，但是，有谁能体会李煜此时的“离愁”？故国明月在，朱栏颜色改。这位昔日的君主，今日的囚徒，在这静谧的秋夜里，在这紧锁的深院中，该有多少繁华的回忆，该有多少苦涩的思念，一起涌上心头。这滋味，不是常人的经历，就不是常人所能体会。“别是一般滋味在心头”，不但是说无人可以体会，而且，倘若没有这番经历，此前的李煜，自己也不能体会。然而，现在体会到了，却又难以说出，只好含糊笼统地用“别是一般”来表达。这就将心中的“离愁”说得无比沉痛，无比感人。有言而难言的“别是一般滋味”应对着开篇的“无言”二字，使“离愁”融贯于全篇，凄婉缠绵，意味无尽。

乌夜啼

林花谢了春红，太匆匆，无奈朝来寒雨晚来风。胭脂泪，[1]留人醉，几时重。[2]自是人生长恨水长东。

【注释】

①胭脂泪：女子脸上的泪水。这里借指落花。　②重：再度相见。

【品评】

秋去春来，萧瑟换作了繁荣。可是在李煜，依然是愁苦，依然是凄伤。“林花”与“春红”，一写空间，一写时间，两相对比，写出春来的一林花树，一片嫣红，而今“谢了”，满地枯萎，满目飘零。盛衰不常，美景不长，令人感叹“太匆匆”。纵然有心去爱护，或可培土，或可围幕，“无奈朝来寒雨晚来风”，人力岂能与上天作较量而留住“春红”？李煜爱美，曾与大周后移植梅花，精心培植，更以帘幕遮风（见诗《梅花》）。但这只是“无奈”的表层意思。“朝”与“晚”，“寒雨”与“风”，在这里是互文成意，即谓朝来也是寒风苦雨，晚来还是苦雨寒风，摧残林花，飘零春红，岂能不匆匆？已经隐含了人间颠沛、世事艰难的意思，直启结句的悲叹。

过片以“胭脂泪”上承“春红”与“风雨”，直抒感慨。通常比喻，是以花喻人，而“胭脂泪”是以人喻花，写一地落红，雨水浸润，就像女子脸上掺和着胭脂的泪水，心中涌起无限的怜惜。“留人醉”，即谓留给人去醉。只是这里的“醉”是写沉湎其中的伤心状态，如言“对花沉醉”，与陶然酒中之醉无关。面对落红，怜香惜玉，沉湎其中，有无限伤心，自然就会生出“几时重”的感慨。但是，不要说落红不会重上枝头，就是春来林花再红，又岂能逃脱这“谢了太匆匆”的命运？花如此，人更甚，“林花”犹有明年的“春红”，人却永远不能重回过去的美好。于是作者笔头一转，由自然入人间：“自是人生长恨水长东。”

这首词就所写林花春红而言，确实是伤春。但是，通常的伤春是与伤时相联系，是从春去春来花将重开而引出人的时光却不会流转的感伤。李煜亡国之前的词作，如《采桑子》（庭前春逐红英尽），《谢新恩》（樱花落尽阶前月），《子夜歌》（寻春须是先春早），都是这样的写法。但是，这首伤春词却并无惜时之意。作者只是紧扣着林花与春红，写风雨，写凋零，写美丽易碎，好景不长。因此，“自是人生长恨水长东”，强调的就是一个“恨”字。本来说人生如流水，是说生命的流逝不返。现在说，人生中可珍惜的美好就如春红一样有限，而有限的美好又往往破灭，成为遗憾，因此，人生不但是流逝不返的，而且人生还多“恨”，人生是“长恨”的。那么，“长恨”的人生如流水一般长逝不返，这就让人更加悲痛，更加绝望。“自是”二字加强语气，人生唯此一理，别无他途，将作者对人生的悲痛绝望表达得无比沉重。

菩萨蛮

人生愁恨何能免，销魂独我情何限。[1]故国梦重归，觉来双泪垂。[2]　　高楼谁与上，长记秋晴望。往事已成空，还如一梦中。

【注释】

①销魂：语出江淹《别赋》："黯然销魂者，唯别而已矣。"②觉来：睡醒来。

【品评】

刘永济先生《词论》有言："纯作情语，比托情景中为难工也。"在诗词创作中，借景抒情是一种艺术的方法，能做到情景交融并非容易。刘先生却认为直抒情怀更不容易，难就难在全无凭借。李煜此作，不凭景物，纯作情语，而写得情深意悲，动人心魄。原因何在？刘先生的看法是："情果淳至，则辞虽朴质亦不伤雅。"至情之语，不假修饰，其真诚的态度本身就是一种动人的力量，而使得其真情的表达更加淳朴厚重，令人感动。

这首词的起句"人生愁恨何能免"，总言人生的困苦，将所有的人，所有的事，一并收览在内，就是一句人们常见常说的牢骚，起势很平淡。不过，接下来一句"销魂独我情何限"，便将这平淡的起势变成了跌宕，揭开作者胸中的情感波澜，一下子便抓住了读者的心。本来说，人生愁恨没有谁能免除，作者自然也在其中。人情的基本心理是，当知道原来人人都有愁恨的烦恼时，自己的愁苦感觉就会减轻，所谓“天下受苦的人不止我一个”。但是作者说不是这样的。虽然愁恨人人有，谁也不能免，却唯有“我”的愁恨深到了啮骨蚀心；非但如此，“我”的愁恨不唯深，而且广，无边无际，无法收拾。那么，称“愁恨”已不足以表达，因谓之曰“销魂”。“销魂”一词出于江淹《别赋》，专意抒写人生的离愁别恨。用在这里，已经有永诀的寓意在其中。因此，“愁恨”只是泛言，“销魂”才是真实的感受，前后相比，便写出了作者心中愁恨的深切，写出了“独我”二字所包含的那种忍泪呼天的悲痛。后二句“故国梦重归，觉来双泪垂”，具体地说明了“愁恨”的内涵与“销魂”的状态。

下片“高楼”承“故国”而起，指南唐宫苑中的“凤阁龙楼”；“谁与上”是说无人再上，言语中有无限的思念，遥接上片中的“故国梦”。国破家亡身为虏，南唐已经不存，南方也不能回去，只有当年登临游览的情景永远珍藏在心里。“秋晴”二字，不仅写出当年登楼望秋的高爽明亮，又与眼前囚禁独居的黯然凄惨构成对比。记忆是那样的明亮，现实是这样的幽暗，往事成空、人生如梦的感慨也就油然而生。

这首词不过四十四个字，其中就有二处重字。一是首二句中的“何”，一是前后片中的“梦”。“何能免”与“情何限”相对而出，两个“何”字都有疑问与感叹之意，但前者重在问，后者重在叹，二者的紧连重复，强化了表达感情的语气。两处“梦”字，前者写实，真在梦中重见故国楼阁;后者是虚写,将整个人生都视作了一场梦。那么,前者是真梦,唯愿长梦不再醒;后者是虚梦,却不知梦醒在何时。这两种梦,纠绕盘结,纷纷扰扰,醉醒难分,怎不叫人生出“销魂独我情何限”的悲叹啊!

诗词的篇幅有限,故要求精炼含蓄,创造最大的感情容量。在一般情况下,作者会避免重字。通过以上的解读,可以看到,这首词中的重字却扩展了情感的内涵,用得很精妙。但我们不以为这是作者的着意安排。一是词在这时尚属俗曲,无多讲究;二是李煜前期的词在语言上是比较讲究的,后期则多以口语直道,所谓我手写我心,虽然朴质,却真实地记录了感情的起伏波动,格外感人。这首词就是这样。

望江南(二首)

多少恨,昨夜梦魂中。还似旧时游上苑,车如流水马如龙。花月正春风。

多少泪,沾袖复横颐。① 心事莫将和泪说,凤笙休向泪时吹。② 肠断更无疑。

【注释】

①颐:脸颊。横颐,形容脸上泪水纵横的样子。 ②凤笙:借弄玉故事来形容笙的精美。

【品评】

词调《望江南》，又名《忆江南》。居在汴梁、身在囚禁之中的李煜用此调抒写怀念故国的感情，恐怕也是“别有一般滋味在心头”吧？

第一首以“多少恨”领起，接以“昨夜梦魂中”，想是静夜幽梦中又回到了南唐故地，醒来唤起无限的忆念与悲伤，却全不细说，只以“多少恨”三字概括。这是不能说，还是说不清，还是说不尽？还是三种意思都在其中？“多少”的无以计数正见出愁恨的深重。那么梦见了什么呢？“旧时上苑”。上苑是宫廷林囿，李煜是享乐的高手。当年的南唐宫中，日日酒宴，夜夜歌舞，更以帘幕养花，紫檀盖亭，红罗罩壁，白银为钉，极尽浮华奢侈之事。《十国春秋》卷一七引《清异录》说：“后主每春盛时，梁栋、窗壁、柱栱、阶砌并作隔筒，密插杂花，榜曰‘锦洞天’。”而今身在囚禁，处境艰难，“上苑”二字该包含了李煜的多少回忆，多少辛酸与悲痛。虽然这里只以“车如流水马如龙，花月正春风”二句概括梦境，而富足的生活，繁华的景象，热闹的气氛，尊贵的地位，都已收囊在内。然而“还似”二字，却点醒了梦境。“还似旧时游上苑”，是说置身梦境，一切是那样的真实，仿佛又回到了过去，再度拥抱上苑的欢乐，陶醉其中；不想醒来方知不过是“还似”，一场幻梦而已。这里大有“梦里不知身是客，一晌贪欢”的意味，不过没有细说，只用“还似”的恍惚来表示。词以“恨”为总领，接以“昨夜梦魂中”；再以“上苑”承“梦魂”，而接以车水马龙，花月春风，来回应“旧时”。“多少恨”之外的笔墨尽在旧时光景，与现实处境形成无言的对照，正足以充实与强调一个“恨”字。这“恨”，既是对过去的憾恨，也是对眼下的怨恨。虽然过去只能在梦中重见，聊作安慰；可是醒来后更加痛苦，那么，这梦是期待的还是要拒绝的呢？“多少恨，昨夜梦魂中”，确实是“近乎绝望的哀鸣”。

第二首依然是写故国的怀念，但是不同于第一首的“以乐景写哀情”，而是直陈胸臆。起首便是“多少泪”，已见得泪水潺潺，更加以“沾袖复横颐”的描写，写出泪水之多，用衣袖不断地拭擦，直擦得衣袖都已沾湿，泪水依旧是满脸纵横。“男儿有泪不轻弹，只是未到伤心处。”流泪是因为人有伤心事。而人有伤心事，就会生烦恼，烦恼淤积不解，就会抑郁生病。然而并非所有的伤心烦恼都可以在现实中解决，于是人的心事就还需要通过心理乃至于生理的方法来疏通，来排解，来释放。这一类的方法，有诉说，有流泪，或是通过音乐的抚慰，等等。但是李煜却说“心事莫将和泪说，凤笙休向泪时吹”，接连用了“莫将”、“休向”两个拦阻的劝告，而且语气斩截，不是劝告别人，而是劝告自己，既不要诉说，也不要音乐，正在流泪之时，这是令人“肠断”的啊。诉说之可以排解，是要将内心最为痛苦的东西剖开；听乐之可以抚慰，也需要正视痛苦而借助于音乐作释放。虽然诉说、听乐有疏散、排解的心理功能，却都是在情感的宣泄与平抚的过程完成之后，而在当时，却必须有直面的勇敢与承担的毅力。问题是，已经是泪流滂沱，不可遏止，却如何再作直面与承担呢？也就是说，在最伤心脆弱的一刻，唯有静静流泪而已。除此之外，别无他途，他途只是唤起更多的伤心，“肠断更无疑”。这就将那“多少泪”的感叹写到了无以言说的极限。在这里，他不说“心事”是什么，也不说为什么这“心事”就不可“说”，也不可通过“凤笙”来写，只看词中一连三个“泪”

字，就能体会到他的伤心。因此，这首词还有一点与第一首不同，它不写具体的心事，只描写伤心欲绝的感情本身。

浪淘沙

往事只堪哀，对景难排。秋风庭院藓侵阶。一任珠帘闲不卷，终日谁来。　　金锁已沉埋，[①]壮气蒿莱。[②]晚凉天静月华开。想得玉楼瑶殿影，空照秦淮。[③]

【注释】

①金锁：铁锁。孙吴为抵挡西晋从长江上游而来的大军，曾用铁锁横截江面以为防守，但仍为西晋所灭。刘禹锡《西塞山怀古》："千寻铁锁沉江底，一片降幡出石头。"　②蒿莱：杂乱丛生的野草。　③秦淮：秦淮河是金陵名胜之地，河中画舫游弋，两岸酒楼林立，歌吹沸天，极为繁华。常被用作金陵城的代称。

【品评】

起句"往事只堪哀"，将全篇基调定出，并凝结到一个"哀"字上。这"哀"是如此深重，以至于"对景难排"。本来"对景难排"就在说无人可以倾诉，只好独自面对景物，希望能作排遣，在诉说哀痛深重的同时，已有孤独之意。由此拈出"难"，是说孤苦之深，面对景物也无法排遣。更接以"秋风庭院藓侵阶"，用苔藓满地写无人造访，用庭院秋风写空旷凄凉，景色已然寂寞，孤苦唯见深重。

这样便将人的孤独写得很具体，很形象，那内心的哀伤，非但是“难排”，“对景”更是徒然增痛而已。时当秋天，是枯索萧瑟之季；身在庭院，有高墙围困之难。而在这小院中，秋风吹过，树叶黄落，唯一的绿色就是蔓延生长的苔藓，那层暗绿一直爬到了进入堂室的台阶上，看着令人心酸。刘禹锡的《陋室铭》有“苔痕上阶绿，草色入帘青”的名句，表现高逸脱俗的文人雅趣。这里写苔藓，是说生活的孤寂，在寒瑟的秋天虽然有这一点绿色，却是长年没有人行走的痕迹，尤增悲哀。于是作者“一任珠帘闲不卷”，既然“终日”都无人来。“一任”写索性，不是痛快的豪放，而是无奈的放弃。“闲”写门帘长垂的状态，实指自己百无聊赖的生活处境，既不是“一帘风月闲”（《长相思》）的悠闲，也不是“同醉与闲平，诗随羯鼓成”（《菩萨蛮》）的闲散。上片就眼前景物而写孤苦的凄凉心境。

下片转折而起，以“金锁已沉埋，壮气蒿莱”悲悼国家破灭、身陷为虏的遭遇。想当年，身为君主，群臣俯首，宫娥簇拥，有过颐指气使的威严，有过春花雪月的风流，而所有的繁华与富贵都一起随着金陵的陷落而烟消云散，化为了乌有。此时徘徊庭院，往事无限，看秋夜天高，秋月澄明，那金陵城中，“雕栏玉砌应犹在”，却不再是往日的气象。南唐已破灭，君主成囚虏，秋月还是那轮秋月，只是“空照秦淮”而已。这里的“玉楼瑶殿影”，可以分作两层理解。第一层是指秦淮河边的旧时宫苑，映照在月光下，投影在河水中，却是有楼影而无人影，重在一个“照”字。第二层是指神话传说中的月宫，华丽壮观却虚无缥缈，就像此刻记忆中的故国宫苑，重在一个“空”。就第一层讲，作者是凭着想象回到旧地，就第二层讲，则作者是在当地望月而遥寄哀思。这两层意思就将一人而两地的情思通过一轮秋月糅合到一起，“空照”不仅在秦淮的楼阁，也在汴京的人心。“空照”的感受中有无尽的心酸与哀苦。

这首词写当前的孤寂，与往日的繁华相对，不过不是直接道出，而是借景抒情。上片景色“秋风庭院藓侵阶”，写得寒瑟凄惨；下片景色“晚凉天净月华开”，虽然清冷，却是一片澄明。这两处景色，一明一暗，又一在白日，一在夜晚，就构成了双重的联系。在格调上是现在与过去的对比，在时间上则是日以继夜的相承。因此，“对景难排”不仅是说眼前景，而且是指所有的景物，无论四季，无论日夜，都不能为孤苦的作者排遣悲哀，不说“往事只堪哀”，还能作何种言说呢？

虞美人

风回小院庭芜绿，柳眼春相续。[①]凭栏半日独无言，依旧竹声新月似当年。[②]　　笙歌未散尊罍在，[③]池面冰初解。烛明香暗画堂深，满鬓清霜残雪思难任。

【注释】

①柳眼：柳枝上初生的嫩芽，形如眼。元稹《春生二十首》之九：“何处生春早，春生柳眼中。芽新才绽日，茸短未含风。”　②竹声：爆竹声。　③尊罍：均为酒杯。尊，同“樽”。

【品评】

又是一年过去，大地回暖，柳眼绽绿，池冰始融，春天再度降临。小院中，风和草碧，一片青青，同样是春来的复苏气象。那么，小院的主人在做什么呢？“凭栏半日独无言”。他倚栏凝望，久久不曾移动。“半日”强调时间之长。按理说，在严冬之后迎接新春，人为妩媚的春景所吸引，应当有新奇感，应当感觉高兴，故而倚栏之久。但是，作者倚栏虽久，却是“独无言”，词中出现的是一个面对春色而孤独沉思的人物形象。末句直接抒写感受：“依旧竹声新月似当年。”倚栏凝望，从白天的风暖柳绿，到晚间的新月爆竹，这样一派新年的气象，却没有激起作者的兴致，因为“依旧似当年”。这就将眼前景与过去事联系起来，景依旧，人不同。眼前的景色越是充满生气，作者的心中就越是感到凄凉。因为眼前景色唤起的所有回忆都成为了现实处境的对比，打破生活的惯性所造成的麻木，将令人不堪的种种现状都直逼入人的心里。这里的景色写得清新而藏蕴着生机。“风回小院庭芜绿，柳眼春相续。”“庭芜绿”的视线向下，“柳眼春”的视线向上；“芜绿”是满，“柳眼”是小，二者都有渐生渐盛的意蕴在其中。于是这一下一上之间，就写出了小院里的一片春色，而一个“回”字，一个“续”字，写出了庭院中的囚徒面对春色所露出的一丝愉快：原以为自己是一个被遗忘的人，不曾想还有着春天的惦记。“凭栏”句作一转折。“独”强调了虽然是春天，孤寂的状态不变，陷入沉思的“无言”也就将那一丝愉快扫荡干净。上片写景抒情，引出怀念故国的悲叹。

下片承“竹声新月”而写晚宴。虽然在囚禁之中，宋朝还是给予了表面的礼遇，又还授有官职，新年的晚宴还是要举行的。笙歌奏响，酒樽满上，烛火通明，暗香缭绕。这一时的迎新之乐，对于长久沉寂郁闷的作者，就像那池塘里封闭一冬的冰面在春天而有了初融。然而，“烛明香暗画堂深，满鬓清霜残雪思难任”。即令有片刻的轻松，这迎春的酒宴又何尝不是在唤起“依旧似当年”的感受呢？面容憔悴，鬓发如霜，这份沉痛的故国情思，叫人如何承担得起？“满鬓清霜残雪思难任”是从两面而说，一是说思念之沉痛以至于鬓发如霜，一是说已经鬓发苍白，如何再承受这沉痛的思念。而无论是说思念沉痛而使鬓发如霜，还是说已经鬓发如霜如何再承受这沉痛的思念，两面都在强调着“思难任”。结句以春天的残冰剩雪喻人的鬓发，呼应上片所写的初春景物，也不无聊度残生的意思。

或以为“竹声新月”是写月照竹林。如果这样解释，就有两点难与全篇的意思相融贯通。一是风吹竹林有声，是没有季节特色的景物，如何见出是春色？二是“新月”照竹林，是一年中每一个月都会出现的景色，同样没有春天的特征。如果作爆竹声解，则表明“新月”是一年中的第一个新月，不仅与“风回小院”“春相续”的时间扣合，也写出了新年的迎春气象，既与下片中的晚宴相承接，也更能突出“依旧似当年”的对照与感叹。宋人诗中所言“夜火竹声干”（梅尧臣），“竹声裂石弦辊雷”（陈造），“竹声”都指爆竹声，可以引以为辅证。

虞美人

春花秋月何时了，往事知多少。小楼昨夜又东风，故国不堪回首月明中。　　雕阑玉砌应犹在，只是朱颜改。问君能有几多愁，恰似一江春水向东流。

【品评】

谢灵运说：良辰，美景，赏心，乐事，是人生的四乐。杜甫诗曰："百草竞春花，丽春应最胜。"可见良辰之中，春花为最。春花之美，不仅在景，更在万象更新而呈现出的勃勃生机。诗人们赞美春花的美好，也感伤花谢而春去不回，正是因为春花代表了自然的生命力。但在这首词中，作者劈头便是"春花秋月何时了"，一种全然的厌倦，一种不胜其烦的哀怨，以不同寻常的感情表达带给了读者强烈的震撼。下面说"小楼昨夜又东风"，东风即春风，可以知道词作于春天，故这里的"秋月"不是写实，只是"春花"的附带而言。"往事知多少"，揭出了作者倦怠烦厌的原因。即谓春花秋月虽然美，却总是在唤起往事的回忆；而每一次往事的回忆都是一次啮骨蚀心的感情震荡，脆弱的人已经不能承受；而要想逃避这种感情的痛苦，别无他法，唯有不再有春花，不再有秋月。不见春花秋月，人也就不再回想往事了。这是多么荒谬的想法，因为自身的感情痛苦而抱怨自然力的多情。但也唯其如此，才见出作者每每面对春花秋月时的痛苦之深。这是"何时了"的第一层意思。这里的"秋月"虽然是附带"春花"而言，不是实写，却有加强倦怠心情的作用。面对春花而引出的往事回忆，已是不堪，进而想到即使春花去了，秋月又会来，依然是"往事只堪哀"，依然是一番感情的折磨，不禁生出"何时了"的哀叹。这是第二层意思。由此也就导出了第三层意思。在对春花秋月的抱怨中，可以见得作者不仅是对于生活已经完全失去了兴趣，而且对于生命也有一种厌倦，不想再坚持：春来有春愁，秋来要伤秋，而这一切都是因为活着的缘故。既然活着就是痛苦，不活又如何？因此，“何时了”岂止是在哀叹春花秋月啊，也是在哀叹这痛苦的人生。“小楼昨夜又东风，故国不堪回首月明中”，便将这“何时了”的哀叹之引起作了说明。

下片承“回首”二字而起。“应犹在”是推测之辞，饱含着回首遥望的深情。“朱颜改”既是实写，指无人再做维护的宫殿楼阁；又是虚写，南唐已亡，金陵已变成了宋朝的城市。作者在词作中不止一次地写到南唐宫苑的繁华壮丽，如“凤阁龙楼连霄汉，琼枝玉树作烟萝”，如“玉楼瑶殿”，如“车如流水马如龙”，都充满了回忆的深情，与这里的“雕阑玉砌”相同。因此，“应犹在”与“朱颜改”相对而出，就在这一“在”一“改”之间，传达了作者无尽的思念与无限的悲悼。写到此，感情的沉重已无以表达，于是调转笔头，自问自答：“问君能有几多愁，恰似一江春水向东流。”这愁如江水、长流不息的形象也回应了起句的“何时了”。

王安石曾问黄庭坚，读后主词最欣赏的句子是什么，黄庭坚就以“问君能有几多愁，恰似一江春水向东流”作答。事见《雪浪斋日记》。这二句比喻形象，意味深长，就此成为写愁的名句，后世传诵不已。

浪淘沙

帘外雨潺潺，[①]春意阑珊。[②]罗衾不耐五更寒。[③]梦里不知身是客，一晌贪欢。[④]　　独自莫凭栏，无限江山。别时容易见时难。流水落花春去也，天上人间。

【注释】

①潺潺：雨声。　②阑珊：衰落、颓败的样子。　③罗衾：锦被。五更：古代将一夜分为甲、乙、丙、丁、戊五个时段，或称五鼓。五更即天将明之前的戊时。　④一晌：片刻的时间。

【品评】

词言“春意阑珊”，感叹“流水落花春去也”，可知这首词写在春末。

上片起句“帘外雨潺潺”，写雨声惊醒了作者，听着雨声而念及“总被雨打风吹去”的“春花”，生出“春意阑珊”之想，由是感到一阵寒意，“罗衾不耐五更寒”。而被惊醒的作者本来是好不容易才入眠，而这片刻的睡眠带他进入的梦乡却是那般的美好，“一晌贪欢”，不愿回转；不料却被雨声惊醒唤回。这里写梦醒之后的心情，五句的意思，相互承接，又相互承转，写得缠绵悱恻，动心感人。“梦里不知身是客”的“客”字下得沉痛。这“客”不是一般意义上的作客之人，而是国破家亡、寄人篱下、失去归所的人。而且，一般的人失去了家园还可以重建，破国亡家者失去的不仅仅是物质的居所，还有祖业的传承与血脉的继续，因此，即使有寄身之所，却永远不能回归家园，成为永远的精神流浪者。作者说，只是在这梦乡中，他才暂时忘却了这种痛苦的身分。所以，梦见了什么并不重要，只要有片刻的忘却，就是幸福，就是快乐。“一晌贪欢”之“贪”，并非梦中感觉，而是醒后的无穷遗憾。这里的春雨、寒意都是现实的场景，就因为“梦”与“客”的点醒，便将这现实处境的艰难辛苦与悲哀无奈全部揭举了出来。

下片承“梦”而起，直抒情怀。“独自莫凭栏”，这是对自己的劝告，也是痛苦的经验。“独上西楼”，“凭栏无语”，目之所见，事事伤心，曾叹“往事只堪哀”。这堪哀的往事，此前词作还只是在说“春花秋月”，“寂寞梧桐”，“对景难排”，而这里说的是“无限江山”，那就不仅仅是自然的风物，也不仅仅是景物唤起的回忆，更是在直接感叹失去的江山社稷，父祖基业。此前还只在说“心事莫将和泪说，凤笙休向泪时吹”，害怕痛苦的加深；此时则是“独自莫凭栏”，要摒绝所有触目伤情的因素，因为已经无心再作承担。“别时容易见时难”，这是一生经历的总结，语言直白，道来却格外沉重。人生就像这流水，像这落花，像这去也不回的春天。过去的永远过去了，现在的永远也不能改变。“天上人间”，既是说过去与现在之间是霄壤之别，也是说此身在人间，要想回归过去，除非能上天。“天上人间”之哀，破灭了所有的幻想，写出了作者的彻底绝望。

从“风回小院”到“小楼东风”到这里的“春意阑珊”，这三首都作于春天的词，在时间上似乎有着互相承续的痕迹。“风回小院”“春相续”是乍到的新年之春，故有“池面冰初解”的描写。“昨夜小楼又东风”写在春盛之时，故繁艳的“春花”引出了“何时了”的哀怨。而“春意阑珊”已是春末，乍暖还寒的时候。这三首词在情绪上也是一脉相承，都是写对故国的思念，都有情深难禁的悲哀，而悲哀的心态则是越来越绝望。在春乍到的“风回小院”一首中，哀叹尚止于“满鬓清霜残雪思难任”；在春花繁盛的“何时了”一首中，自叹愁如春水，长流不止，已有“此生何时休”之意；而在这一首中，哀伤已经至于绝望，悲叹“天上人间”，永无相见。李煜自公元976年初春到达北宋京都汴梁，到公元978年七月被毒杀，在汴梁度过了三个春天。这三首词通常是被视为他最后一年的作品。但是哪一首是绝笔，则看法不同。或以为是《虞美人》“春花秋月何时了”，或以为是《浪淘沙》“帘外雨潺潺”。

主张“春花秋月何时了”为最晚者，其主要依据是宋人的一种记载。如《避暑漫钞》：“李煜归朝后郁郁不乐，见于词话。在赐第，七夕命故伎作乐，声闻于外，太宗怒。又传‘小楼昨夜又东风’及‘一江春水向东流’之句，并坐之，遂被祸。”其他如王铚《默记》、周亮工《因树屋树影》、陈霆《唐余纪传》等，都有类似的说法。李煜的故国之思确实是他被杀的原因之一，但是，文中所引“春花秋月何时了”等词句，只是说明惹怒宋太宗的原因，并不能说明这就是李煜的最后之作。所以这一证据是不充分的。

如果认为这三首词同是李煜最后一年的写作，那么，就其时间与感情的连续性而言，推测这首“帘外雨潺潺”是三首中的最晚之作，应无大错。

文　选

书　评

善法书者，[①]各得右军之一体：[②]若虞世南得其美韵，[③]而失其俊迈；欧阳询得其力，[④]而失其温秀；褚遂良得其意，[⑤]而失其变化；薛稷得其清，[⑥]而失于拘窘；颜真卿得其筋，[⑦]而失于粗鲁；柳公权得其骨，[⑧]而失于生犷；徐浩得其肉，[⑨]而失于俗；李邕得其气，[⑩]而失于体格；张旭得其法，[⑪]而失于狂；独献之俱得之，[⑫]而失于惊急，无蕴藉态度。此历代宝之为训，所以夐高千古。柔兆执徐，暮春之初，[⑬]清辉西阁，[⑭]因观《修禊叙》，[⑮]为张洎评此。[⑯]

【注释】

①法书：传世的著名书法作品，因其为学习的楷模而称法书。②右军：东晋著名书法家王羲之（321—379），字逸少，琅邪临沂（今属山东）人。曾任右军将军、会稽内史，人称王右军。他书学众家而兼得其长，备精诸体，有“书圣”之名。传见《晋书》卷八〇。③虞世南：字伯施（558—638），越州余姚（今属浙江）人，仕隋为秘书郎，入唐官至秘书监。从王羲之七世孙智永学书而得王氏家法，为著名书法家。唐太宗每称赞他有五绝：德行、忠直、博学、文词、书翰。传见《旧唐书》卷七二。　④欧阳询：字信本（557—

641)，潭州临湘(今湖南长沙)人。仕唐官至太子更率令。他酷爱书法，博览古今，自成大家。传见《旧唐书》卷一八九。 ⑤褚遂良：字登善(596—658)，钱塘(今浙江杭州)人。仕唐官至吏部尚书。其书法少学虞世南，长述王羲之，深得唐太宗李世民的赏识。传见《旧唐书》卷八〇。 ⑥薛稷：字嗣通(649—713)，蒲州汾阴(今山西宝鼎)人。仕唐官至礼部尚书。他是魏征的外孙，自幼练习书法，临仿虞、褚之名帖，长而名满天下。传见《旧唐书》卷七三。 ⑦颜真卿：字清臣(708—784)，琅邪临沂(今属山东)人。仕唐官至太子太师，赠司徒，封鲁郡公。为人忠恳正直，刚强不屈，为李希烈所杀。天下尊其人，不称名，呼为“鲁公”。他是唐代书法大家，其书遒劲妩媚，有金石气，一改初唐士人专习二王之风。传见《旧唐书》卷一二八。 ⑧柳公权：字诚悬(778—865)，京兆华原(今陕西铜川)人。仕唐官至太子少师。初学二王，又遍阅近代笔法，体势劲媚而自成一家。传见《旧唐书》卷一六五。 ⑨徐浩：字季海(703—782)，越州(今浙江绍兴)人。仕唐官至太子少师，封会稽郡公。其父峤之是著名的书法家，徐浩自幼得其真传，长而有名，尝书屏二十四幅，八体兼备，草隶尤工，世状其书曰：“怒猊抉石，渴骥奔泉。”传见《旧唐书》卷一三七。 ⑩李邕：字泰和(678—747)，江都(今江苏扬州)人。曾任北海太守，人称“李北海”。其书初学王羲之，后自有心得而笔力一新，人称“书中仙手”。长于碑颂铭文，时人求之，不吝重金。传见《旧唐书》卷一九〇。 ⑪张旭：字伯高，吴郡(今江苏苏州)人。唐玄宗时官至右率府长史。他尤善草书，性嗜酒，每大醉，呼叫狂走，挥笔狂书，或以头濡墨而书，人呼为“张颠”。传见《旧唐书》卷一九〇。

⑫献之：王献之(344—386)，字子敬，小字官奴，王羲之之子。仕晋官至中书令。幼习羲之书法，后习张芝，精研揣摩，自成一家。其书名与父亲并肩，人称“二王”。传见《晋书》卷八〇。 ⑬柔兆：古代以天干地支纪年。柔兆是天干中丙的别称。《淮南子·天文》：“辰在丙曰柔兆。”地支在辰称执徐。《尔雅·释天》：“(太岁)在辰曰执徐。”此年为丙辰，时当公元956年。暮春：三月。⑭清辉西阁：南唐王宫中有清辉殿。西阁，殿中藏书之所。⑮修禊叙：即王羲之的《兰亭集序》。东晋穆帝司马聃永和九年(353)，谢安、王羲之等四十余人，会聚于会稽山阴(今浙江绍兴)兰亭作祓禊之游，曲水流觞，饮酒赋诗。事后，王羲之将诸人诗作裒为一集，并作序文，纪其事，抒其感慨。其文章与书法俱称绝妙，后世流传很广，影响极大，是书法史上的名作。修禊：古代风俗。三月的第一个巳日，人们要到水滨洗沐，除去宿垢，祈除不祥。 ⑯张洎(jì)：滁州全椒(今属安徽)人，南唐举进士及第，授上元尉，迁监察御史。张洎才俊出众，博通经史，能言辩，李煜即位，深受信任，任中书舍人，清辉殿学士，参预机密。入宋，仕至刑部侍郎。传见《宋史》卷二六七。

【品评】

李煜热爱书法艺术，不仅有一定的成就，而且素养深厚，鉴赏能力颇高。这篇就王羲之书法而作的评述，就受到后人的认肯与称引。如南宋桑世昌的《兰亭考》、明代张丑《清河书画舫》等均有收录。《全唐文》卷一二八所收此文，止于“无蕴藉态度”，缺少以下35字，遂不能明其写作时间与缘由。此据《兰亭考》卷五所载而录。

王羲之是东晋著名的书法家。到唐代，太宗李世民尤好其字，四处搜访，煞费心思，重金收购，不惜代价。在房玄龄主持修撰的《晋书》中，他亲自为王羲之的传记写“传论”，说是“详察古今，研精篆素，尽善尽美，其惟王逸少乎！”“心慕手追，此人而已。”王羲之至唐代而名声极盛，被尊为“书圣”，就与李世民的推崇不无关系。据说李世民最爱《兰亭集序》，生前日日摩挲，死时又携入地下，致使《兰亭集序》的真迹后人不见，传讲纷纭，成为中国书法史上的一大公案。好在李世民生前因珍爱《兰亭集序》而曾经刻石立碑，制成拓本以赐亲近，当时书法名家如虞世南、欧阳询、褚遂良等也多有摹写，于是而有刻本与摹本传于后世。虽然不及真迹，到底也可一窥神貌。李煜的这篇书评就见于太宗赐予弟弟韩王李元嘉的拓本《兰亭集序》上的题跋。

李煜对王羲之的推尊，完全承袭了李世民的看法，不仅是古今无以超越的唯此一人，而且视之为诸家书法艺术的渊源。他历数唐代著名书法家的优劣，以为优皆出于王羲之，而劣处只是不及耳。这里所列举的“韵”、“力”、“意”、“清”、“筋”、“骨”、“肉”、“气”、“法”九字，都是就书迹的整体风貌而论，加以对比，有力地支持了开篇即言的“各得右军之一体”的观点。最后举出的王献之具有总结性，说他虽然总有诸人之长而无其短，却心情不及其父的平和，态度不及其父的雍容，风仪不及其父的清雅，涵养不及其父之深厚，反映在书法上就是“失于惊急”。因此，李煜虽然没有具体地评说王羲之的书法，而王羲之书法之“尽善尽美”，王羲之书法之不可企及，也就不言而喻了。

李煜的评论，关注其精神，而不在意其点画，重神而轻形，这正是中国艺术评论的特点。书法如此，诗词如此，绘画也是如此。这种评论方法因为过于感性，又过于抽象，有时不容易描绘其意见。但是，如果我们能够细心地揣摩，细心地观察，慢慢地体会，也能通过这样的启示而获得一种整体的感观，而得其风神韵味。虽然难以言传，却别有一种意会。

此文写于公元956年三月初，在南唐朝廷，正是周世宗亲率大军围寿州之城而淮南前方告急之时。这时太子弘冀尚在，正协助李璟处理国事，在常州指挥与吴越的战斗。这时的李煜只是诸王之一，在父兄的庇护之下，生活优裕，游宴度日。国势虽然蹙迫，危险却远在金陵之外，对他的生活尚无实质性的影响。从这篇品赏书法艺术的文字就可以见出他此时心态之从容平静，完全置身于国事之外。无论是后周之攻淮南，还是吴越之攻常州，在他，仿佛并未发生，赏字品墨，挥笔题书，心情不见一丝波澜。因此，李煜后来在词中悲慨自己“几曾识干戈”，确实是痛入肺腑的哀伤。

书　述

壮岁书亦壮。犹嫖姚十八从军，①初拥千骑，凭陵沙漠，②而目无全虏。又如夏云奇峰，③畏日烈景，④纵横炎炎，不可向迩，⑤其任势也如此。

老来书亦老。如诸葛亮董戎，韦叡接敌，举版舆自随，以白羽麾军,[⑥]不见其风骨,而毫素相适,[⑦]笔无全锋。

噫!壮老不同,功用则异,唯所能者可与言之。

又云书有七字法,谓之拨灯,[⑧]自卫夫人并钟、王传授于欧、颜、褚、陆等,[⑨]流于此日,然世人罕知其道者。孤以幸会,得受诲于先王。[⑩]奇哉,是书也。非天赋其性,口受要诀,然后研功覃思,则不能穷其奥妙,[⑪]安得不秘而宝之?

所谓法者,擫、压、钩、揭、抵、拒、导、送也。此八字,[⑫]亦有颜公真卿墨迹尚存于世。余恐将来学者无所闻焉,故聊记之。

擫者,[⑬]擫大指骨上节,下端用力欲直,如提千钧。压者,[⑭]捺食指,著中节旁。钩者,钩中指,著指尖,钩笔令向下。揭者,揭名指,[⑮]著指爪肉之间,揭笔令向上。抵者,名指揭笔,中指抵住。拒者,中指钩笔,名指拒定。[⑯]导者,小指引名指过右。送者,小指送名指过左。

【注释】

①嫖姚:西汉霍去病,武帝皇后卫子夫和大将军卫青的外甥,十八岁进入仕途,善骑射,有气概,为票姚校尉。票,同"嫖"。票姚,劲疾之貌。霍去病在汉与匈奴的战争中建立功勋,后任票骑将军,封景桓侯。传见《汉书》卷五五。 ②"初拥"二句:霍去病初任职,率轻骑八百直赴匈奴,斩杀二千余人,深受武帝刘彻的赞赏,封为冠军侯。凭凌:侵凌进逼。 ③夏云奇峰:形容笔势变

化。陆羽《怀素别传》记颜真卿问怀素草书师法所出，怀素说：“吾观夏云多奇峰，辄常师之，其痛快处如飞鸟出林，惊蛇入草。” ④畏日：夏天的太阳。《左传·文公七年》记晋国使者之言：“赵衰，冬日之日也；赵盾，夏日之日也。”杜预注：“冬日可爱，夏日可畏。” ⑤向迩：靠近，近前。 ⑥“诸葛亮董戎”四句：借诸葛亮、韦叡在战事中所表现的儒雅来形容书法风格。董戎，统军。版舆，也作“板舆”，是老人乘坐的小车。《艺文类聚》卷六七引《语林》：“诸葛武侯与宣皇在渭滨将战，宣皇戎服莅事，使人视武侯，乘素舆，葛巾毛扇，指挥三军，皆随其进止。宣皇闻而叹曰：‘可谓名士矣。’”宣皇，司马懿。韦叡：字怀文，京兆杜陵（今陕西咸阳）人，随梁武帝萧衍起兵，仕梁官至护军将军。韦叡是梁世名将，长于军事指挥，累有战功，而体形瘦弱，着儒者服装，为人恂恂仁爱，“虽临阵交锋，常缓服乘舆，执竹如意以麾进止”（《南史》卷八），深受时人敬爱。传见《梁书》卷一二。韦叡，诸书所引皆作“明叡”，唯《稗编》卷八三作“韦叡”，因据以校改。 ⑦毫素相适：笔与纸相适应。 ⑧拨灯：执笔而运的方法。或曰以执笔运指如拈拨灯芯而名。但“灯”又作“镫”。唐人卢肇著有《拨镫序》。 ⑨卫夫人：东晋卫铄，字茂猗，著名书法家卫恒的堂妹，嫁李矩，人称卫夫人。她学钟繇而尤善隶书，有书法论著《笔阵图》传世。相传王羲之曾从她学习书法。钟：三国魏时著名书法家钟繇。王：东晋王羲之。欧：唐代欧阳询。颜：唐代颜真卿。褚：唐代褚遂良。陆：唐代书法家陆柬之。他是虞世南的外甥，少习虞书，精于模仿，工正书与行书。与虞、欧、褚并称为唐初四大家。 ⑩孤：帝王的自称。先王：指其父南唐中主李璟。《书苑精华》卷二〇作“先生”。

⑪穷:尽。 ⑫此八字:《唐文拾遗》卷一一作“此字”。《书苑菁华》卷二〇作“此七字”。此据刘承干《南唐书补注》而改。 ⑬擫(yè):用手指按。 ⑭压者:《书苑精华》作“捺”。《宣和书谱·儒素帖》则作“押”。 ⑮揭:举。名指:无名指。 ⑯“拒者”三句:《书苑精华》所载无此十字。

【品评】

李煜既有艺术的天分,又性爱学问,无论诗词书画,都专心研思,多有探讨,不仅有艺术的造诣,还有理论的言说。他曾叹世无知音,而作《杂说》一百篇,数千万字,说是“特垂此空文,庶几百世之下,有以知吾心耳!”当时人盛为称赞,以为可以与曹丕《典论》相媲美(见《钓矶立谈》与马令《南唐书》卷五)。这一百篇《杂说》,应该包括诗、词、书、画诸艺的心得,可惜绝大部分已经佚逸,今天不能见到。就是这里收录的两篇书法之论,也是残篇。而这一篇的残缺程度尤为严重,即使核查数种载录的文字,加以校对,其中仍有不可通者。为尽量贴近原文,尊重读者的理解,此文注释遂改变本书不出校注的通例,作了一些文字版本的说明。

这篇文字谈了两个问题,也许原本就是两篇,后人辑录而合二为一。第一个问题是关于书法艺术的风格。李煜提出,书法风格随人的年龄而有不同表现。人年轻,气势盛,故其书法驰骋变化,锋芒毕露,又酣畅淋漓;人老则阅世丰富,心境平和,处事从容,故其书法不见锋芒,却沉着浑厚,不事张扬,却稳然屹立,自有一种凝重内敛之力,无往而不适。年轻人才气洋溢,老年人涵养深厚,年龄的区别之中,其实包含了经历与学问的修养。值得注意的是，这种年龄与学养的关系，在这里只是比喻而已，并无评骘褒贬之意。李煜用此比喻，将书法风格大体上分为两种，年轻人或如年轻人的以气势逞强，老年人或如老年人的以内力取胜。虽然风格即人，人不同，风格也差异万千，但大体上可以归为两类的分法，还是不无道理的。李煜在这里所用的比喻既贴切，又隽永有趣。"夏云奇峰，畏日烈景"是取自怀素之语的自然物象，用其为喻的同时，即将善长狂草的怀素作了风格上的归类。霍去病，诸葛亮，韦叡，都是著名的历史人物，事迹广为流传，取其战场表现来作比喻，容易得到读者的共鸣。在表述之中，霍去病的英武凌厉，与儒雅文弱而以谋略著称的诸葛亮和韦叡构成鲜明的对比，形象而生动地表达了李煜对不同风格的认识。

第二个问题谈的是执笔与运笔的方法。这里错讹比较严重，大体意思还是清楚的。古有"五字执笔法"，据说是传自唐代陆希声，而出于二王，即"擫、押、钩、格、抵"，"格"通"揭"。又有专讲运笔的"拨灯法"，一作"拨镫法"，据林蕴《拨镫序》，自称受教于韩愈。此法有四字："推、拖、撚、拽。"宋人董更所作《书录》卷中引《皇朝内苑》说："古之善书，有笔法五字，擫、押、钩、格、抵，用笔双钩，则点画遒劲而尽善矣，谓之拨镫法。江南后主得此法，书绝劲，复增二字曰导、送。"这就解释了此文所举出的七字中，后二字是李煜所增。但是，执笔与运笔虽有关系，二法的传授却不是一个系统。因此，李煜所言拨镫法及其传授就成为书法史上聚讼纷纭的一个问题。

近人沈尹默《书法论》对此所作辨析，为书法界所接受，大体解决了这一争论。他说："拨镫法是晚唐卢肇依托韩吏部所传授而秘守者，后来才传给林蕴的。它是推、拖、撚、拽四字诀。就这四个字的意义看来，实是转指法。”“把‘拨镫四字诀’与‘五字执笔法’混为一谈，始于南唐李煜。煜受书法于詧光，著有《书述》一篇。他说：‘书有七字法，谓之拨镫。’又说：‘所谓法者，擫、押、钩、揭、抵、导、送是也。’导、送两字是他所加，或者得诸詧光的口授，亦未可知。这是不对的，是不合理的。因为导、送是主运的，和执法无关。”这就是说，拨镫法只是转指运笔法，与执笔五字诀是两回事。《皇朝内苑》的解释就是承李煜之说而混淆了二者的区别。

李煜善书，喜作颤笔樛曲之状，遒劲如寒松霜竹，当时称为“金错刀”。写大字，常卷帛为笔，书写如意，人称“撮襟书”。可见无论执笔还是运笔，李煜都有颇具创造性的发明，有不循传统旧规的地方。欧阳修曾评说其书法：“颜鲁公书正直方重，似其为人。若以书观后主，可不谓其倔强丈夫哉！”黄庭坚也称赞他的书法笔力不减柳公权（《书录》卷中），可见其创新而取得的成就是得到这些书法大家的认可的。执笔与运笔虽有二法，但于书写之用力应有共通之处。李煜的书法以笔力著称，对于执笔与运笔的方法有自己独到的力度与方向的体会，可以说是合于情理的事情。那么，这篇文字中对执笔法与运笔法的混淆，是流传过程中抄写的淆乱所致，还是李煜就是有这样合二法为一法的心得，因为不存完篇，今天就无法确知了。

答张泌谏书手批[①]

古人读书，不止为词赋口舌也。委质事人，[②]忠言无隐，斯可谓不辱士子矣。

朕纂承之始，德政未敷，[3]哀毁之中，[4]知虑荒乱，[5]深虞布政设教，[6]不足仰付民望。卿居下位，首进谠谋，[7]十事焕美，可举而行。朕必善初而思终，卿无今直而后佞。[8]

其中事件，亦有已于赦书处分者。二十八日

【注释】

①手批：亲手书写的批语。张泌：南唐进士，曾任代理江宁府句容县尉一职。传见《十国春秋》卷二五。 ②委质：委身。③敷：施行推广。 ④哀毁：在丧事中过于哀伤而毁坏了身体。⑤知：同“智”。荒乱：淆乱。 ⑥虞：忧心。布政设教：施行政治，推行教化。 ⑦谠谋：出于正直之心的谋划。 ⑧佞：谄媚奉迎之态。

【品评】

李煜于公元961年七月即位，正式成为南唐国主，主持一国政事。据《江表志》卷三，这是他在阅过张泌谏书之后所写的批语。张泌上书在七月二十八日，批语也写在二十八日，是当日上书，当日批阅，可见李煜对这封谏书的重视。县尉是最底层的官职，而张泌还是临时的任职。这样一个小小的低层官员，上书给新就位的君主提意见，就古代行政程序而言是越位，就儒家政治理想而言则是直谏。而能否听取批评意见，在古代政治传统中一直是衡量君主贤明与否的重要标准。这份批语，表现了李煜即位之初的开明的政治态度。

他首先肯定士人读书，正是为了明理，而入仕侍君，持理敢言，乃为忠诚。这就对张泌的上书给予了最大的肯定，即无论张泌所言如何，敢言本身就体现了士之所以为士的价值。接着便以谦词表示欢迎张泌所言，接纳所提出的十件政治措施，并诚恳地希望："朕必善初而思终，卿无今直而后佞。"这是从敢谏与纳谏的关系而与张泌作相互的勉励。最后的附言，说谏书所言十事中，有的在大赦中已经实行，这是表示与张泌在治政上有所共识，而对待正确的意见，自己是一位贤明宽厚的君主，借以进一步地鼓励张泌以及朝中臣属参与朝政的议论。

从这份批语来看，李煜此时颇有政治热情，处理政务也很勤勉，不仅能听取意见，还希望能够得到更多的批评与帮助。他在接手父亲留下的这半壁江山的家业时，也许多多少少还是有一些振奋之想的。虽然说时势造英雄，其实英雄也造就时世。但是，李煜本不是英雄，即使在就位之初有所热情，有所振奋，就如这份批语所表现的，而面对宋朝的强势威逼，也是转瞬消失，只剩下了保全或者说是苟全的祈求与心愿。《十国春秋》在摘录张泌谏书之后说："后主览之大悦，优诏慰答，然亦未竟用其言，遂至于亡。"

为了更好地理解李煜即位之初的心态，录张泌谏书如下，以供参考：

建隆二年七月廿八日将仕郎守江宁府句容县尉张某言：顿首顿首，死罪死罪，谨上书陛下。臣闻：行潦之水，徒善利而不广；斗筲之器，固大受而莫容。虽欲强其所弗能，亦不知其量也。当陛下缵服丕图，嗣临宝位，百姓凝视，仰徽猷而注目；四方倾听，望德音而练耳。是陛下虚心侧席，克己纳隍，将敬承天恩，以布新命。非有朴直之士，不能贡千虑一得之言于视听也。我国家积德累仁，重华承圣，虽疆里褊小，而基构宏远。矧贤智左右前后，比肩继踵，以道扬丕命，致康休之化，犹反掌耳，又何以规？然晋公之听重人，齐侯之用老马，岂重人逾百宗之善，老马过管仲之智？盖尺有所短，寸有所长，此之谓也。臣是申旦不寐，斋沐佇思以闻，庶裨陛下维新之化万分之一也。

伏唯我唐之有天下也，造功自高祖，重熙于太宗，圣子神孙，历载三百。丕祚中否，烈祖绍复，大勋未集，肆我大行嗣之。德则休明，降年不永，焦劳瘽瘠，奄弃万户。民既归仁，天亦辅德，袭唐祚者，非陛下而谁？陛下居吴邸而庶事康，庶事康而四方理；升储位而纳百揆，百揆纳而黎民变。当大行修巡狩之礼，陛下应监国之任，兢兢业业，神人咸和，令若秋霜，泽如时雨，洎宅忧翼室，而无异望。

臣闻：昔汉文帝承高祖之后，天下一家近三十年，德教被于物也久矣，而又封建子弟，委用将相，朱虚、东牟之力，陈平、周勃之谋，宋昌之忠，诸侯之助，由长子而立，可谓安矣。及即位，戒慎谦让，服勤政事，躬行节约，思治平，举贤良，进谏臣，除收帑相坐之法，去诽谤妖言之令，不贵难得之货，不作无益之费，其屈己爱人也如此。而晁错、贾谊、贾山、冯唐之徒，上书进谏，言必激切，至于痛哭流涕之辞者，盖惧“靡不有初，鲜克有终”也。而文帝优容不咈，圣德充塞，几致刑措。王业嵬嵬，千载之下，风声不泯，皆克勤勉强而臻于此也。今陛下当数载大兵之后，邻封袭利之日，国用匮竭，民力疲劳，而内无刘章、兴居之臣，朝无绛侯、曲逆之佐，可谓危矣。非陛下聪明睿知，视险若夷，岂能如是乎？设汉文帝之才，处今日之势，何止于寒心销志而已。陛下以天未厌德，民方戴旧，则可矣。若欲骇远近之听，慰亿兆之思，臣敢昧死言之。

夫人君即位之始，必在发号施令。非秉汉文帝之心，以政究人臣，不知其可也。臣以国家今日之急务，略陈其纲要，伏唯留听，幸甚。一曰举简，大以行君道。二曰略繁，小以责臣职。三曰明赏罚，以彰劝善惩恶。四曰慎名器，以杜作威擅权。五曰询言行，以择忠良。六曰均赋役，以安黎庶。七曰纳谏诤，以容正直。八曰究毁誉，以远谗佞。九曰节用，以行克俭。十曰克己，以固旧好。亦在审先代之治乱，考前载之褒贬，纤芥之恶必去，毫厘之善必为。密取舍之机，济宽猛之政，进经学之士，退掊克之吏。察迩言以广视听，好下士以通蔽塞，斥无用之物，罢不急之务，此而不治，臣不信矣。臣又闻之《诗》曰："敬之敬之，天维显思。"《书》曰："儆戒无虞，罔失法度。"《易》曰："其亡其亡，系于苞桑。"言君人者，必惧天之明威，遵古之令典，作事谋始，居安虑危也。臣观今日下民期陛下之致治，虽百谷之仰膏雨，不足喻焉。愿陛下勉强行之，无俾文帝专美于汉臣。幸承勋绪，忝逢昭代，书贤能于乡老，第甲乙于宗伯，由文章而进诗，待诏于金门，比八年于兹矣。沐大行育材之化，圣鉴不远；当陛下御极之辰，王猷未洽。若复优游义府，嘿然无辞，则愧然而有靦面目矣。尘黩宸听，伏切兢忧，臣某诚惶诚恐，死罪谨言。(《江表志》卷三)

即位上宋太祖表[1]

臣本于诸子，[2]实愧非才。自出胶庠，[3]心疏利禄。被父兄之荫育，乐日月以优游。思追巢许之余尘，[4]远慕夷齐之高义。[5]既倾恳悃，[6]上告先君；[7]固非虚词，人多知者。徒以伯仲继没，[8]次第推迁，先世谓臣克习义方，[9]既长且嫡，俾司国事，[10]遽易年华。及乎暂赴豫章，留居建业，[11]正储副之位，[12]分监抚之权。[13]惧弗克堪，常深自励。不谓奄丁艰罚，遂玷缵承。[14]因顾肯堂，[15]不敢灭性。

然念先世君临江表，垂二十年，中间务在倦勤，将思释负。[16]臣亡兄文献太子从冀，将从内禅，已决宿心，而世宗敦劝既深，议言因息。[17]及陛下显膺帝箓，[18]弥笃睿情。方誓子孙，仰酬临照，则臣向于脱屣，亦匪邀名。[19]既嗣宗祊，敢忘负荷？[20]惟坚臣节，上奉天朝。若曰稍易初心，辄萌异志，岂独不遵于祖祢，[21]实当受谴于神明。方主一国之生灵，遐赖九天之覆焘。[22]况陛下怀柔义广，煦妪仁深。[23]必假清光，[24]更逾曩日，[25]远凭帝力，下抚旧邦，克获宴安，得从康泰。

然所虑者，吴越国邻于敝土，近似深仇。[26]犹恐辄向封疆，或生纷扰。臣即自严部曲，终不先有侵渔，[27]免结衅嫌，扰干旒扆。[28]仍虑巧肆如簧之舌，[29]仰成投杼之疑，[30]曲构异端，潜行诡道。愿回鉴烛，[31]显谕是非。庶使远臣，得安危恳。[32]

【注释】

①宋太祖：赵匡胤(927—976)，涿州(今属河北)人，北宋王朝的建立者，公元960年至976年在位。 ②本于诸子：出于诸子。古代以嫡长子为父后而继承家业。李煜是李璟的第六子，不是王位的法定继承人。 ③胶庠(xiáng)：西周制度，胶为大学，设在王宫之东。虞庠为小学，设在西郊。见《礼记·王制》。后世用以泛指学校。 ④巢许：巢父与许由。传说尧以天下让予贤人巢父，巢父不受；又让予贤人许由，许由也不受，逃隐于嵩山。⑤夷齐：伯夷与叔齐。相传二人为孤竹君之子，父亲希望叔齐继承王位，而伯夷是长子。当孤竹君死，叔齐让位于伯夷，伯夷不肯受而逃，叔齐因此也不肯即位而逃。二人隐于首阳山，采薇而食。事见《史记》卷六一。 ⑥悃悃(kǔn)：诚恳。 ⑦先君：称已经逝世的父亲。 ⑧伯仲：兄弟之中，长曰伯，次曰仲。这里是统称其兄长。继没：相继过世。 ⑨克习义方：能够学习道义，知道努力的方向。 ⑩俾：使。司：管理。 ⑪豫章：今江西南昌的古称。建业：南唐都城金陵的古称。这是指李璟迁都南昌而留李煜守金陵之事。 ⑫储副：已经确认的君位继承人。《后汉书》卷五六：仲翯持剑挡住宦者的车说："太子，国之储副，人命所系。今常侍来无诏信，何以知非奸邪？" ⑬监抚：代行处理国事曰监国，随同君主出征曰抚军。《左传·闵公二年》记晋大夫里克论太子之职守说："君行则守，有守则从。从曰抚军，守曰监国，古之制也。"

⑭奄:忽然。丁:承当。艰罚:指丧事,意谓因自己的不善而招致上天的惩罚。《晋书》卷八八记刘殷七岁丧父,九岁时因曾祖母思食堇不得而哭于泽中:“殷罪衅深重,幼丁艰罚,王母在堂,无旬月之养。”缵承:继承。 ⑮肯堂:指子承父业。《尚书·大传》:“若考作室,既底法,厥子乃弗肯堂,矧肯构?”以建房喻治政,谓父亲已经布置了图样,但儿子连堂基都不肯建,何况建构房屋。⑯将思释负:指李璟曾向周世宗请求退位而让太子弘冀为君执政的事情。 ⑰“世宗”二句:周世宗当时没有接受李璟让位的请求,并在回信中对他加以劝勉。事在公元958年三月淮南之战结束时。 ⑱帝箓(lù):帝王受命于天的符书。 ⑲脱屣(xǐ):指弃去君主之位。《汉书·郊祀志》记汉武帝慨叹曰:“嗟乎,诚得如黄帝,吾视去妻子如脱屣耳!”屣,鞋子。 ⑳宗祊(bēng):祖宗之庙。《左传·襄公二十四年》穆叔议论说:“若夫保姓受氏,以守宗祊,世不绝祀,无国无之。”祊,庙门。负荷:背负肩担,引申而为继承之责。《左传·昭公七年》郑国子产引古人言而论子承父业之事说:“其父析薪,其子弗克负荷。” ㉑祖祢(nǐ):祖先。父死以神主入庙供奉称为祢。 ㉒九天:形容天之高。覆焘:覆育。㉓煦妪:抚养。《礼记·乐记》:“天地䜣合,阴阳相得,煦妪覆育万物。” ㉔假:借。 ㉕逾:超过。曩日:往日。 ㉖“吴越”二句:唐末之乱中,镇海节度使钱镠尽占两浙十三州,封吴越王,建都临安(今浙江杭州)。吴越与南唐边境相邻,在利益的威诱之下,常有战争,结有怨恨。 ㉗侵渔:侵扰与掠夺。 ㉘扰干:打扰冒犯。旒(liú)扆(yǐ):皇帝的代称。旒,帝冕。扆:帝座后面的屏风。 ㉙如簧之舌:簧是乐器中振动发声的薄片,用以比喻诡巧

之言。《诗经·小雅·巧言》:"巧言如簧,颜之厚矣。" ㉚投杼之疑:比喻传闻可以动摇人原来的信心。《战国策·秦策二》记载,曾参以德行著称,居费邑,有同姓名者杀人,人告曾参母曰:"曾参杀人。"曾母不信,依然织布不息。当第三次有人来告"曾参杀人",母亲相信并害怕了,于是丢下所用之杼,逾墙而逃。杼,织布的工具。 ㉛鉴烛:鉴明,洞彻。 ㉜庶使:祈求之辞。

【品评】

南唐自公元958年割淮南之地以奉后周,已去帝号,去年号,奉周之正朔,表示附庸之意。960年赵匡胤立宋代周之后,改年号为建隆,南唐同时改行纪年,承认对宋朝的依顺。也就在第二年的六月,李璟死于南昌。七月,灵柩运回金陵,举办丧事。这时,原来留守金陵的太子奉丧即位,改从嘉旧名为煜,尊母后,册皇后,封立诸弟为王,任命重臣,大赦天下,李煜正式登基,成为南唐国君,并即刻动手办理向宋朝的报告。据李焘《续资治通鉴长编》卷二记载,建隆二年八月甲辰,李煜先派出桂阳郡公徐邈北上,向宋太祖进奉父亲李璟的遗表;九月壬戌,再遣中书侍郎冯延鲁携贡金北上,向宋太祖进奉自己手书的即位之表。这种程序的先后与使者官衔高低的安排,都可以见出即位伊始的李煜对待宋朝,态度很恭敬,礼节很周到。

这封李煜亲自手书的即位报告,录自《宋史》卷四七八,没有奏章应具的格式,显然不是完整的文字。《续资治通鉴长编》卷二记载此事说:"唐主手表自陈本志冲淡,不得已而绍袭,事大国不敢有二,邻于吴越,恐为所谗。"这三点,"不得已而绍袭","事大国不敢有二”,“邻于吴越,恐为所谗”,正是这里所言之要。则此文虽然不是完整的文章,却是文章的主体,可以由此了解李煜即位时的想法。

向宋太祖报告即君主位之事,之所以要首先说明“不得已而绍袭”这一点,李煜是有深意的。虽然他是从个人志向说起,表明自己本来就疏情政治,有逸世之想,而无继位之念,只是由于哥哥们相继过世,论长言嫡,轮到自己而已。但是,这不是在向太祖剖白自己的志趣,也不是在向太祖说明既然不是志趣所在就不在意这君主之位,而是要表明,尽管志向不在于此,却不能不认真担起这份责任。因为“先世谓臣克习义方,既长且嫡”,强调这是父亲交托的家族责任;因此,“因顾肯堂,不敢灭性”,强调子孝父乃是人的本性,自己必须兢兢业业,挑起这副担子,不敢因个人志趣而有所怠慢。正是在这样的前提之下,李煜向宋太祖表示,自己一定会沿袭父亲对大国的敬畏,“惟坚臣节,上奉天朝”,因为“既嗣宗祊,敢忘负荷”?如果违背誓言,则上负祖宗,下负神明。当然,要如此虔诚地循守“上奉天朝”的原则,不仅是继续父亲的政策,更是相信宋朝一定会回报南唐的忠恳,使得自己“远凭帝力,下抚旧邦,克获宴安,得从康泰”,可以完成这份家族的责任。这番要求于宋朝的话,虽然是要求,却说得恭敬而委婉,有一种卑微屈从之态,表示只要能守住这份家业,李煜对宋朝是绝无二心的。但是,这只是问题的一个方面。李煜说,虽然自己有忠实之心,却不能避免吴越的谗言而激怒大国。因此,他主动提出这一可能发生的情况,并且先申明南唐军队一定会自我约束,然后再请求宋朝一定要鉴明是非。慎重对待南唐与吴越之间的矛盾。其实,吴越钱俶的处境同李煜一样，虽然还坐在王位之上，却是提心吊胆，战战兢兢，不知哪一天会被赵匡胤灭其国、有其民而自己成为俘虏。李煜很清楚，吴越其实是自顾不暇的。而他之所以要在这里提出吴越僭言之事，实际上是表明自己清楚形势利害，希望宋太祖不要借此为口实而向南唐动武。为了保全江南的半壁江山，在这篇即位的报告中，阐明孝旨，斟酌其词，李煜也可谓是煞费苦心了。

以孝为先，是古代的伦理道德。“投之以桃李，报之以琼瑶”，同样也是道义的准则。李煜与宋朝的交往，若论实力，全无平等可言，故期望以道德为双方共处的基础，为双方遵行的原则。李煜以孝为自己承业守国的心情是可以理解的，但他期望以道义来约束宋朝的扩张，就只能说是太天真了。公元975年的冬天，金陵围城已近一年，破灭在即，李煜派徐铉去向宋太祖说理，殿庭之前，请问“李煜何罪”？开始时，赵匡胤还耐着性子听徐铉的说辞，听得不耐烦时，回答就是一句话：“不须多言。江南亦有何罪？但天下一家，卧榻之侧，岂容他人鼾睡！”（《东都事略》卷二三）回过头来再看这篇报告，令人感慨李煜真是徒费苦心。

昭惠皇后诔[①]

天长地久，嗟嗟蒸民。[②]嗜欲既胜，悲叹纠纷。缘情攸宅，触事来津。[③]赀盈世逸，乐鲜愁殷。[④]沈乌逞兔，[⑤]茂夏凋春。年弥念旷，得故忘新。阙景颓岸，世阅川奔。[⑥]外物交感，犹伤昔人。诡梦高唐，[⑦]诞夸洛浦。[⑧]构屈平虚，[⑨]亦悯终古。况我心摧，兴哀有地。

苍苍何辜，歼予伉俪。[10]窈窕难追，不禄于世。[11]玉润珠融，殒然破碎。柔仪俊德，孤映鲜双。纤秾挺秀，婉娈开扬。艳不至冶，[12]慧或无伤。盘绅奚戒，慎肃惟常。[13]环佩爰节，造次有章。[14]含颦发笑，擢秀腾芳。鬓云留鉴，眼彩飞光。情澜春媚，爱语风香。瑰姿禀异，金冶昭祥。婉容无犯，[15]均教多方。茫茫独逝，舍我何乡？

昔我新婚，燕尔情好。[16]媒无劳辞，筮无违报。[17]归妹邀终，咸爻协兆。[18]俯仰同心，绸缪是道。[19]执子之手，与子偕老。[20]今也如何，不终往告。[21]呜呼哀哉！

志心既达，孝爱克全。殷勤柔握，力沂危言。[22]遗情眄眄，哀泪涟涟。何为忍心，览此哀编。绝艳易凋，连城易脆。[23]实曰能容，壮心是醉。信美堪餐，朝饥是慰。[24]如何一旦，同心旷世？呜呼哀哉！

丰才富艺，女也克肖，[25]采戏传能，弈棋逞妙。[26]媚动占相，歌萦柔调。兹䕠爰质，奇器传华。[27]翠虬一举，红袖飞花。情驰天际，思栖云涯。发扬掩抑，纤紧洪奢。穷幽极致，莫得微瑕。审音者仰止，达乐者兴嗟。曲演来迟，破传邀舞。利拨迅手，吟商逞羽。[28]制革常调，法移往度。[29]剪遏繁态，蔼成新矩。《霓裳》旧曲，韬音沦世。[30]失味齐音，犹伤孔氏。[31]故国遗声，忍乎湮坠！我稽其美，尔扬其秘。程度余律，[32]重新雅制。非子而谁，诚吾有类。[33]今也则亡，永从遐逝。呜呼哀哉！

该兹硕美，[34]郁此芳风。事传遐祀，人难与同。式瞻虚馆，[35]空寻所踪。追悼良时，心存目忆。景旭雕甍，风和绣额。燕燕交音，[36]洋洋接色。蝶乱落花，雨晴寒食。接辇穷欢，是宴是息。含桃荐实，畏日流空。[37]林凋晚箨，[38]莲舞疏红。烟轻丽服，雪莹修容。纤眉范月，高髻凌风。辑柔尔颜，何乐靡从。蝉响吟愁，槐凋落怨。四气穷哀，萃此秋宴。[39]我心无忧，物莫能乱。弦尔清商，[40]艳尔醉盼。情如何其，式歌且宴。[41]寒生蕙幄，雪舞兰堂。珠笼暮卷，金炉夕香。丽尔渥丹，婉尔清扬。[42]厌厌夜饮，予何尔忘！[43]年去年来，殊欢逸赏。不足光阴，先怀怅怏。如何倏然，已为畴曩！呜呼哀哉！

孰谓逝者，荏苒弥疏？我思姝子，永念犹初。爱而不见，我心毁如。[44]寒暑斯疚，吾宁御诸？[45]呜呼哀哉！

万物无心，风烟若故。惟日惟月，以阴以雨。[46]事则依然，人乎何所？悄悄房栊，孰堪其处。呜呼哀哉！

佳名镇在，望月伤娥。双眸永隔，见镜无波。皇皇望绝，心如之何？[47]暮树苍苍，哀摧无际。历历前欢，多多遗致。丝竹声悄，绮罗香杳。想涣乎忉怛，[48]恍越乎憔悴。呜呼哀哉！

岁云暮兮，无相见期。情瞀乱兮，谁将因依？维昔之时兮亦如此，维今之心兮不如斯。呜呼哀哉！

神之不仁兮，敛怨为德。[49]既取我子兮，又毁我室。[50]镜重轮兮何年？兰袭香兮何日？[51]呜呼哀哉！

天漫漫兮愁云曀，空暧暧兮愁烟起。蛾眉寂寞兮闭佳城，哀寝悲氛兮竟徒尔。呜呼哀哉！

日月有时兮，龟蓍既许。[52]箫笳凄咽兮，旂常是举。[53]龙輀一驾兮无来辕，[54]金屋千秋兮永无主。[55]呜呼哀哉！

木交枸兮风索索，鸟相鸣兮飞翼翼。[56]弔孤影兮孰我哀？私自怜兮痛无极！呜呼哀哉！

夜寤皆感兮，何响不哀？穷求弗获兮，此心隳摧。号无声兮何续？神永逝兮长乖！呜呼哀哉！

杳杳香魂，茫茫天步。抆血抚榇，[57]邀子何所？苟云路之可穷，冀传情于方士。[58]呜呼哀哉！

【注释】

①昭惠皇后：李煜的皇后周氏，小名娥皇，“昭惠”是她死后的谥号。诔：悼念死者的祭文。 ②嗟嗟：叹息声。蒸民：众民。《尚书·益稷》：“烝民乃粒，万邦作乂。”蒸，通“烝”。 ③“缘情”二句：谓因重于情的缘故，于是触事生感而百感会聚。津，渡口，也是会集之地。攸宅：所居。 ④赀：财物。鲜：少。殷：多。⑤沈乌逞兔：指日驰月行，光阴如梭。古代传说后羿射日，被射落的太阳在地上化为乌鸦。故以乌鸦为日精。又说月中有兔，而以兔为月精。沈，通“沉”。 ⑥“阙景”二句：抒写自然永在而人生无定的生命悲哀。阙景：日食。颓岸：山崩。陆机《吊魏武帝文》感慨像曹操这样的霸主临死也眷眷不舍人间之事，就好比太阳本是永恒，也有日食之事；高山虽然巍巍，也有崩裂之时。人由此而悟到“资高明之质而不免卑浊之累，居常安之势而终婴倾离”，即

使太阳、高山也有难逃的定数，何人又能超出死亡之外呢？因此，“岂特瞽史之异阙景，黔黎之怪颓岸乎”？不仅是史官惊叹于日食，百姓惊怪于山崩，盖世英雄曹操也有放不下的生死之情。世阅川奔：将“世”与“人”、“川”与“水”相对而叹息生命的流逝不返。陆机《叹逝赋》：“悲夫，川阅水以成川，水滔滔而日度，世阅人而为世，人冉冉而行暮。人何世而弗新？世何人之能故？” ⑦高唐：宋玉《高唐赋》写楚王游于云梦，望高唐之观而梦见神女的爱情故事。 ⑧洛浦：曹植有《洛神赋》，写与洛水女神相遇而生情的故事。 ⑨构屈平虚：此句有误，应是“屈平构虚”。屈平：屈原，名平。这里是将描写楚王故事的《高唐赋》作为屈原的作品。 ⑩苍苍：上天。伉俪：配偶，妻子。《左传·昭公二年》记晋侯之妾少姜死，鲁昭公到晋去吊丧，到了黄河边，晋侯派大夫士文伯辞谢昭公说：“非伉俪也，请君无辱。”即少姜不是正妻，昭公吊丧不合礼制。后世则用作夫妻的通称。 ⑪窈窕：形容女子的美好。《诗经·周南·关雎》：“窈窕淑女，君子好逑。”不禄：指夭亡。《礼记·曲礼下》：“寿考曰卒，短折曰不禄。” ⑫冶：妖艳。《荀子·非相》：“乡曲之儇子，莫不美丽、姚冶。”姚，后世写作“妖”。 ⑬“盘绅”二句：赞扬妻子德行天成，无须教训。《春秋穀梁传·桓公三年》记嫁女之礼说：“礼，送女，父不下堂，母不出祭门，诸母兄弟不出阙门。父戒之曰：‘谨慎从尔舅之言。’母戒之曰：‘谨慎从尔姑之言。’诸母般申之曰：‘谨慎从尔父母之言。’”注：“般，囊也，所以盛朝夕所须以备舅姑之用。”般，同鞶，是女子所用以盛放物品的丝织袋，系于腰间。申，即绅，丝带。这是以伯母婶婶系带佩囊并作叮嘱来概括女子出嫁之时必受教训的古礼。舅姑，出嫁女的丈夫的父母，今称公公婆婆。 ⑭“环佩”二句：形容举止从容而合乎礼仪。《礼记·经解》述天子的行为仪范：“燕处则听雅颂之音，行步则有环佩之声。……居处有礼，进退有度。”注曰：“环佩，佩环、佩玉也，所以为行节也。环取其无穷止，玉则比德焉。”《礼记·玉藻》曰：“进则揖之，退则扬之，然后玉锵鸣也。”章，美好。 ⑮婉容：素养美好而仪态美好。《礼记·祭义》：“孝子之有深爱者，必有和气；有和气者，必有愉色。有愉色者，必有婉容。”⑯燕尔：情谊谐好的样子。语出《诗经·邶风·谷风》：“宴尔新婚。”燕，通“宴”。 ⑰“媒无”二句：谓二人心心相印，情谊谐好，不劳媒人之美言，又得到神明的认可。《楚辞·九歌·湘君》：“心不同兮媒劳，恩不甚兮轻绝。”筮：古代向神明占问吉凶的一种方法。《诗经·卫风·氓》：“尔卜尔筮，体无咎言。” ⑱归妹：指女子出嫁。《周易》有卦名归妹。疏曰：“妇人谓嫁曰归，归妹犹言嫁妹也。”《周易》中一卦有六爻，卦有卦辞，爻有爻辞，用以占吉凶。咸爻协兆，谓所有爻辞都与卦象相合。咸，全部。兆，龟甲兽骨上预示吉凶的裂纹。 ⑲“俯仰”二句：描写情谊深好。《周易·系辞下》：“二人同心，其利断金。”《诗经·唐风·绸缪》抒写婚礼时的心情：“绸缪束薪，三星在天。今夕何夕，见此良人？子兮子兮，如此良人何！” ⑳“执子”二句：用《诗经·邶风·击鼓》中成句：“执子之手，与子偕老。” ㉑不终往告：即“往告不终”。往告指“执子之手，与子偕老”的誓言。 ㉒“殷勤”二句：形容既有柔情，又有正义。柔握：语出陶渊明《闲情赋》：“愿在竹而为扇，含凄飙于柔握。”危言：语出《论语·宪问》：“邦有道，危言危行。”危，直。沂（yín）：边际，临近。 ㉓连城：价值数座城池的玉璧。《史记》

卷八一:“赵惠文王时,得楚和氏璧。秦昭王闻之,使人遗赵王书,愿以十五城请易璧。” ㉔“信美”二句:抒写自己对周氏之美的由衷喜爱。堪餐:白居易《和美游春诗一百韵》:“秀色似堪餐,秾华如可掬。”朝饥:《诗经·周南·汝坟》:“未见君子,惄如调饥。”笺:“未见君子之时,如朝饥之思食。” ㉕克肖:称赞其才艺出众。㉖采戏:一种使用骰子的赌博游戏。相传唐玄宗与杨贵妃采戏将败,惟重四可解,连叱之,果重。玄宗悦,顾高力士令赐绯服。㉗鼗(táo):乐器中的小鼓,近乎今之拨浪鼓。这数句形容周氏持鼗而舞的美妙姿态。 ㉘吟商逞羽:古代音乐有五声,宫、商、角、徵、羽。这是指周氏精通音律。 ㉙“制革”二句:指周氏对古曲所作的改革。 ㉚《霓裳》旧曲:相传唐玄宗梦游月宫而听仙乐,醒后依据记忆而作《霓裳羽衣曲》,是唐代著名的大曲。韬(tāo):掩藏。 ㉛“失味”二句:事出《论语·述而》:“子在齐闻《韶》,三月不知肉味。”《韶》,久已失传的古乐。 ㉜程度:测量揣度。㉝“非子”二句:感叹周氏与自己是最佳配偶。 ㉞该:具备。硕:大。 ㉟式瞻虚馆:即“瞻式虚馆”。式,同“是”,这。 ㊱燕燕:《诗经·邶风·燕燕》:“燕燕于飞,差池其羽。”交(jiǎo)音:咬咬,鸟鸣声。祢衡《鹦鹉赋》:“采采丽容,咬咬好音。” ㊲含桃:樱桃。《礼记》:“仲夏之月,天子乃以雏尝,黍羞,以含桃先荐寝庙。”注:“含桃,樱桃也。”荐,进献。昃日:夏日。 ㊳晚箨(tuò):晚落的枯叶。箨,应为“萚”。《诗经·郑风·萚兮》疏:“落叶谓之萚。”箨则是竹皮、笋壳。 ㊴秋宴:晚秋。宴,通“晏”,晚。 ㊵清商:曲调之名,情调凄凉。曹丕《燕歌行》:“援琴鸣弦发清商,短歌微吟不能长。” ㊶其:语气词,类“兮”。式歌且宴:既歌而宴。 ㊷渥丹:脸色红润。《诗经·秦风·终南》:“颜如渥丹,其君也哉。”清扬:眉目清秀。《诗经·郑风·野有蔓草》:“有美一人,婉如清扬。” ㊸厌厌夜饮:用《诗经·小雅·湛露》成句:“厌厌夜饮,不醉无归。” ㊹爱而不见:语出《诗经·邶风·静女》:“爱而不见,搔首踟蹰。”毁如:心碎的样子。 ㊺疚:心痛成疾。御诸:指度日。 ㊻“惟日”二句:写时光流逝之无情。《诗经·邶风·谷风》:“习习谷风,以阴以雨。” ㊼皇皇:茫然无措。望绝:绝望。语出司马相如《长门赋》:“日黄昏而望绝兮,怅独托于空堂。” ㊽忉怛:心情惨痛。 ㊾敛怨为德:以怨报德,这是极为痛心时的斥神之言。语出《诗经·大雅·荡》:“女炰烋于中国,敛怨以为德。” ㊿“既取”二句:痛其妻与子相继而亡。室,妻子。《诗经·豳风·鸱鸮》:“既取我子,无毁我室。” 51重轮:重圆。袭:延续。52龟蓍(shì):龟甲与蓍草,古人用以占卜吉凶的工具。既许:已经允应。 53旂(qí):带铃铛的旗帜。 54龙輀(ér):灵车。潘岳《寡妇赋》:“痛存亡之殊制兮,将迁神而安厝。龙輀俨其星驾兮,飞旐翩以启路。” 55金屋:比喻珍爱之极。《汉武故事》记,汉武帝刘彻还是太子时,姑母想将女儿嫁给他,问:“阿娇好否?”回答:“好。若得阿娇作妇,当作金屋贮之。” 56索索:风声。翼翼:鸟儿振翅飞动的样子。 57抆:擦拭。榇(chèn):棺木。 58“苟云路”二句:用白居易《长恨歌》中所用唐玄宗通过方士而寻找杨贵妃的传说,来表达悲哀绝望的感情。

【品评】

周娥皇在乾德二年(964)十一月甲戌日去世,年仅二十九岁。

她不仅美貌聪慧，又多才多艺，在正是生命充满活力而充分绽放的人生阶段溘然长逝，令人惋惜。她自十九岁嫁给李煜，夫妻之间，情投意合，相处融洽，婚姻生活非常美满，非常幸福，却仅仅十年，就匆匆结束，令人伤感。但是对于李煜，惋惜、伤感都远远不足以表达他的感情。因为他有十年的回忆在心中，有十年的生活感受不能忘怀。而这些回忆与感受，与这十年的时光糅和交织在一起，那是不可计数的每一个日夜，是难以细说的每一个时刻，却又是非常之具体，非常之生动，闭上眼，一幅又一幅鲜活的画面就会在脑际不断闪现，声音犹闻在耳，衣衫犹拂在手，仿佛娥皇正在起舞，仿佛娥皇正在吹奏，那笑容，那眉眼，直觉得娥皇依然在身边；然而睁开眼来，一切消逝，依然是人去室空的冷酷。这种感情的记忆使得李煜更加难以承受失去娥皇的现实，以至于痛苦得不知道是继续闭眼去寻找安慰呢？或者永远都不要再睁开眼睛？他在诔文中哀叹："年弥念旷，得故忘新"，"外物交感，犹伤昔人"，都是在说，虽然生活中不断有新鲜，自己却总是沉浸在过去，无法忘怀故旧，重新唤起生活的兴趣。这是一种非常沉重的悲痛。

古人作文，讲究章法。但读这篇诔文，有一特别突出的感受，那就是善于文字抒情的李煜此文，写得相当零乱，难以追沿作者的感情脉络，似乎无章法可言。文章首段是一总起，陈说人之有情，就会触物有感，痛苦会集，而爱情的悲痛最难承受。屈原和曹植都曾写过幻灭的爱情，何况自己面对着真实的丧妻之痛呢？接着便从妻子的德行美貌，说到新婚的旦旦誓言，从自己的情感满足说到妻子出色的音乐才艺，从相携游宴的欢乐赏娱说到"悄悄房栊"的悲苦，说到睹物思人的哀痛；于是笔调稍转，从疾上天之不仁，到痛愁云之弥漫，从哭灵柩之永出，到哀孤独之自守，最终以诉寒夜之无眠而作相见无期之悲号。在这里，过去的美好与现实的悲痛交杂在一起，一会儿是回忆，一会儿是眼前，正说着生活的甜蜜，又转向了失妻的痛楚。文章中，李煜的悲痛不是一件一件地娓娓道来，而是没头没脑地倾盆而出，不是在向人作诉说，而是在向上苍作呼号，其情感就像汹涌的江潮扑面而来，不可清理，不可扼制，有一泄无余之势。这样的倾诉，表达了一种痛苦至极、不能自已的感情，而诉说的零乱正是其感情状态的真实。

文章抒写追思的痛苦，主要运用了两种笔法，一是叙述，一是呼号。前者通过往事的回忆来赞美死者，深情地怀念与死者曾有的共同生活；后者则斥天神，叹不公，哀孤独，悲凄凉，景物的描写与感情的抒发相融相化，浑然一体。虽然作者的情绪是不断地在变化，在跳动，一下向东，一下又往西，但这两种笔法的抒写却有着相映相激的作用，使叙述成为呼号的铺垫，在前的叙述推动着喷涌而出的呼号，使激越的感情奔向更加激越而至于绝望的高潮。因此，文章似无章法，又不无章法。加之一连十四个“呜呼哀哉”贯穿于诔文之中，使作者的感情在文字的表述之外，更有一种无言可以表达的哀痛。

陆游《南唐书》卷一六记周后逝世，“后主哀甚，自制诔刻之石，与后所爱金屑檀槽琵琶同葬。又作书燔之与诀，自称鳏夫煜，其词数千言，皆极酸楚”。或以为李煜所焚之书即此诔文。因为这篇诔文中无“鳏夫”一词，是否陆游所记之文，无法考证。不过，此文中有“沈乌逞兔，茂夏凋春”的时间描写，说明写作是在春天已经过去、夏季已经来临之时。周后的过世是在冬十一月，出殡是第二年的正月，故文中有“龙輀一驾兮无来辕”之句。据此，则这篇诔文应该是写在次年，即公元965年的夏天。这时距周后之死已有半年的时光，但李煜的怀念与悲痛丝毫不减，因此而有“年弥念旷，得故忘新”之叹。此时，周后的灵筵尚在宫中，故文中又说“况我心摧，兴哀有地”。

送邓王二十六弟牧宣城序[1]

秋山的翠，[2]秋江澄空。扬帆迅征，不远千里。之子于迈，[3]我劳如何！

夫树德无穷，太上之宏规也；立言不朽，君子之常道也。[4]今子藉父兄之资，享钟鼎之贵。[5]吴姬赵璧，岂吉人之攸宝？[6]矧子皆有之矣。[7]哀泪甘言，实妇女之常调，又我所不取也。临歧赠别，其唯言乎？在原之心，[8]于是而见。

噫！俗无犷顺，爱之则归怀；[9]吏无贞污，化之可彼此。[10]刑唯政本，不可以不穷不亲；[11]政乃民中，不可以不清不正。[12]执至公而御下，则憸佞自除；[13]察薰莸之禀心，则妍媸何惑。[14]武惟时习，知五材之难忘；[15]学以润身，虽三余而忍舍。[16]无酣觞而败度，[17]无荒乐以荡神。[18]此言勉从，庶几寡悔。[19]苟行之而愿益，[20]则有先王之明谟，[21]具在于缃帙也。[22]

呜呼！老兄盛年壮思，犹言不成文；况岁晚心衰，则词岂迨意?[23]方今凉秋八月,鸣桹长川。[24]爱君此行,高兴可尽。况彼敬亭溪山,[25]畅乎遐览,正此时也。

【注释】

①邓王:李从镒,李璟第八子,李煜之弟。初封舒公,李煜即位,封邓王。传见马令《南唐书》卷七。牧:古称州官为牧。宣城:今安徽宣州。 ②的翠:明翠。 ③之子于迈:用西晋陆云《赠顾彦先》诗中成句:“幽幽东隅,恋彼西归。瞻仪情感,聆音心悲。之子于迈,夙夜京畿。王事多难,仲焉徘徊。” ④“夫树德”二句:古人有“三不朽”之说:“太上有立德,其次有立功,其次有立言。虽久不废,此之谓不朽。”见《左传·襄公二十四年》。 ⑤钟鼎之贵:钟以奏乐,鼎以盛食,借以形容生活的优裕。 ⑥吴姬:指美女。赵璧:以战国时期赵国所有之著名的和氏璧,代指宝物。吉人:贤人。《尚书·泰誓》:“我闻吉人为善,唯日不足。” ⑦矧(shěn):何况。 ⑧在原之心:兄弟情谊。语出《诗经·小雅·常棣》:“脊令在原,兄弟急难。”脊令,即鹡鸰。疏云:“脊令者,水鸟,当居于水,今乃在于高原之上,失其常处。以喻人当居平安之世,今在于急难之中,亦失其常处也。” ⑨犷顺:粗野与柔顺。归怀:依归而感恩。 ⑩化之可彼此:指教导官吏如果得当,则污秽者可以化为高洁。 ⑪“刑唯”二句:以刑罚为行政治理之大法,既要严惩罪恶,又要通过刑惩而使人知道亲近。 ⑫“政乃”二句:执行政策,以民心为重,必须清廉,必须公正。 ⑬憸佞:险恶而谄媚的小人。 ⑭薰莸(yóu):薰和莸都是草名,但薰香而莸臭。妍媸:美丑。 ⑮五材:指金、木、水、火、土。《左传·襄公二十七

年》宋国大臣子罕论军战不可废说:“天生五材,民并用之,废一不可,谁能去兵?” ⑯润身:语出《礼记·大学》:“富润屋,德润身。心广体胖,故君子必诚其意。”三余:指余暇。魏明帝时董遇治学严谨,人有愿从之学习者,董遇不肯教,说是“读书百遍而义自见”。从学者说:“可惜时间不足。”董遇劝以“三余”,并解释说:“冬者岁之余,夜者日之余,阴雨者时之余也。”见《三国志》卷一三引《魏略》。忍:不忍。 ⑰败度:毁坏量度。 ⑱荒乐:过度享乐。语出《诗经·唐风·蟋蟀》:“好乐无荒,良士瞿瞿。” ⑲庶几:将近,差不多。寡悔:语出《论语·为政》:“子张学干禄。子曰:‘多闻阙疑,慎言其余,则寡尤;多见阙殆,慎行其余,则寡悔。言寡尤,行寡悔,禄在其中矣。’”这是引孔子对于为政者的教诲来作勉励。 ⑳苟:如果。益:增加。 ㉑明谟:英明的谋划。㉒缃帙(zhì):浅黄色丝绸做成的书套。 ㉓迨意:及意。迨,通“逮”。 ㉔鸣桹(láng):桹,桄桹,本是渔人捕鱼时用来敲击船舷、造成声响而趋鱼入网的木棒。潘岳《西征赋》:“鸣桹厉响。”后用来代船的启行。钱起《送衡阳归客》:“归客爱鸣桹,南征忆旧乡。” ㉕敬亭:山名,在今安徽宣州,以山水秀美而著称。

【品评】

开宝三年(970)秋天,李煜同父异母的弟弟从镒出镇宣州。陆游《南唐书》卷一六记:“邓王出镇宣州,后主宴饯绮霞阁,与近臣俱赋诗,而后主自为序。”李煜之诗已见于前,这里是为送别而作的文。诗题中称从镒为二十弟,此处称“二十六弟”,想是传抄中的错误。但史料淹缺,从镒在同族兄弟中的排行无可考,不知何者为是。

诗与文的言说功用，在古人是有所分别的。所谓“诗以言志”，“文以载道”，是指诗主个人情感的抒发，而文则重在阐扬天道人理。李煜送别从镒的诗以抒情为主，此文虽然也有浓浓的抒情意味，却是以说理为中心。他在文中强调临别赠言之难，却必须要对弟弟有所赠言；既然富贵已足，伤感不取，那么所赠者就在为人之道了。这就使同时而作的诗与文区别开来，各具特色。

李煜在文中叮嘱从镒，此去执政一方，要守住两面。一是用吏治民，要以教化为本，虽用刑而民知亲近；要秉公处事，就能察贤佞而保持清明。二是个人修习，既坚持文武之学，珍爱时光，而在休闲娱乐之时，要把握尺度，则能增益自己的涵养。他说，倘若能这样去做，或许就能达到孔夫子所言的“寡悔”之境了。在叮嘱的同时，又加以勉励。

如果站在从镒一面来看李煜，他有双重的身分，既是君主，又是兄长，居高而教训，又在远行送别之际，就难免过于严肃，给人酷不近情之感，而有失兄弟情谊。于是李煜很注意将手足之情融入其间。文章首先描画高爽而澄净的秋景，用“之子于迈，我劳如何”点出题中的“送”字，二者相映，烘托出送行之际留恋不舍的气氛；继而以赠言之意说明关心的殷切；在讲述了这番大道理之后，又加以“词岂追意”的谦逊，作出言未尽心，还当宽谅的姿态；在末尾，则以宣城秋光溪山之美好而遗憾不能同行。这些充溢着感情的描写与述说，与治政道理的言说融为一体，就能化教训为关心，变指教为期望，使从镒既能感受到君主的托付，又能体会到哥哥的深情，带着这双重的期待前去宣城，虽肩负重任，却怀抱温暖。

却登高文[①]

玉斝澄醪，[②]金盘绣糕；茱房气烈，[③]菊蕊香豪。左右进而言曰：维芳时之令月，可藉野以登高。[④]矧上林之伺幸，而秋光之待褒乎？[⑤]

余告之曰：昔时之壮也，情槊乐恣，欢赏忘劳。悁心志于金石，[⑥]泥花月于诗骚。[⑦]轻五陵之得侣，陋三秦之选曹。[⑧]量珠聘伎，纫彩维艘。[⑨]被墙宇以耗帛，论丘山而委糟。[⑩]岂知忘长夜之靡靡，累大德于滔滔！[⑪]怆家艰之如毁，[⑫]萦离绪之郁陶。[⑬]

陟彼冈矣企予足，[⑭]望复关兮睇予目。[⑮]原有鸰兮相从飞，嗟予季兮不来归。[⑯]空苍苍兮风凄凄，心踯躅兮泪涟洏。[⑰]无一欢之可作，有万绪以缠悲。於戏，噫嘻！尔之告我，曾非所宜。[⑱]

【注释】

①却：辞绝。　②玉斝(jiǎ)：斝是商代盛行的青铜酒具，似爵而较大，三足、两柱、一鋬，圆口平底。这里是用以形容玉质酒杯的典雅。醪(láo)：甜酒。　③茱房：指茱萸花。古代重阳节登高有佩戴茱萸的风俗。　④藉野：在野外席地而坐。以：与。⑤上林：汉武帝修建上林苑以为游观，假山池沼，宫殿楼馆，奇花

异草，珍禽异兽，极尽奢华。司马相如有《上林赋》描绘其宏伟富丽。秋光之待褒：秋景有待于赞美。 ⑥悁（juān）：郁结。金石：指文物。金，青铜器。石，碑刻类。 ⑦诗骚：《诗经》与《楚辞》。这里代指诗赋创作。 ⑧五陵：西汉皇帝每立陵墓，都将四方富家豪门和外戚迁到陵墓周边居住，而成为豪富集中的居住区。当时最著名者是五陵，即高祖刘邦之长陵，惠帝刘盈之安陵，景帝刘启之阳陵，武帝刘彻之茂陵，昭帝刘弗陵之平陵。后遂以五陵代指豪富聚居之地。李白《少年行》："五陵年少金市东，银鞍白马度春风。"三秦：项羽破秦，分秦关中故地为三，封章邯为雍王，领咸阳以西之地；司马欣为塞王，领咸阳以东至黄河的土地；董翳为翟王，领上郡之地（今陕西北部）；合称三秦。这里是代指诸侯。选曹：选取官吏。 ⑨量珠聘伎：《拾遗记》卷六记，东汉郭况是光武帝皇后的弟弟，家赀富不可敌，"庭中起高阁长庑，置衡石于其上，以称量珠玉"。纫彩维艘：《三国志》卷五五注引《吴书》记甘宁出入之时，"步则陈车骑，水则连轻舟，侍从被文绣，所如光道路，住止常以缯锦维舟，去或割弃，以示奢也"。 ⑩"被墙宇"二句：形容帝王的穷奢极欲，以绸缎装饰墙壁，弃酒糟如山丘。《十国春秋》卷一七记李煜"性尚奢侈，常于宫中制销金红罗幕壁，而以白金钉瑇瑁押之"。 ⑪长夜：指酗酒无度。《史记·滑稽列传》记齐威王"好为淫乐长夜之饮，沉湎不治"。累：损。大德：生命，也指君子品德。《周易·系辞下》："天地之大德曰生。" ⑫"家艰"句：悲伤国家破败，形势飘摇。如毁：语出《诗经·周南·汝坟》："鲂鱼赪尾，王室如毁。" ⑬郁陶：忧闷于怀。 ⑭企足：踮起脚跟。《诗经·周南·卷耳》写想望有"陟彼高冈，我马玄黄"之句。

⑮睇：凝视。《诗经·卫风·氓》写遥望曰："不见复关，泣涕涟涟；既见复关，载笑载言。" ⑯原有鸰：比喻兄弟之情，事见《送邓王二十六弟牧宣城序》注⑧。季：最小的弟弟。 ⑰踯躅：徘徊。涟洏（ér）：泪水纷流的样子。 ⑱宜：应该。

【品评】

开宝四年（971）二月，南汉灭，刘鋹被俘入宋。李煜难免有兔死狐悲之惊，事宋更加殷勤。这年四月，派弟弟吉王从谦为使朝贡，"且买宴珍宝器币，其数皆倍于前"；十一月癸巳，又派弟弟郑王从善来朝贡（《续资治通鉴长编》卷一二），同样贡献无数。而这一次，宋太祖改变了以往回赐礼品、放还使者的作法，将从善留在了汴京。虽然宋太祖对从善封以官职，赐以府第，显以恩宠，却毕竟是扣留人质之事。李煜因此大惧，于开宝五年（972）二月改损制度，降低地位，自居藩臣，希望宋朝能放过自己。但是，对于从善奉宋太祖之命所作劝说入朝参拜的书信，李煜不作回复，"但增岁贡而已"。也就是说，李煜清楚地知道，南唐已经难免南汉的命运，宋军的南下，只是时日的问题了。

从善被扣，在公元971年十一月。金陵城破、李煜投降是公元975年十一月的事。而宋朝开始进攻南唐是在公元974年九月。以此推算，李煜此文只能是作于972年或973年的九月九日，重阳佳节之时。标题虽称为"文"，但是，首设主客为问答，中间铺陈描写，结尾抒情，其实是很典型的赋的写法。

重阳登高，弟兄相聚，既是风俗，又有王维的诗在："遥知兄弟登高处，遍插茱萸少一人。"（《九月九日寄山东兄弟》）这个日子所唤起的手足情谊会格外深刻，是可以理解的，李煜因此而有罢宴之事。不过，马令《南唐书》卷五记此事曰："自从善不还，四时宴会皆罢，登高赋文以见意。"则自从善被扣之后，李煜所罢宴会，不仅是重阳之节，还包括一年之中其他的节气庆祝。可见李煜之罢宴，并非是单纯的兄弟思念之情，正如文章所抒写的："怆家艰之如毁，萦离绪之郁陶。"国家破亡与兄弟离索的多重悲痛纠集到一起，他已经没有了庆祝节气的心情。非但如此，回想起过去的豪兴，过去的挥霍，过去的奢华，对比眼下的国事维艰，兄弟拘留，李煜更有深深的悔恨："岂知忘长夜之靡靡，累大德于滔滔！"这里的"长夜"与"大德"都是用典，而且都是儒学经书的教训，作为国君，李煜以此责备自己，大有悔不当初、以至于此的沉痛。

但是，李煜的自责也仅止于此。下文完全转入了思弟之情的抒发，逞文才而伤愁绪，以"尔之告我，曾非所宜"为结束，回应开篇的"左右进言"，只说在这种心情下庆祝节日不合适，于国事却再不著一字。因此，说李煜不把国事当回事，怕也不实，说他很当一回事，怕也未必。

遗吴越王书[①]

今日无我，明日岂有君？一旦明天子易地赏功，[②]王亦大梁一布衣耳！[③]

【注释】

①吴越王：钱俶（929—988），钱镠之孙，继任为吴越王，公元948年至978年在位。宋灭吴越，钱俶入开封，封为邓王。 ②明天子：指宋太祖赵匡胤。易：改变。 ③大梁布衣：北宋都城汴梁，今河南开封，战国时为魏都，称大梁。布衣：代指平民。语出刘鋹。《宋史》卷三记载，南汉灭，国主刘鋹入宋。刘鋹在国，常置酖于酒以毒臣属。当宋太祖赐酒之时，刘鋹疑有毒，捧杯泣曰："臣罪在不赦，陛下既待臣以不死，愿为大梁布衣，观太平之盛，未敢饮此酒。"

【品评】

宋太祖赵匡胤在取得后周政权之后，为实现其统一天下的计划而有先南后北的战略，即先平定南方的割据势力，然后再对付北方。至开宝七年（974），后蜀、荆南、南汉都已先后平定，其疆土划入了宋朝版图，长江以南自唐末以来所建立的政权，就只剩下南唐与吴越二国。而这二国，吴越与中原政权的关系一直比较密切，听命殷勤，入宋后侍奉更加恭敬小心。南唐虽然也依附于宋朝，也献纳丰厚，但是李煜"虽外恭顺，而内实缮甲为战备"（《东都事略》卷二三），对宋朝存有深深的戒备之心，加之南唐的地势远比在杭浙沿海的吴越重要，宋太祖当然是先取南唐。这样，不仅可以收得南唐之地，可以借此威慑吴越，而且还可以在战争中利用吴越的兵力，可以说是一举多得的布置。不过，吴越与南唐同在江南，壤土相邻，有唇齿相依之势。宋征南唐，吴越难免会有唇亡齿寒之想。如果说当年后周征淮南而命令吴越出兵牵制南唐，吴越奉令而行，毕竟后周所要只是长江以北之地，对于吴越，利害不切自身，可以作权衡计量。而宋一旦灭了南唐，吴越就成了江南最后一个名号自立的国家，面对强大的北宋，能不考虑自己的处境？因此，在宋灭南唐的战役中，吴越的立场是很重要的。

宋太祖赵匡胤的征服江南，虽然只是征服两个早已表示归顺的国家，但在连续不断的多年战争之后，如果要同时对付南唐与吴越，兵力、物力、财力的代价就要大得多，人员的牺牲也将是不可估量的损失，而这些，对于一个新成立的政权来讲，都不能不作通盘的考虑，从长计较。因此，早在开宝五年(972)的秋天，当吴越王钱俶的使者来到汴梁进奉贡金物品之时，赵匡胤就对使者说："汝归语元帅，江南倔强不朝，我将讨之。元帅当练甲兵助我，无惑人唇亡齿寒之言。"(《十国春秋》卷八二)这番话语，既有威胁之意，也有拉拢之效，不容钱俶不作慎重的思考。而宋对吴越，常有赏赐，赏赐物品也很尊贵，使钱俶感到宋对吴越有不同于南唐的待遇，对宋保持着幻想。开宝七年(974)秋七月，宋太祖一面在长江上游调兵遣将，布置讨伐南唐，一面命令吴越做好准备："禁卫出军，云台选将，克期攻取，直抵昇州。"九月，太祖一面令大将曹彬率大军顺长江直下，一面任命吴越王钱俶为昇州东南行营招抚制置使，赐予剑甲鞍马，并派宋朝内客省使丁德裕为行营兵马都监，率精兵为先锋同行，以为监督。这年十月，钱俶亲率大军五万余人进入南唐之境，包围了常州城，与已经占领池州的曹彬形成围攻金陵的夹击之势。

宋太祖既对吴越作严密的控置，集中力量对付南唐，那么，南唐这一面的情况如何呢？李昪在位时，南唐与吴越是和平相处的。当吴越遇到粮荒，李昪非但不接受趁机攻取的建议，还运送粮食前去接济。他临死时嘱咐李璟要与吴越保持和睦，全力应对北方。但李璟在获得收取湖南、闽越的胜利的同时，就与吴越有了交战，再加上后周政权的威逼利用，双方的关系变得紧张起来。李煜即位之后，如何对待吴越，是保全南唐的重大策略，应该予以充分的重视，慎重对待。但是，李煜既不能与吴越一笑泯恩仇，联合起来共同对抗宋朝，也没有听取卢绛诈取吴越之谋，以消除“他日必为北朝犄角”的隐患(《续资治通鉴纲目》卷一)，而是视吴越为世仇，在疆埸上不断有大大小小的摩擦。故在李煜时期，南唐与吴越之间基本上没有外交的来往，双方都没有修睦联合的愿望，而只想各自保全而已。在这种情势下，宋太祖命令吴越出兵，吴越即使不迫于形势，也会乘机袭击南唐。当钱俶出兵常州，攻下了关城、包围了牙城，进逼润州(今江苏镇江)，南唐的形势更多一份危急。因为常州、润州失，金陵遂无退路。于是李煜写信给钱俶，望其退兵。

陆游《南唐书》卷三记载：“闰十月，王师拔池州，及雄远军。吴越亦大举兵，犯常润。国主遗吴越王书曰：‘今日无我，明日岂有君？一旦明天子易地赏功，王亦大梁一布衣耳！’吴越王表其书于朝。”李煜的这封信，今天已不能见到，只留下陆游所引的这两句话。就通常事理而言，分析利害关系而劝钱俶退兵应当是信的主旨。虽然今天已不能知道李煜信的全文，但由这两句话可以知道，此时的李煜，绝望而悲愤。他以“大梁一布衣”的前景反讽钱俶不要逼人太急，因为“今日无我，明日岂有君”？而“大梁一布衣”不是简单的形容，而是用刘鋹之语。李煜以南汉国主入宋之后那种苟活的屈辱，乞怜的羞耻，来警告钱俶：国灭家亡，被俘入宋，土地被人作为封赏，自己一命难保，想在大梁城中作布衣也未必容易。看今日的刘张，就知道明日我的境况。可是这种结局，你以为你能躲得过吗？李煜虽是以利害在警告钱俶，却语含愤怒，不无挖苦之意。

由此看来，这封信没有采取动之以情、晓之以理的方式，以耐心的劝说去打动钱俶，反而嘲讽挖苦，作出一种困兽犹斗、拼死一搏的姿态。这样，李煜的信没有能说动本来就畏惧宋朝的钱俶，也许还激怒了钱俶，遂将信上交了宋太祖。在这样的情势之下，采取使气而言、但求痛快的言说方式，虽然没有收到政治外交的效果，倒是看出平日柔婉的李煜其实还有一种任性的脾气。因此，赵匡胤恼怒李煜"倔强不朝"，欧阳修说由书法看李煜，"可不谓之倔强丈夫哉"(《书录》卷中)，都以"倔强"为形容，证之以这封残存的信，可以说表现了李煜性格的另一面。

乞缓师表

臣猥以幽孱，[①]曲承临照。[②]僻在幽远，忠义自持。唯将一心，上结明主。比蒙号召，自取愆尤。[③]王师四临，无往不克。途穷道迫，天实为之。

北望天门，心悬魏阙。[④]嗟一城生聚，[⑤]吾君赤子也。微臣薄躯，吾君外臣也。忍使一朝，[⑥]便忘覆育？号咷郁咽，盍见舍乎？[⑦]

臣性实愚昧，才无异禀。受皇朝奖与，首冠万方。[⑧]奈何一日自踵蜀汉不臣之子，[⑨]同群合类而为囚虏乎？贻责天下，取辱祖先，臣所以不忍也。[⑩]岂独臣不忍为，亦圣君不忍令臣之为也。况乎名辱身毁，古之人所嫌畏者也。人所嫌畏，臣不敢不嫌畏也。惟陛下宽之赦之。

臣又闻：鸟兽，微物也，依人而犹哀之。君臣，大义也，倾忠能无怜乎？傥令臣进退之迹，[⑪]不至丑恶，宗社之失，不自臣身，是臣生死之愿毕矣，实存没之幸也。岂惟存没之幸也，实举国之受赐也。岂惟举国之受赐也，实天下之鼓舞也。皇天后土，实鉴斯言。[⑫]

【注释】

①幽孱(chán)：昏钝而懦弱。 ②临照：光辉照耀。这是对北宋王朝的恭维之语。 ③比：近。号召：指宋朝召其入京之事。愆尤：罪过。 ④天门：指皇宫之门。魏阙：皇宫前高大的门楼。魏，高。这是以所在来代指北宋皇帝。 ⑤生聚：生命。 ⑥朝：日。 ⑦盍：何。见舍：被舍弃。 ⑧首冠：居于首位。 ⑨踵：脚后跟。这里用作动词，跟随。蜀汉：后蜀主孟知祥，934年称帝，建都成都，有今四川和陕西南部、甘肃东南部及湖北西部，965年被北宋所灭。刘龑在917年建立的南汉，据有今广东和广西之地，都城在今广州，971年为北宋所灭。 ⑩忍：忍心而为。⑪傥：如果。进退之迹：指人生行事。 ⑫“皇天”二句：指天地为证的誓言。

【品评】

自南汉被灭，李煜已深感南唐危亡在即。他一面更加殷勤地向宋朝进贡钱物，表示恭敬，一面贬损制度，降低地位，向宋朝表示臣服，借以博取宋太祖的宽容，而保全南唐政权的存在。这时的李煜，已去南唐之名而改称江南国主，不再以大唐之后自居；所有官府都已改名，不再使用国家机构的旧名，而自居诸侯地位；宫殿去除皇宫的修饰，甚至每次接待宋朝使者，李煜都要脱去黄袍而换上紫袍，行藩臣之礼，并请求宋朝下诏称名，如待藩臣。但是，对宋朝如此恭敬屈从的李煜，有一件事是绝对不做的，那就是每当宋太祖通过使者邀请他进入汴京之时，他不是借口身体不适，就是沉默不作应对。他很清楚，一旦入宋，就永无回归江南之日；而国主不存，国家也就灭亡。李煜之不能承受南唐的灭亡，并不是他不能丢弃君主之位，而是因为，这是祖辈的基业，他不愿意成为破毁的罪人、不孝的子孙。《钓矶立谈》记他在金陵被围之际，与大臣商议救策而感慨悲哀地说："我平生喜耽佛学，其于世味，澹如也。先帝弃代，冢嫡不天，越升非次，诚非本心。自割江以来，亡形已见，屈身以奉中朝，唯恐获罪。长思脱屣，顾无计耳，竟烦大讨，蹙迫如是！"可见他自即位之日起，就明白南唐之亡不可避免，但之所以百般屈辱地奉事宋朝以求维持，就是希望灭亡之事不要发生在自己的身上。这就是他在《即位上宋太祖表》中再三申说的"因顾肯堂，不敢灭性"，"既嗣宗祊，敢忘负荷"；在这封《乞缓师表》中苦苦哀求的："傥令臣进退之迹，不至丑恶，宗社之失，不自臣身，是臣生死之愿毕矣！"

但是，李煜太天真了。他以为伦理道德也是政治行为的准则，他以为重情守义也可以成为政治感化的因素。他期待宋太祖会以宽容回报他的恭敬，以仁慈回报他的卑顺，以道德回报他的道德。李煜始终存有这种幻想，甚至于在975年的九月，宋朝将军曹彬已统兵十万乘黄龙、黑龙之舰顺长江乘流直下之后，十月里，李煜还“进绢数万，御衣金带器用数百事”(《宋史》卷三)，企图换取宋太祖的欢心；甚至于在西失芜湖、池州，东失常州、润州，曹彬已渡过秦淮，兵临城下之际，还不止一次地派使者前往汴京，乞求赵匡胤缓师退兵。多年的贡纳早已让南唐的国力消耗殆尽，李煜既不能振起南唐的颓败，又不能对抗宋朝的大军，他的乞求，不是换得宋太祖的不予理睬，就是按剑怒斥。虽然他极不情愿国家破亡在自己的手中，但恐怕这就是他无法逃脱的命运了。

据《续资治通鉴长编》等史籍记载，开宝八年(975)冬十月己亥，“江南主遣徐铉、周惟简来乞缓师”，被赵匡胤以“尔谓父子，为两家可乎”的反问驳了回去；李煜不死心，“十一月辛未，江南主遣徐铉等再奉表乞缓师”。从记载看，这封表章应是十一月辛未日送呈赵匡胤的。李煜在表中乞求宋太祖原谅自己不入汴京的过错，体察自己事宋的一片诚心，怜悯自己维持祖业的孝心，宽宏大量，手下留情，如果自己能有“存没之幸”，他向皇天后土发誓，永存感激之心。文字哀苦之极。然而，书呈上之后，“不报”——宋太祖根本不理，就当没这么一回事。二十四天之后，即十一月乙未日，曹彬进入金陵，李煜投降。

不敢再乞潘慎修掌记室手表[①]

昨因先皇临御，[②]问臣颇有旧人相伴否？臣即乞徐元楀。[③]元楀方在幼年，于笺表素不谙习。[④]后来因出外，问得刘铱曾乞得广南旧人洪侃。[⑤]今来已蒙遣到徐元楀，其潘慎修更不敢陈乞。

所有表章，臣且勉励躬亲。[⑥]臣亡国残骸，死亡无日，岂敢别生侥觊，[⑦]干扰天聪？[⑧]只虑章奏之间，有失恭慎。伏望睿慈，察臣素心。

【注释】

①潘慎修：字成德，泉州莆田（今属福建）人。南唐时任李煜中书舍人，受命奉送李从镒入宋贡金献书而被留。后仕宋，官至右谏议大夫、翰林侍读学士。其人风度蕴藉，博涉文史，喜棋艺，善属文。传见《宋史》卷二九六。记室：官职名，主管文书的写作。②昨：前。先皇：指已故的宋太祖赵匡胤。 ③徐元楀：徐温之后。李璟曾是徐温的养子，李煜与徐元楀兄弟相处亲近。当北宋军队围金陵之城时，李煜居内苑澄心堂，徐元机、元楀兄弟主内外传达，深受信任。参见陆游《南唐书》卷三。 ④笺表：古代公文的两种文体。笺是写给太子或诸侯的书信，表是上给皇帝的请求。这里总指具有不同礼仪意义的各体公文。谙（àn）习：熟悉。⑤刘铱：刘继兴（943—980），南汉中宗刘晟之子，后改名铱。公元958年即位，971年北宋灭南汉，入开封，封为恩赦侯。洪侃：南汉旧臣，事迹不详。 ⑥勉励躬亲：勉力亲自而为。 ⑦侥觊：侥幸之心，觊觎之意。 ⑧天聪：皇帝的听闻。这是对宋太宗赵光义的恭维之词。

【品评】

从表中称"先皇",可知此表写于宋太宗赵光义即位之后。赵光义即位改年号为太平兴国,时在公元976年十二月。李煜是在这一年的正月被俘而来到汴梁的。赵匡胤过世是在十月。从文中语气称"昨",应是距赵匡胤去世不久的事情。估计写作时间应在976年底或977年初。

李煜入宋后,授职光禄大夫、检校太傅、右千牛卫上将军,封违命侯。虽是幽居看管之中,却也算是宋朝官员,因而必须遵守朝廷礼仪,常有文书奏陈。如逢年过节,要向皇帝上表庆贺,皇帝有所赏赐,要上表谢恩,平日有所请求,要奏呈章表,等等。这些文书,写给谁,因为什么事,都有一定的形式规格,以不同的书写礼仪代表着不同的身分等级,淆乱就破坏了尊卑而失礼,是一件很严肃的事情,用今天的话来讲就叫作"政治错误"。因此,李煜要请求宋太宗赵光义允许最擅长于文书写作的潘慎修来为他掌管此事。

问题是,李煜虽有官职,到底还是南唐君主在做囚徒,非但不可主动向宋朝提出人员方面的请求,就是与人交往也有限制,尤其是过去的旧人,这会让本来就很警惕防备的宋朝对他产生联络故旧、有所图谋的猜疑。而处在幽禁之中,孤独难当,希望有亲近的陪伴,大概是李煜心中虽迫切却不敢言表的愿望。当赵匡胤问他是否需要旧人陪伴时,想他是未多加思索便提出了徐元楀。但当得知刘铱所用旧人,不在亲近而在精通朝廷公文礼仪时,李煜或许意识到,对自己而言,如何应对宋朝恐怕是比单纯的陪伴更为重要的事情。但徐元楀已到,如何能再请潘慎修呢?因此在这封奏表中，先说徐元楀是赵匡胤的恩准，而自己当时考虑不周。再举出刘铱之事，可见有例可循。最后则要说明，自己之所以重视文书形式，并非畏劳嫌累，完全是出于对宋朝的恭敬，而希望新皇赵光义能够体察自己的诚心。

赵光义如何回答李煜的请求，史书无载，不得而知。而读李煜此文，那种小心翼翼的措辞，那种卑微恭顺的态度，可以想知入宋之后李煜的生活状况与精神状态。虽然李煜对宋朝如此谨慎小心，但最终还是因其对故国的思念而惹恼宋太宗，太平兴国三年(978)七月被毒死在幽禁之所。

【附录】

宋太祖赵匡胤开宝三年(970)将伐南汉，先令李煜写信给南汉主刘铱劝降。李煜奉命，先后写了几次信派使者送去。而刘铱初是不理，后来索性扣留了南唐的使者，还给李煜写了言辞颇为不逊的回信。李煜没有完成宋太祖的任务，只能将刘铱的回信呈上交差。这年九月，宋出兵湖南，次年(971)二月，刘铱降，南汉灭。《宋史》卷四八一全文载录了李煜的一封写给刘铱的信。

李煜《遗刘铱书》，叙说交谊，分析利害，感情真挚，事理明晰。因为二国处境相同，在某种程度上，这封信其实可以视作李煜是就南唐的处境，说明自己屈事宋朝的政策，剖白自己委曲求全的心情，并藉此去打动刘铱。读此文，可以比较深入地体会李煜在面对强宋而维持南唐的艰难心态，理解他处理与宋朝关系的政治举措的背后想法。

《遗刘铱书》，是一篇有着重要的史料价值的文章。而且文章写得相当不错，宋以后的骈文选本多有选取。只是李焘在《资治通鉴长编》卷一一中有“（八月）唐主复令知制诰潘佑作书数千言，谕南汉主以归款于中国”的记载，后人遂将此文归在潘佑名下，而以为与李煜无关。如吕祖谦《宋文鉴》、贺复征《文章辨体汇选》等，均选录此文而署名潘佑。但是，李煜身为君主，若以文书写作而言，亲自动手的情况是很少的。因为朝廷设有知制诰一类官员，专门承担文书的写作。这些专事文书写作的官员，或是聆听君主之意而承旨写作，或是径自起草再交给君主审阅与修改。在这种情况下，如果一律将此类文章归在君主名下固然不妥，一律归于起草者名下也有不妥。而无论是哪一种情况，只要君主不懒惰，都有审阅圈改的职责在。像李煜这样本来就对文字有特别爱好的君主，审阅时亲自动手修改，应是情理之中的事情。此信既然是代表李煜写给刘铢的，无论是前有授意，还是后有修改，其中都有李煜的意见在，至少在写作上与李煜不无关系。本书将此文收入附录，希望能为喜爱李煜文章的读者多提供一点与李煜有关的史料。

煜与足下叨累世之睦，继祖考之盟，情若弟兄，义敦交契，忧戚之患，曷尝不同？每思会面而论此怀，抵掌而谈此事，交议其所短，各陈其所长，使中心释然，利害不惑，而相去万里，斯愿莫伸。凡于事机，不得款会，屡达诚素，冀明此心。而足下视之，谓书檄一时之仪，近国梗概之事，外貌而待之，泛滥而观之，使忠告确论如水投石。若此，则又何必事虚词而劳往复哉？殊非宿心之所望也。今则复遣人使罄申鄙怀，又虑行人失辞，不尽深素，是以再寄翰墨，重布腹心，以代会面之谈与抵掌之议也。足下诚听其言，如交友谏争之言；视其心，如亲戚急难之心，然后三复其言，三思其心，则忠乎不忠，斯可见矣。从乎不从，斯可决矣。

昨以大朝南伐，图复楚疆，交兵已来，遂成衅隙。详观事势，深切忧怀，冀息大朝之兵，求契亲仁之愿，引领南望，于今累年。昨命使臣入贡大朝，大朝皇帝果以此事宣示曰："彼若以事大之礼而事我，则何苦而伐之？若欲兴戎而争我，则以必取为度矣。"见今点阅大众，仍以上秋为期。令敝邑以书复叙前意，是用奔走人使，遽贡直言。深料大朝之心，非有唯利之贪，盖怒人之不宾而已。足下非有不得已之事与不可易之谋，殆一时之忿而已。

观夫古之用武者，不顾大小强弱之殊而必战者有四：父母宗庙之仇，此必战也；彼此乌合，民无定心，存亡之机，以战为命，此必战也；敌人有进，必不舍我，求和不得，退守无路，战亦亡，不战亦亡，奋不顾命，此必战也；彼有天亡之兆，我怀进取之机，此必战也。今足下与大朝非有父母宗庙之仇也，非同乌合存亡之际也，既殊进退不舍奋不顾命也，又异乘机进取之时也，无故而坐受天下之兵，将决一旦之命，既大朝许以通好，又拒而不从，有国家利社稷者当若是乎？

夫称帝称王，角立杰出，今古之常事也。割地以通好，玉帛以事人，亦古今之常事也。盈虚消息，取与翕张，屈伸万端，在我而已，何必胶柱而用壮，轻祸而争雄哉？且足下以英明之资，抚百越之众，北距五岭，南负重溟，藉累世之基，有及民之泽，众数十万，表里山川，此足下所以慨然而自负也。然违天不祥，好战危事，天方相楚，尚未可争。恭以大朝师武臣力，实谓天赞也。登太行而伐上党，士无难色；绝剑阁而举庸蜀，役不淹时。是知大朝之力，难测也；万里之境，难保也。十战而九胜，亦一败可忧，六奇而五中，则一失何补？

况人自以我国险，家自以我兵强，盖揣于此而不揣于彼，经其成而未经其败也。何则？国莫险于剑阁而庸蜀已亡矣，兵莫强于上党而太行不守矣。人之情，端坐而思之，意沧海可涉也，及风涛骤兴，奔舟失驭，与夫坐思之时，盖有殊矣。是以智者虑于未萌，机者重其先见，图难于其易，居存不忘亡，故曰计祸不及，虑福过之。良以福者人之所乐，心乐之，故其望也过；祸者人之所恶，心恶之，故其思也忽。是以福或修于慊望，祸多出于不期。

又或虑有矜功好名之臣，献尊主强国之议者，必曰："慎无和也。五岭之险，山高水深，辎重不并行，士卒不成列，高垒清野而绝其运粮，依山阻水而射以强弩，使进无所得，退无所归。"此其一也。又或曰："彼所长者，利在平地。今舍其所长，就其所短，虽有百万之众，无若我何。"此其二也。其次或曰："战而胜，则霸业可成；战而不胜，则泛巨舟而浮沧海，终不为人下。"此大约皆说士孟浪之谈，谋臣捭阖之策，坐而论之也则易，行之如意也则难。

何则？今荆湘以南，庸蜀之地，皆是便山水、习险阻之民，不动中国之兵，精卒已逾于十万矣，况足下与大朝封疆接畛，水陆同途，殆鸡犬之相闻，岂马牛之不及？一旦缘边悉举，诸道进攻，岂可俱绝其运粮，尽保其城壁？若诸险悉固，诚善莫加焉；苟尺水横流，则长堤虚设矣。其次曰：或大朝用吴越之众，自泉州泛海以趣国都，则不数日至城下矣。当其人心疑惑，兵势动摇，岸上舟中，皆为敌国，忠臣义士，能复几人？怀进退者，步步生心；顾妻子者，滔滔皆是。变故难测，须臾万端，非惟暂乖始图，实恐有误壮志，又非巨舟之可及，沧海之可游也。然此等皆战伐之常事，兵家之预谋，虽胜负未知，成败相半，苟不得已而为也，固断在不疑；若无大故而思之，又深可痛惜。

且小之事大，理固然也。远古之例，不能备谈。本朝当杨氏之建吴也，亦入贡庄宗。恭自烈祖开基，中原多故，事大之礼，因循未遑，以至交兵，几成危殆。非不欲凭大江之险，恃众多之力，寻悟知难则退，遂修出境之盟。一介之使才行，万里之兵顿息。惠民和众，于今赖之。自足下祖德之开基，亦通好中国，以阐霸图。愿修祖宗之谋，以寻中国之好，荡无益之忿，弃不急之争，知存知亡，能强能弱，屈己以济亿兆，谈笑而定国家，至德大业无亏也，宗庙社稷无损也。玉帛朝聘之礼才出于境，而天下之兵已息矣，岂不易如反掌、固如太山哉！何必扼腕盱衡，履肠蹀血，然后为勇也。故曰："德輶如毛，民鲜克举之，我仪图之。"又曰："知止不殆，可以长久。"又曰："沉潜刚克，高明柔克。"此圣贤之事业，何耻而不为哉！

况大朝皇帝以命世之英，光宅中夏，承五运而乃当正统，度四方则咸偃下风。猃狁太原，固不劳于薄伐；南辕返旆，更属在于何人。又方且遏天下之兵锋，俟贵国之嘉问，则大国之义，斯亦以善矣。足下之忿，亦可以息矣。若介然不移，有利于宗庙社稷，可也；有利于黎元，可也；有利于天下，可也；有利于身，可也。凡是四者，无一利焉，何用弃德修怨，自生仇敌，使赫赫南国，将成祸机；炎炎奈何，其可向迩。幸而小胜也，莫保其后焉；不幸而违心，则大事去矣。

复念顷者淮泗交兵，疆陲多垒，吴越以累世之好，遂首为厉阶，惟有贵国，情分逾亲，欢盟愈笃。在先朝感义，情实慨然，下走承基，理难负德，不能自已，又驰此缄。近奉大朝谕旨，以为足下无通好之心，必举上秋之役，即命敝邑速绝连盟。虽善邻之心期于永保，而事大之节，焉敢固违？恐煜之不得事足下也。是以恻恻之意，所不能云；区区之诚，于是乎在。又念臣子之情，尚不逾于三谏，煜之极言，于此三矣，是为臣者可以逃，为子者可以泣，为交友者亦惆怅而遂绝矣。

名家精注精评本已出书目

书　名	主要编选者
李白集	郁贤皓（中国李白研究会原会长）
杜甫集	张忠纲（中国杜甫研究会原会长）
韩愈集	卞孝萱（中国韩愈研究会原会长）
白居易集	严　杰（南京大学教授）
王维集	董乃斌（上海大学教授、中国唐代文学学会副会长）
李商隐集	周建国（中国李商隐研究会理事）
柳宗元集	尚永亮（武汉大学教授、博导）
刘禹锡集	吴在庆（厦门大学教授、中国唐代文学学会理事）
杜牧集	罗时进（中国唐代文学学会副会长）
柳永集	王星琦（南京师范大学教授）
欧阳修集	刘扬忠（中国宋代文学学会副会长）
苏轼集	陶文鹏（中国社科院文学所研究员、博导）
三曹集	张可礼（山东大学中文系教授、博导）
陶渊明集	陈庆元（福建师大教授、博导）
二李集	蒋　方（湖北大学教授）
辛弃疾集	刘乃昌（中国李清照辛弃疾学会原会长）
王安石集	王兆鹏（武汉大学教授、博导）
陆游集	蒋　凡（复旦大学教授、博导）
李清照集	王英志（苏州大学教授、博导）
黄庭坚集	蒋　方（湖北大学教授）
李贺集	吴企明（苏州大学教授）
纳兰性德集	施议对（澳门大学教授）